名家读书系列
MINGJIADUSHU

周 明 主编

黄裳读书

黄 裳 著

中国社会出版社
国家一级出版社★全国百佳图书出版单位

图书在版编目（CIP）数据

黄裳读书 / 黄裳著；方未选编 . —北京：中国社会出版社，2013.7
（名家读书系列 / 周明主编）
ISBN 978－7－5087－4486－5

Ⅰ. ①黄… Ⅱ. ①黄… ②方… Ⅲ. ①散文集—中国—当代 ②随笔—作品集—中国—当代 Ⅳ. ①I267

中国版本图书馆 CIP 数据核字（2013）第 151015 号

黄裳读书

著　　者：黄　裳
选　　编：方　未
责任编辑：牟　洁
出版发行：中国社会出版社　　邮政编码：100032
通联方法：北京市西城区二龙路甲 33 号
编辑部：（010）66063028
发行部：（010）66085300　（010）66080300
（010）66083600
邮购部：（010）66081078
网　　址：www. shcbs. com. cn
经　　销：各地新华书店
印刷装订：中国电影出版社印刷厂
开　　本：160mm×220mm　1/16
印　　张：15. 25
字　　数：210 千字
版　　次：2013 年10月第 1 版
印　　次：2013 年10月第 1 次印刷
定　　价：32. 00 元

目　录

第一辑　读书生活杂忆

第二辑　那些读书的人

第三辑　读书随笔

第一辑

读书生活杂忆

读书生活杂忆

现在已经很难记起自己最早读的是些什么书了。“读书”似乎也有种种不同情形，有被动的、有的则出于自愿。无论是私塾或学校，在那里读的都是老师指定的课本，没有自己挑选的余地。我是由大伯父（他是清朝最后一科举人）开蒙的，用的课本是上海出版的澄衷学堂《字课图说》，这是“看图识字”一类的识字课本，每半页三个字，左图右文，编辑得很不错，图画得也好，恐怕比识字卡片的历史还要早得多。识得若干字以后就开始读“四书”。如此说来我最早读的应该是朱熹编辑的孔孟的教条。

父亲是学采矿的。第一次世界大战结束，他从德国回来时，带回了两大箱德文书，不过这与我没有关系。此外家里的中国书好像就只有《红楼梦》、《封神演义》、《儿女英雄传》和一部《聊斋志异》，都是清末上海点石斋的本子，前面附有精致的插图的。不过除了“聊斋”以外，一律被父亲宣布为“禁书”，不许小孩接触。但禁令收效甚微，我总是有办法一一取出翻看。这总是在父亲上班的时候，坐在面向花园的楼下回廊里，可以放心地阅读。中午父亲回来吃饭，远远就能望见，这时只要随手把书向卷起的帘子里一塞，就平安无事，不露马脚，没有出过一次纰漏。

这样说来，我自觉自愿读的第一部书是《红楼梦》。不过除了插图以外，正文却毫无兴趣。第一次记得读到“贾雨村风尘怀闺秀”就废然而止了。但“封神”就不同，那可有意思得多。土行孙真是值得羡慕的人物，他能一顿脚就从地面钻到地下，而且通行无阻，可以到想去的任何地方去。但即使是土行孙也会碰上指地成钢法，真是值得遗憾的事。我的对“封神”发生兴趣，还因为当时正热心地收集着一种“封神”人物香烟画片。

家里用的是“大联珠”香烟，每包附有一张彩色画片，一起大约有一百张，但收来收去只缺一张女娲。画片总是收不齐，小说也就反复地读下去了。

《聊斋志异》虽然不是“禁书”，但开始读它却在许久以后了。我觉得这是第一部使我获得阅读古文本领的最好的课本。我没有读过《古书疑义举例》《助字辨略》……更不必说高邮王氏的著作。古文的语法、句法，差不多都是从“聊斋”里猜出来的，而且以后读更古些的书困难也不多。当然，再古上去就不行了，还是得请教训诂学家。

在南开中学，英文老师李林先生给我们读一种“直接法”的课本，而不采用流行的“纳氏文法”之类。在教学思想上恐怕就持着同样的意见。学生不必死死记住一条条文法，只要直接接触作品从而“猜”出语法的规律来。我始终认为这方法是好的，和小儿学语一样，是从观察、实践中摸索出经验来。比先学教条，后付实践的方法好得多，但这也有缺点，如果请你走上讲台去作语法分析，就会束手无策，甚至连各种“词”的名称也说不出来，陷入一种“知其然而不知其所以然”的困境。这就是我对语文学家一直抱着敬而远之态度的原因，但只要不做语文教师，有这缺点也没有多大害处。

这种习惯的养成，对此后读书生活的影响是大的。没有系统的、扎实的基础训练，只是碰到什么就读什么，随意吸取营养（当然其中也不免有毒素），这是走向“杂家”而不是培养专家的道路。

抗战开始，我在第一次全国统一招考中考进了交通大学。为什么要考交大，动机自然是从父亲那里接受下来的工业救国的思想。交大是重点大学，按我的数理成绩本是考不取的，但意外地沾了熟读“聊斋”的光，国文试卷中有一段无头无尾、无标点像“天书”一样的古文，给我读通、点断了。而当时唐文治先生正是交大有很高威望的领导人，他主张语文一科不及格的不得录取；相反，其他各科差一点却可以原谅。入学以后在大课堂中听过唐老先生讲授过半年古文，看他由人扶着走上讲坛的情景使我肃然，因为那时他不但已是高龄，而且失明已久了。但他讲的古文却一句也听不进，记不住，至今想起还感到负疚。当时交大借了震旦大学上课，学校有一座漂亮的图书馆。我常常从这里借书来看，“四部丛刊”差不多大半都借来看过，当然并未每部仔细阅读，有的只是摩挲一下就归还了。但就这样我第一次接触了大量版本书的样本，懂得了什么是黄跋、何校。记得还曾借阅过《王国维先生遗书》，当然读不懂，但有些是可以懂并喜欢的，就大段地抄了下来。现在手边还保留着当年抄下的一篇《清真先生遗事》。当然，对周美成发生兴趣，还是先读了俞平伯先生《清真词释》的关系。

南开中学附近开着三家书店，供应着最新出版的各种新文学书。父亲每月寄来的生活费大部分都被我买了书。鲁迅、冰心、周作人、朱自清、郁达夫……的文集是每种必买的。各种文学杂志也都收有全份。宿舍床头的小书架上总是满满的插着新书，后来还引起了舍监的注意，被暗中检查并在校务会议上提出。买来的书不一定本本看过，即使看也不是从头到尾地通读。这毛病至今也依旧改不掉。我曾看到过吴翌凤的一方藏书印“枚庵流览所及”，觉得很满意，后来请王福厂照样刻了一方。我想我的买书大致也就是这种情形，不过是买了来，翻一过，读读序跋，知道大致是怎样一本书，讲了些什么事情，就放回书架上了，真是名符其实的“浏览”。至于自己喜欢的，不只通读，有些篇多少次地反复诵读过的，也不是没有。鲁迅的《朝花夕拾》和《且介亭杂文》就读过不知道多少遍，不知怎的总是读不厌。

“七七”以后不久，陆续收集的整整两箱书都毁于日本侵略军的炮火。但我并不灰心，逃回上海后又继续买书，而且升了级搜罗起“古本”来，如鲁迅的著作就一一访求初版的毛边本。《小说月报》也搜齐了从沈雁冰接手改版直至终刊的全份。在三十年代后期，注意收集新文学史料的风气还没有兴起，只有阿英是例外。他的影响是大的，他的《夜航集》和《小说闲谈》……都不只是我的爱读书还是收书的指南。

投稿活动也从这时开始。对象是“孤岛”上《文汇报》的副刊《世纪风》，习作是小小的散文和“掌篇小说”，也就是目前流行的“微型小说”

那样的东西，创作的最初动机是模仿，我想这和小孩子的喜欢学大人说话行事很相近。当时十分佩服、喜欢的散文作者是何其芳和他的《画梦录》，觉得这是一种新的流派与新的风格，和朱自清、周作人都不同，于是就努力模仿，不过终于学不像。还学过鲁迅先生的《马上日记》，结果当然是画虎不成。学识、眼光如此浅薄而幼稚，是学不成那样的风格与写法的。在外国作家中，则最佩服夏目漱石，特别是他的杰作《哥儿》。反复读了以后真是爱不释手，忍不住要来模仿一下。素材取自来上海后的一年中学生活。不知怎的，“红衬衫”那样的人物好像就在身边活动，闭起眼睛就在面前出现了。少少加以剪裁编织写成一篇中篇小说。离沪之前托朋友卖给了一家书店，后来不知道被怎样处理了。

来到重庆以后生活环境一直变迁无定，买书、藏书的条件都几乎丧失净尽，接触古书的机会也更少了。但书还是读的，至今还留下了颇深刻印象的是下面两种书。

在扬子江畔的九龙坡上，学校图书馆里竟藏有一部“四库珍本”，这是我过去不知道的。这书从不出借，但因遭到水湿，曾摊开在操场上晾晒。随手拾起一本，正是方回的《桐江续集》。方虚谷的《瀛奎律髓》在上海时曾得到过半部康熙刻的残本，读过一遍，很不喜欢，也并不清楚他的身世和言行。偶然遇到他的诗集，很有兴趣。觉得他的诗写得实在不坏。读着“每重九日例凄苦，垂七十年更乱离”这样的句子，面对着长江岸边烟雨凄迷中隐现的黄桷树，确实受到了很大的震撼。

接着就是一连串漂泊不定的日子。得书极为困难，但积习难忘，只要一册到手，不论是怎样无聊的东西，也总要翻一下。一个偶然的机会，在昆明市上买到了几册《中国内乱外祸历史丛书》的零本，其中收的大半是晚明野史，中间就有纪南明永历在云南、缅甸流亡与结末的故事。三百年后在新的民族危难严重关头，重新走过这些地方，真使人感慨万端。这时写下的几篇“杂记”，如在昆明、贵阳所写，就有点近于历史笔记。尽力收罗可以到手的资料（当然收获是很可怜的），并有意识地模仿着鲁迅先生在《病后杂谈》《题未定草》中用过的方法，这样就逐渐疏远了一向遵循的那条“梦中道路”，逐步接近了现实。虽然在形式上却表现为抄古书。

离开学校走入社会，给读书生活带来很大的变化。过去只是读几本小书，现在是开始翻看一本更丰富多彩、无边无岸的大书了；过去的读书是漫无目标的，现在懂得为了工作、学习、写作而确定搜求与阅读的方向了。

这时候我开始成为一名记者。

对新闻记者的要求是一个杂家而不是专家。这恐怕要算作一条规律。记者中间可以有专业的分工，但不论分工如何细致，他首先必须是一个政治活动家，其次还要求有广泛的知识。记者要接触社会上九流三教各色人物，没有够用的知识是不行的。过去我曾和一位老同行说笑话，判断一个记者是否合格，要看他与被访问者的谈话在一小时内是否露出了“马脚”。举例说，无论遇到国学大师、书画名宿、佛教居士、历史学者……都能谈得入港，使对方觉得你是个在水平线上的“通人”，这样才能引起对手的兴趣，打开他的心扉。不要一落座就掏出笔记本来，最好是始终不用任何记录工具。谈话以闲谈的方式为好，需要了解的问题也最好不是异峰突起似的提出，却融汇在漫谈之中，让对手在自由的谈话中生动、深刻地阐发自己的意见。

要达到这样的境界，不是容易的事。工作会迫使你抓紧补充所缺乏的常识，就要读书；工作会不断扩展你的视野，如果你是热爱生活的，你的兴趣、爱好也必然随之而扩大。在这基础上的学习、读书，就不再是被迫的而是自愿的，效果也必然完全两样。

记者需要同时担负采访与写作两种职能。除了新闻报道、通讯特写之外，还要写时评、短论，并学会出题作文，组织最合宜的作者心情舒畅地写出出色的文字来。

《红楼梦》写薛宝钗挖苦宝玉说，“宝兄弟整日价杂学旁收的”，就是在阐明“杂家”的涵义。这和“四库”分类里的“杂家”并不是一回事。

杂家和专家之间并不隔着一条不可逾越的鸿沟。杂家不仅可能化为专家，有时还会有所创新有所发展，在学术领域中开辟出一种新的流派，在文字上创立一种新的风格。这是更为困难、更不易达到的境界。不过“江山代有才人出，各领风骚数十年”，杰出的人物总是会出现的。鲁迅先生就是一个光辉的例子，而他的影响也不只数十年而已。他不只读的书多，知识广阔，尤重要的他有一双晶明澄澈的眼睛，能透过社会上、书本中纷纭复杂的事物，看出那底细来。他不是“书簏”，更不是“世故老人”。他的本领是从勤奋的学习和勇敢不懈的探索中逐步获得的。

只强调博与杂而忽略了深入的思索，那就只能走向反面，变成浅尝辄止的“半瓶醋”，和思想上的庸人。像《一捧雪》中的汤裱褙，贾府上的单聘仁、山子野，琴棋书画，吹拉弹唱，样样都来得一手，到头来只能是作“清客”的好材料，也即鲁迅所说的“帮闲”，对人民大众没有丝毫好处。这是一条危险的路。年纪一天天大起来，也日益感到这危险的严重。近来常常想，自己到底懂得些什么呢？真能有把握地自信头脑一直是保持着清醒的么？恐怕两种答案都是否定的或可疑的。

喜欢买书，但并不本本细看。就像一个人有不少老朋友，但多半素昧平生，事实上就将和没有朋友一样。因而又时时有“悔之晚矣”之感。这当然是大可不必的。朋友总是越多越好，重要的是要努力去熟悉、了解，弄清其长处与缺点，并采取相应的态度。“知己知彼，百战不殆。”孙子的这两句话，看来在读书上也是适用的。

一九八四年二月二日

读书的回忆

鲁迅在《朝花夕拾》的小引中说过这样的话，“一个人做到只剩了回忆的时候，生涯大概总要算是无聊了罢。”我一直佩服并奉行着先生的这意见，从来就没有过写回忆录的心思。一方面固然因为还不甘心立即陷入无聊的境地：而过去的状况回忆起来也实在平凡得很，并无值得记下的有趣的经历。可是编者却一定要我写下一点读书的回忆，这就不能不使我感到惶惑。书当然已经读了几十年，经验么却实在并没有。我在大学里读的是工科，但个人兴趣却在文史方面，课余读书也都是随便翻翻式的杂览，并未受过正规的训练。说起来我还应该算是唐文治的学生，大学一年级时听过他老人家的课。课是在大礼堂里上的。他已经失明，由他的儿子搀扶着登上讲坛。他讲课的声音倒是洪亮的，中气充沛，所讲的内容可是早已忘记了。当时学校借用租界里震旦大学的校舍上课。那个图书馆给我留下的印象是极好的。在宽敞明亮的阅览室里，我借来看的大半是商务印书馆印的“四部丛刊”二三编的另种。说也可笑，我对版本的发生兴趣就是从这种泛览中开始的。那真是随便翻翻，书的内容十之八九没有涉猎，注意的只是黑口白口，雕版风格，藏书印记，和张菊生的跋文。洪北江曾讥讽某些只重赏鉴而不注意内容的读书人为“横通”，我却从一开始就走上了这种胡乱翻书的道路，至今也还是如此。横则有之，通则未必，这实在是使人惭愧的。

一九四二年冬来到重庆，九龙坡的校舍里也有图书馆，可是藏书贫弱得很。记得只有一部也是商务印书馆印的“四库珍本”，因为受潮摊在操场上晾晒，随手翻检，找到一部方虚谷的《桐江续集》，读到“每重九日例凄苦，垂七十年吏乱离”时不禁大为感动。一个年轻学生为什么会为方回的垂老哀吟所震撼，当然是时世乱离所产生的回响了。

抗战中在内地得书不易，后来流寓昆明、桂林更是无书可读。慰情胜无的好像只有开明书店发行的一种《国文月刊》，这里面有些文史论文，可以聊慰饥渴，一些唐诗宋词的名章俊句，读了真有如遇故人之乐。又不知从谁那里借到了几本神州国光社出版的《内乱外患历史丛书》（记得是这个名目，可能不准确），所收都是晚明野史，真的是难得的宝贝书，耽读不倦。在那个大时代，来到昆明桂林这些地方，读着南明永历播迁的野史，不被打动是不可能的。昆明的华山西路五华山脚下有一块小小的石碣，刻着“永历帝灰骨处”字样。每次走过，免不了总要多看一眼。西门外莲花池畔有陈圆圆的几块石刻画像，上面写着她的小史和在此自沉的纪事。走过时就不能不想起三百年前的旧事，说是“发思古之幽情”固然不错，但这怀古是与伤今结合在一起的，并非一般的附庸风雅也是千真万确的。抗战中住在沦陷了的北平的陈垣为什么要写《明季滇黔佛教考》，那动机也是一样的。为什么在抗日战争时期，人们又注意起晚明历史来，那原因就在此。

昆明城里有一个翠湖，翠湖里有一个图书馆，这是个古色古香有趣的地方。一座小楼，四周是庭院，院子里有树有花，多的是昆明有名的茶花。天空碧蓝碧蓝的，有时候也飘过一朵白云，阳光洒满了庭院，更衬出了这个小院子的幽静。我抽空到这里来过几次，借南明历史书看。那时的眼界不宽，见书更少，凡有所得都觉得异常珍贵，我就用这些抄得的零碎材料写成了《昆明杂记》。后来到了贵阳，也跑过图书馆，写成《贵阳杂记》，记杨龙友的故事，因为他是贵阳人。

抗战胜利后回到上海，有空就跑跑旧书店，随意买书。我不想做藏书家，买书也漫无标准，但对南明历史的耽嗜却使我特别留意于此，很收集了一些，但其中无善本，无僻书。眼界是少少宽广了一些，知道这一领域实在广阔得很。买得谢刚主的《晚明史籍考》，从中得到摸索的门径；又见到郑振铎印的《玄览堂丛书》，接触到许多秘书佳册。因为编报，与吴晗相识，读了他写的一些别致的明史论文，像《社会贤达钱牧斋》这样的作品，谈的是旧史，却着眼于现实，非常佩服。我在这一时期所写的《金陵杂记》与《旧戏新谈》就是有意无意地模仿了这种写法，取材也不限于晚明，凡有可供驱遣的史料，都收拾了来作为素材。至于较系统地进行研究，还没有这样的野心。

郑振铎当时正编辑着大型刊物《文艺复兴》，他的文学史癖又发作了，计划编两期"中国文学研究专号"，要我也投稿凑凑热闹，那时我正读吴梅村诗，就提出要为《鸳湖曲》写一篇笺证。一天晚上，在静安寺庙弄西谛的书斋里闲话，我说起搜集材料的困难，西谛就随手从零乱的书堆里拣出了一部《几社壬申文选》，说从这中间可能找到晚明文社中一些读书人的政论。这书是明崇祯刻本，在我当时看来正是名贵的善本，西谛的慨然相假，不少吝惜，使我非常感动。这部书一直放在我手边，直到解放后重见才还给了原主。远在北平的吴晗知道我在收集晚明党争的史料，寄来了一册《霜猨集校注》。这是孟心史的著作，民国初年商务印书馆印行的铅印线装小册，十分难得。其中有关周延儒和吴昌时的史料极为丰富，给我以很大的帮助。在师友的帮助下，我终于写成了"笺证"，算是几年来留心晚明史事的一点小小的结束。

解放初期，江南旧家的藏书大量流出，晚明清初的禁书也时有发现。山阴祁氏的藏书中晚明史籍尤多。我所见到的有祁彪佳的疏稿，其中就有参奏吴昌时三疏的原件。彪佳日记中记崇祯末年与周延儒吴昌时的斗争，也都是第一手的材料。又买得泉唐戴氏（熙）藏旧抄花村看行侍者的《谈往》，也是记当时党局朝政的可贵的史料。久想重写《鸳湖曲笺证》，但几次拿起笔来都又重复放下，觉得重写的事几乎是不可能的。时移事换，对南明史的兴趣也逐渐淡漠了。

南京书事

一九四六、四七年顷，我曾在南京有过短期勾留，我的职业是新闻记者，当时正值国共和谈紧急关头，内战濒临爆发的时会，记者生活的紧张忙碌是不言而喻的。但我仍抽暇访问了几处著名的藏书楼，跑过三五家书肆。后来写了一卷《金陵杂记》，因故辍笔，因此关于书事见闻，没有来得及下笔。现在有机会回忆往事，就聊就记忆所及，补记一二。

南京最知名的藏书楼是龙蟠里的江南国学图书馆，清末四大藏书家之一的钱塘丁氏八千卷楼的旧藏就几乎全部藏在这里。使我大吃一惊的是，丁氏旧藏的善本书，劫后归来，宋版明抄就一捆捆地用草绳扎起，胡乱堆在楼上地板上，放在今天，读者有福能在玻璃橱里窥上一眼的善本，就是这样处置，没有书架安置。我访问了柳翼谋老先生，彼此叹息。但当时图书馆的管理办法和今天大不相同，也是值得怀念的。记得我曾看过一部元刻的《阳春白雪》，是绛云楼的烬余，据说是曾经柳如是校过的，有“惠香阁”小印，又有钱牧斋印、“惜玉怜香”印。我曾两登书楼，仔细审视，小字细书，遍布行间，确系女性手笔，但是否确出于河东君，谁也不敢轻下判语。我对柳如是研究产生兴趣，怕就是此时萌发的。

以发现宋本“金石录”闻名的“津逮楼”，也是我寻访过的。地在朱雀路大板巷。故宅甚大，危楼尚存。甘氏子孙杂居楼下巷中，曾导我登楼，空落落的大厅只在角落里堆了一堆破书滥纸，其中尚有残册上钤“直渎草堂”、“江宁甘元焕剑侯父珍藏金石书画记”旧印。近见报上有此楼已重修开放的消息，这是值得高兴的。

在山西路口中央图书馆的“北城阅览处”里，遇见了山东鱼台老乡屈万里先生。这地方原是伪府巨奸陈群的“泽存书库”。在屈先生指引下我参观了几部“善本”。宋元本没有什么，倒是明刻《西厢记》有两部附图本。陈群的收书也与别号“垃圾马车”的甬上倪某相似，有见必收，泥沙杂下是必然的。我还顺便打听了一下汪兆铭的藏书。据说并无特异的珍本。这位“双照楼主人”喜欢陶诗，收了很不少。但并无旧本，最早的也不过是明刻而已。

以个人的经济状况论，那时是说不上收书的，但也跑过秦淮河畔的状元境，书铺倒是不少，但佳本难寻，即使有也只有望望然去之而已。有意思的是在书店中买到十多张明刻版画，大都是从小说曲本中裁下的。白棉纸印，都是精品。书贾无知，才做出此等杀风景事。这些版画残页，后来都送给刻木刻的黄永玉了。

一个雨夜，走过一家旧书铺，案上放着一堆新收来的旧书。我从中挑了一本写刻本《玉洤词》，潘曾玮撰。咸丰刻本。刻得颇精，但写手的一笔馆阁体小楷实在不高明，有趣的是蓝色书衣上有泥金细字端楷跋语，为端木埰书。案上的一堆也全是端木子畴先生的抄稿和批校本，是从故居流散出来的。在这中间我偏偏只挑了一本词集，可以看出当时自己买书的眼光。战前开明书店曾据手迹精印端木埰手书的《宋词十九首》，线装，通体以极精的颜体小楷写成。前后有名家手题多幅。这书我是有的，也知道端木在晚清词坛的地位，但还是轻忽地放弃了。

以上所说都是旧话。说到自己的著作在南京印出的也不只一二种。最早的一种是一九八二年由金陵书画社印行的《金陵五记》，由傅小石画封面，黄苗子题签。未几再版。后由江苏古籍出版社于二〇〇〇年重印。这本小书后来曾不只一两次由别家出版社改编加图片重印，但其母本仍出于南京。还有一本选本《白门秋柳》是由江苏文艺出版社于二〇〇四年出版的。在我的选本中是较具特色的一种。

江苏省专营古籍出版的是凤凰出版社，其前身即是江苏古籍出版社。这是一家成绩不凡的出版社，几年前就曾出过一套大型的乡土文献丛书，网罗所及，遍于江苏全省，采用底本起于赵宋，下至明清。范围不限于地志，旁及野史、杂记，气魄是大的，眼光是开阔的。二十年前我曾写过一篇《关于地方文献的出版》，收在《珠还记幸》中，提到了"广东地方文献丛书""八闽文献丛刊""巴蜀史研究丛书"等，那时江苏的书尚未问世。也许是后来居上吧，成绩不输于先行者。至今我仍然热切盼望读到地方文献的新书，同时也热烈欢迎新编的地方志。后起者理应胜过前人，天一阁旧藏的地方志古本是可珍的典籍，但毕竟在某种意义上是过时的著作，不能完全适应新时代的需要。我们渴望新的著作，自然切盼出版者的不懈努力。

南京有不少旧友新知，上世纪八十年代初，曾游金陵，得识南大程千帆、周勋初、吴新雷诸先生。千帆以子苾夫人《涉江词》油印本见示，客中展读，惊其凄艳，即撰小文刊于《读书》杂志，赞其词而哀其不幸早逝。千帆后有《全清词》之辑，复征清词别集于下走，今《顺康卷》已刊成，而千帆谢世了。后数年复有金陵之游，借寓凤凰台饭店，得有机缘，得纳交诸贤者，旧友新知，一时皆在。马得老画师更为拙作京剧故事集作描绘，平添不少光彩。近已译刊在美国出版，凤凰台已成今日南京之文艺沙龙，真为盛事徒恨纸短，说之不尽也。

二○○七年七月七日

古书的作伪

对于版本目录之学，过去有一种流行的片面理解，不少人是干脆把它看做版本鉴定学的，这自然很可笑。不过这种看法的产生，也自有其特定的历史背景。古旧书籍本身一旦成为商品，价值规律就必然发挥作用，一切在市场上出现的通常现象也必然随之而来。买书的人和书店构成了既同一又斗争的矛盾统一体，“斗争”的焦点就集中在商品的质地和价值上面。时间久了，买书的经验积累渐多，逐渐形成体系，这就是所谓版本鉴定之学。

现在，情况已经有了很大的变化，上面所说的那个“矛盾统一体”几乎已经邻于解体。旧书店的招牌，在一些大城市里虽然偶然尚能看到，但旧书，特别是旧刻、旧抄本书却基本上消失了，因此所谓版本鉴定学似乎已经失去了存在的依据。然而不然，既然这已经成为带有科学性的东西，就已有了存在下去、并进而丰富提高的理由。目前，我们伟大的社会主义祖国确实积累了极为丰富的文化遗产，其中属于古文献的图书部门，就迫切需要大量有一定专业知识的人员关心、整理、保存、利用，这可不是一个轻松的任务。要提高全民族的科学文化水平，是万万离不开这一环的。

今天，依然健在的版本学老专家真的已经是屈指可数了，中青年接班人的培养，已成为极为迫切的课题。我们现在有极为优越、为旧社会所不可想象的学习条件，在国家图书馆里藏有大量珍贵的古刻本、抄本书，用来比勘、研究的条件是前人所不可想象的，按理人才的培养是并不困难的了。不过事情往往又并不如此单纯。记得我曾听到一位老专家向我诉苦，他曾手把着手教过一些青年，把宋元明刻的实物放在面前，细细地讲解那区别、特征……说得舌敝唇焦，但效果却并不理想。过两天试试看，依旧还是分不清什么是清刻、什么是明刻……自然更不必提更细致的问题了。他最后喟然说道，“当年我出了××元，买进了一部染纸充宋的假宋版，回来经人说穿，有好几夜睡不好觉。从此就懂了这一手，再也不会上当了。”这故事很可笑，所以今天也还记得清楚。不过我想，这应该不是笑笑就完的事。

要取得学习的成绩，付出学费是必要的，学费的付出也有种种方式的。那位老专家取得了优异的学习成绩，对事物取得了比较深刻全面的认识，归根结蒂是由于他付出了“创痛巨深”的学费的原故。这还不只从经济意义上说是如此，像他所犯的那种错误，对一个收藏家的声誉，损失也是巨大的。

今天我们当然不会再用这种方式来培养专家，但它依旧不失为一种能够引起人们思考的思想材料。同时，我也并不想将它作为一个庸俗的笑话介绍给读者。

像这一类的经验，每一个买过旧本书的人都会遇到好多起，应该说是并不奇怪的。同时有一点也应该指出，过去有许多著名的收藏家，尽管他们藏有大量好书，有的还在版本目录研究上作出过很好的贡献，他们的著录也不是完全可以凭信的。他们也会犯错误，也会做出一些不可思议的事来。

季振宜是清初著名的藏书家，有《延令宋板书目》，读起来也真使人为之向往而佩服。不过我却买到过他所藏的《汉书》，那是明代正德、嘉靖之间汪文盛的刻本，一些都不难识别的。但在卷前却珍重地钤了“御史之章”等三方大印，以后在每卷卷首，又钤了“季振宜藏书记”朱文长方印。细看那钤印之处，恰在“唐颜师古撰”一行的所在，而颜氏衔名之下却有挖补的痕迹，原来汪文盛的衔名被挖去了。那用意是明明白白的，是企图灭去明刻的痕迹冒充宋刻的，而作伪者恰是季振宜自己。这就使我对他的《宋板书目》产生了怀疑，不再相信那一册书目所收全都是宋刻了。

同样的情形还出现在曹寅的外甥堇斋昌龄那里。我买到一部《七经图》，棉纸初印大册，用鹅黄的蜡笺作面，书页里用宣纸作衬，全是康熙中内府的豪华装。每册卷前都钤了昌龄的藏书印。过了不久，又得到同书的残册，却是没有重新装池的明代原装，是四明卢氏抱经楼的旧藏。等我将两本进行对照时，奇怪地发现昌龄的藏印却钤在原来刻有“新安吴继仕熙春楼”字样的所在，原来也是挖补过的，和季振宜改造《汉书》是用了同样的手段，类似的情况我遇到过好多起，这两件都出之于著名的收藏家，所以记得格外清楚。

杜诗的版本可谓多矣，不过多半是注释本，白文的比较少见。我有一部八卷的杜诗白文本，板心下有“净芳亭”三字，前面有序，也不记刻者姓氏，但据版刻风气可以断定是明代嘉靖中所刻，前有阳城张氏省训堂的藏印。后来却发现，松江韩氏读有用书斋在书目里却指之为宋本，有一种韩氏书目还附印了书影，对比一下，就正与我所藏的一本相同。看来这不像作伪，只是鉴定上出了差错了。后来又知道，“净芳亭”是许宗鲁的斋名，许刻的《国语》《尔雅》等流传颇广，板心下题“宜静书屋”，知道的人不少，但这“净芳亭”却少见。细看一下，字体之古怪方板，也确是许刻的风气。像这种情况，一个鉴定者所能做到的也只是断定书册刊刻的大致时代，要了解更多的情况，就只有多看，多作对比研究，留心书目、题跋以及有关的一切记载。到现在我们还没有一部系统记述这一类知识的著作。我们今天的条件到底比前人好了不知多少倍，避免再犯韩应陛那种错误的保证也更充分，不过重要的还是艰苦的研究，没有这一条，别的条件都将不起作用。

过去在古书作伪的勾当中玩出种种花样来的大抵是旧书坊。染纸充宋、割去牌记、伪造印记、挖补缺卷、用旧纸伪造旧抄、临仿名人校跋……创造发明也多得很。不过买主付过“学费”，就像传染病患者产生了免疫力，也会变得聪明起来的。要取胜就得别出心裁。我曾遇到过这种崭新的花样，虽然上了当，到底也还是爱他的本领。

有一次从苏州的某书肆看到一种题为“烟花小史”的书，是明代万历刻本。它包含了八种书，记得有《秦淮四嫩诗》《薛涛集》《仙仙集》等种种名目，十分别致。回来查《千顷堂书目》里等多种书目，都找不到那名目。书中还有昆山叶氏的藏印，确是未之前见的怪书，赶紧出重价买了回来。仔细研究，发现其中一种在版心下面有“右编”二字，编者署名有“淡云王路”字样。前面那张扉页，大书“烟花小史八种”，用纸确是明代竹纸，但较厚实，刊刻字体也极似明人风气，但到底微觉板滞。几经研索，我断定这其实是一种残本。王路曾刻有《花史左编》，这大抵就是所谓“右编”了。王路是晚明出版业向资本主义急遽发展时期出现的一个出版家兼编辑人，是马二先生的前辈。不同的是他经营的并非举业书而是迎合时尚的“通俗文艺”，看那作风是要算作明末的鸳鸯蝴蝶派的。这八种，除了薛洪度集分量较多以外，其他大抵是小册子。至于前面的扉页，则是书坊新刻的，那名目也取得好，完全掩盖了原来残本的面目。

我想，作为晚明通俗出版物的一种标本，即使是残册，也还是值得重视的。马湘兰、郑如英、朱无暇、赵彩姬等的诗集，也由于王路的介绍得以流传。书坊的花样玩得十分巧妙，可惜的是，原书前面想来原有总题和细目，却因此湮灭了，这自然是版本目录研究中的一种损失。

我之敢于断定这是一种新的作伪的花样，因为我还从这家书店买到过用同样方法炮制出来的书，祝允明的诗、文、词、曲杂集，前面也有一张崭新的扉页，题曰“枝山先生柔情小集”，下面还刻了一个葫芦，中题“四全”两字。这回是从《千顷堂书目》里马上找到了那破绽，祝允明这样的著作有七种，不是四种，总题也并非什么“柔情小集”。

也是这家书店，又曾发现过二本《陈大声散曲三种》，万历刻本。陈是明代著名的散曲作者，这书也是不见著录的。此书曾引起藏书家的很大兴趣，不记得最后是被郑西谛还是傅惜华买去了。那扉页不用说也是新刻的，那风格和我所得到的两种完全一致。这样看来，原书一定也是一个残本，也必不只三种。傅、郑两位都是著名的戏曲收藏家，我猜他们都不会知道这里是玩了花样的。

傅、郑两位同志都已逝世，陈大声这部散曲集如果历劫尚存，在编目的时候，我希望添加一个附注，说明“三种”云云是值得怀疑的。

一九七九年六月四日

谈 善 本

“善本书”这名目，现在知道的人不能算少了，但要具体地下定义、立界说，就不大容易。自有书籍之日起，应该说就已经发生了善本与非善本的争论，异说纷纭，莫衷一是，如果一一浏览，是会使人头昏脑涨的。但仔细一想，争论之起，总是由于标准的不同，而标准在抱有不同目的的人眼中，又总是不一样的。以古书而论，它既是文献，又是商品。这就基本上划清了两种不同标准的界限，一切争论大抵总是由此而起的。

清代中叶有一位著名的藏书家黄丕烈（荛圃），以收藏宋版书著名。他有一个别号是“佞宋主人”，可以想见他的主张的坚决与真挚。他主张一切古书，以宋版为最好，因为它古。他校起书来，即使宋版书中明显的错误，也必据以“改正”非宋版的并不错误之处。他是主张越古越好的，可惜唐版还不曾发现，否则一定改号“佞唐主人”无疑。黄丕烈收集、鉴定、流传古书的功绩是不可否定的，他主张古本可贵也并不错，不过他把事情搞过了头，终于弄得可笑而荒谬了。

黄丕烈并不是这一主张最早的发明者，在他以后这种主张又有了惊人的发展，一直到今天也还不曾消失。黄丕烈是藏书家，但后来又开了“滂喜园”的书铺，经营旧书交易。在古书商品化的过程中，在资本主义经营方式萌芽的浪头中，他都很有些代表性，因此在这里提出他来作为一种典型。

留心书市风气变迁的人，可以看出一种有趣的现象。在不同时代，人们对书籍价值的评断是不同的。从很早的时候开始，群经的地位一直占据着最高的宝座，那原因是容易理解的。到了清末，才发生了明显的变化，那时晚明野史、清代禁书的身价突然上升了。这是民族主义思想风起云涌的结果，紧接着是群经地位的一落千丈，再以后是小说、戏曲书变成了珍品，这自然是五四运动以后，俗文学研究兴起的必然趋势。再后来，是过去无人过问的地方志大行其时，这与帝国主义者的大力搜罗是密切相关的，他们为了不可明言的目的，想尽力占有资料，对中国进行详细的调查研究，不过往往美其名曰人文科学的学术研究。

以上粗略的勾勒，是就书籍门类横断面观察的结果。大致说来，发展趋向还是健康的，那就是知识界摆脱了经义和道学，逐步走向实际，眼界也开阔得多了。其间每一变化，都有着深刻的社会变革的原因。越古越好的教条终于打破，“善本”的定义有了新的内涵。

如果我们拿宋人、明人的藏书目录与清初、清末、晚近的目录书加以比较，是会发现很有趣的差异的。宋人不必说，明人目录中也大抵不记版本。从清初以毛氏汲古阁为代表的常熟派藏书家开始才有版本记录。同样，过去的藏书家很少记载地方志，但范氏天一阁与祁氏淡生堂是例外；记载小说的，除明人《百川书志》外，只有钱遵王曾加以注意；戏曲的命运尤为寂寞，只有也是园、祁奕庆藏书楼曾加记载，这都不能不使人佩服他们特异的眼光。如果谁收集了清末以来旧书店作广告用的目录，那就能看得更为清晰，因为照例在这些目录中都附有定价，不但可以看到书籍流转的踪迹，也能看到书市风气、供求关系的变化。这些，照我看也同样具有文献价值，不可忽视的。

前面提到的黄丕烈，一方面在藏书家中享有重名。但同时也为讲求实用的学者所讥嘲，他们给他加上了“古董家”、“赏鉴家”等徽号，大加调侃，我想余嘉锡先生的见解可以作为代表（见《论学杂著》）。那意见不能说是没有道理的，不过也不可说过了头，否则也会向反面转化的。有些旧时代的学人，由于条件的限制，没有可能看到丰富的古刻、旧抄的实物，他们讲求目录之学，往往是从目录到目录，缺乏实践经验，因此也容易发生不应有的谬误。版本学是一种科学，到底离不开实践。

说到这里，我想在为善本作界说时，至少要考虑两个方面，它们的文献的和文物的价值。

有些书籍，不只因为它古、稀少（所谓“孤本”、“罕本”）而可贵，还确是极可贵的工艺美术品。韩愈和柳宗元的文集，当然算不得罕见的东西，但宋世彩堂刻的韩柳文则无疑是国宝。那纸墨、刻工，就绝非后来别的刻本所能比拟。这两种书都有明万历中郭云鹏的翻刻本，也算是刻得好的，但与原书一比，实在是天差地远了。这样的古书，珍藏在国家图书馆里，是人民珍贵的财富，我们就绝不应讥之为“佞宋”。

过去有一种可笑的办法，就是在时代上画一条线，作为判别善本的标准。这条线大抵又是随着时日的流逝而逐渐后移的。清初的《汲古阁秘本书目》中就没有明版书，到了解放前，就将崇祯以前刻本通通算作善本，后来觉得不够妥当，就把一些清刻列入“乙目”，实在是形而上学的方法，其实还是逃不开尊古的旧框框。好像至今那影响也还没有完全消失。真的照此办理，明人所刻大量草率的书帕本……也将全部列入善本。自然，即使是明人的恶刻，也是值得保存的，但保存是一事，善本是另一事，没有混淆的理由。

如果真有这样一条线，则太平天国刻印的书，以及大量近代的刻本、稿本、抄本又将怎样看待呢？鲁迅、西谛所印的《北平笺谱》，成书不过四十余年，其文献、艺术、版本上的价值，难道是什么通常明刻所能比拼的么？似乎文物出口的规定中也有这样一条线，同样也是极不科学的。这些，看来都是在上层建筑领域推行的“一刀切”作法的例证，都是值得重新考虑的。

和这个问题有关，可以看看当前出版机构印行古籍方面的一些问题。已经证明是伪书的李卓吾的《史纲评要》，被印成了精致的大册，这是江青的“杰作”，不必大惊小怪，但至今还被人们当做必读的历史课本，就值得注意了。朱彝尊的《词综》、沈德潜等的《五朝诗别裁集》都不是什么善本，特别是《清诗别裁集》（原名《国朝诗别裁集》），沈德潜为了逢迎清朝皇帝，竟将一些明遗民的作品改得一塌糊涂，连他自己祖父沈钦舆的诗也改得俯首帖耳、吞吞吐吐（可惜我所藏的沈钦舆集尚未发还，这里举不出例证)，真是令人发指而且气短。印行这样的选本，而且浪费了人力物力大册精印，看来实在没有什么必要。

曹寅的《楝亭集》列入“清人别集丛刊”影印了，而且有两种版本。曹寅的著作是有印行的价值的，但是否影印，似乎也还值得考虑。当前纸张和印刷力量都还较为紧张，像这样的书，看来还是排印为宜，为读者的负担考虑也应该如此。听说还要印行纳兰容若、朱彝尊、金冬心等的别集，这些书之为善本，是无疑的，但它们究竟并非孤本，在雕版上也并没有影印的突出特色，排印之余，附加两张原刻的书影也尽够了。

我是赞成搞好影印的工作的，国家所藏的重要善本是大量的，值得影印的也是很多的。过去一些学人以个人的力量印行过一些古书，商务印书馆那样的企业也印行过大量的古籍，但印制水平还不是令人满意的。今天，我们应该努力用最好的技术、有选择有重点地印出有代表性的国藏善本来，这在保存珍贵的文化遗产、提供研究资料、进行国际文化交流上，都有不可忽视的重要意义。

数十年前，日本静嘉堂文库曾经影印过我国归安陆氏旧藏的《东京梦华录》等书，质量是不坏的。但在我们看来，也还有可以大加改进之处。我相信，我们完全有可能印出更精美、更能体现我国悠久雕版事业优异成果的复印本。这无疑是我们在出版战线上应该进行的一种重要工作。

一九七九年六月三十日

谈 禁 书

不记得是谁曾经说过，“雪夜闭门读禁书”，算是人生一乐。我想这是说得不错的。要选一个下雪天，还得是晚上，外加关门上锁。这样的典型环境实在刻画得好，没有切身体会，怕是万万想不出的。

因此读禁书也就被赋予了一重浓重的神秘色彩，寥寥七字，包含的内容实在丰富得很。

溯本穷源，发明了禁书的手段并严格付诸实施的还是不能不首推秦始皇帝，这以后就有很长一段时间继起无人。虽然提起“图籍之厄”，烧书的事确曾不断发生，但那大都是战乱之间不问青红皂白一把火通通烧光，与嬴政的有目的、有纲领，有明确规定而且著之律令的焚书还是不能同日而语。禁书与文字狱发生关系，较早也较著名的是宋代苏轼的“乌台诗狱”，清代的张秋水有《眉山诗案广证》，就是专论此案的。张鉴的《冬青馆集》里收有许多有关南明史事的论文，他生于嘉、道之间，正当清代中叶文字狱盛行之后，他的特别关心宋代诗人苏东坡的命运，应该不是没有缘故的。

清代的乾隆皇帝，确是遥遥继承了秦始皇的传统，并后来居上的。论手段、论规模，也都远远超过了他的前辈。单是禁毁书目就先后修了几次，成书若干册。“禁书”成为一种通行的术语，也就从这时开始。不过有清一代，人们明明知道这一客观存在，但口中、笔下却谁也不敢提。一直到了清末民初，旧书店的商人才公然堂皇地把“禁书”字样标在书目上，同时售价也就相应飞快地提高，终于在有些图书馆的目录上也逐渐露面，作为审定善本的一种根据了。

为了习惯与方便，这里谈到禁书，也姑且以此为限断。

禁书虽然已经成为宝贝，但我居然也先后得到过若干种。这就使我悟出，禁书者，不论是有着无上威权的封建统治头子还是别的什么聪明人，也不论他们用尽了怎样的心机，到头来也终于是无效的。书是禁不绝的，因为有无数正直、公平的读者的保护。

唐末的词人韦庄，写过一篇著名的长诗《秦妇吟》，诗中涉及黄巢起义军攻入长安时的一些情况，有“内库烧为锦绣灰，天街踏尽公卿骨”这样的句子。韦庄自己后来觉得不大好，“公卿”们看了自然不舒服，新朝的头目也不会喜欢的，因此就自行“抽毁”，从《浣花集》中删去，还给家属留下了禁令。这以后一千多年中人们都无法看到这篇著名的作品。不料终于从敦煌的石洞里发现了那抄本，而且有三卷之多。韦庄用心良苦的安排终于还是无效。那原因就是很有一些读者喜欢它，作品还是被传抄、保存下来了。

韦庄后来虽然贵为蜀相，他到底只是一个个人，与能动用国家机器、在全国范围内搜查禁毁的皇帝是不能相比的。不过皇帝又怎样呢？事实证明，成绩也并不理想。不过两百年，清代禁毁的一些作品也还是陆续出现了，并没有禁得一干二净。那原因也并不两样，也是得到了人民保护的结果。

近三十年前，我看到过从浙江绍兴梅市流出的一些山阴祁氏淡生堂的藏书。这是一批由祁氏子孙深藏密锁了三百多年的先世著述，大半是抄本与稿本，其中绝大部分是符合禁毁的条件的。经过清初的残酷镇压，祁氏遭到了家破人亡的惨祸，但还是冒着杀头、灭族的风险保存下了这些著作。事实本身就是极为悲壮的。

这批书中有一部祁承㸁的《淡生堂集》，是崇祯刻本，在禁书目中是有著录的。仔细一看，凡是集中“奴”、“虏”、“酋”……等字，都已用浓墨仔细地涂去了。同时我还看到一部清初抄本的《淡生堂诗文钞》，是祁氏子孙选抄待刻的稿本，原书中那些涂掉的地方，都经过细密的修改。这些工作，想来都是在“雪夜闭门”的情况下进行的吧？

后来在苏州又得到过一部刻于崇祯甲申（也就是典型的弘光刻本）的

钱栴撰《城守筹略》，则是南明政府官员为了抵御“北虏”南下而提出的作战方略。奇怪的是这样的书，禁书目中也并未收入。可见清初统治者花了如许气力搜索、审查，工作也还是粗疏得很。原书卷一第一页的书名和作者名字都被什么人撕去了，撕得很马虎，卷一以下都还好好地保留着书名和撰人。这就不能不使人揣测，藏书者要应付即将到来的大搜查，他所藏的这种违碍书又很多，在惶急中只能这样马虎地处理一下的吧？那时代可能就在钱栴被捕杀头的前后。

我还有一部清初刻的《新乐府》，是吴炎、潘柽樟（潘耒的哥哥）的作品。这两位都是在庄氏史狱中被杀头的，书前的作者姓氏也同样被撕去了。这样的残迹，好像意在提醒后来的读者，书册曾经历过怎样的命运才终于保存下来，好像直到今天也还能隐隐嗅到血腥气，以文献论，是非常可贵的。

提到庄氏史狱，就不能不联想到偶然得到的一册稿本《私史纪事》（这是经过修改的，那原题是《史祸纪事本末》）。这可是一册很有价值的稿本。作者是范骧，与陆丽京等三人都受到此案的牵连。他们大概都曾为此书写过序或曾列名参校，案发以后一起被逮，被押解到北京刑部听审，后来总算放还了。这书详细回忆记录了起解途中、下狱审讯……以及如何打点营救、被释还家的全过程，浙江离开北京有一千多里，天气又是严冬，范骧等都是六七十岁的老人，他们的身份是逆案的“钦犯”，在押解兵丁的驱赶下赶路，后来到了刑部狱中，前后半年光景，过的是怎样非人的生活，都有十分动人的描绘。这不只是文字狱的珍贵史料，作为社会风俗史，也是难得的原始记录。尤其使我吃惊的是，这本回忆录记下了三位老人在遇祸以后，彼此间曾经发生过的一些猜疑和互相责难。在书册的上端，有陆丽京的后人署名“宗楷”的墨笔批注，都是驳斥范骧、为丽京辩诬的。他们被释放归以后，不用说，家都已破了，陆丽京的结果是离家出走，不知所终。看来与这种纠葛是不无关系的。封建统治者的残酷迫害，在明遗民内部散布的矛盾……这一切都是不能不引起人们深深的思索的。

《读书堂诗集》，原刻的黑格纸，精抄，无疑是康熙中的清写稿本，不题撰人，也没有分卷，后面还有许多空白页，可证尚未编定。这是钱塘汪无已的诗集，无意中得之市肆，也是一种当然必禁而不见于禁书目的异书。无已名日祺，后改名景祺，是钱塘汪东山（霦）的儿子。此集所收都是少年时的作品，后来他投入年（羹尧）幕，因《西征随笔》一书获罪，“律以大逆不道立决枭示”。《西征随笔》的原件后来在故宫里发现，曾经有过新印本。作者是有才华的，笔记中有些纪事的篇章，其实是很好的短篇小说，此外也有一些揭露官场丑行的纪事，我读过以后始终未能发现获得如此大罪的根由。其实汪景祺最大的过错是成为年羹尧的亲信。当时议政大臣所定年羹尧的“大逆罪”的第三条就是“汪景祺《西征随笔》，见者发指。羹尧亦云曾经看过，视为泛常，不行参奏”。后来查嗣庭文字狱发，雍正在上谕中还念念不忘于景祺，“去年正法之汪景祺，文稿中有《历代年号论》，指‘正’字有‘一止’之象。”雍正作为一个“伟大的作家”，完全可以和他的继承人乾隆之为一个“伟大的诗人”媲美。他写起上谕来，往往下笔万言，反复声说，终于使臣民陷入五里雾中，不得不承认皇帝的“权威”而后已。他运用种种奇怪的逻辑、惊人的捏造，将他所选中的对象一个个罗织入文网之中，又一个个杀掉，还要罪及妻孥、亲属、朋友和简直毫不相干的人。雍正是清代文字狱事业的奠基者，他提供了整套的纲领、理论和实践范例。可惜他的统治只持续了十三年，剩下的工作不得不由乾隆来最后完成。

掘《永宪录》记，汪景祺“伏诛”以后，妻子照例要“发黑龙江披甲人为奴”。“景祺之妻，巨室女也。遣发时，家人设危跳，欲其清波自尽，乃盘蹶匍匐而渡，见者伤之。”简单的几句话，写尽了一场阴森的闹剧的阴冷凄凉的结末。

汪景祺的《读书堂诗集》不过是少作，并无可观，全书充斥着封建文士无聊生活的描绘，但书前却有七八通诗序，作者都是当时的名家，除了朱彝尊、韩菼，现在已经记不起还有谁了。我曾经查过这些作者的文集，发现没有一篇序是保留下来的。这是难怪的。朱竹垞的《曝书亭集》卷二十，还保留了与景祺在西湖“夜泛”的五首诗。这是因为朱集刊成在景祺获罪之先，但后印的本子，“日祺”两字就已经削去了。出于同样的原因，朱集卷二十三《喜青宫再建》诗，在康熙五十一年（一七一二）再废太子以后，重印时也削去了，一个作者的文集，由于政治情况的变化，不同时期的印本就会有不同的面貌。这就是藏书家重视初印本的理由之一，也是判断重印时期的重要根据，也算是版本目录之学的一点小小的知识。

上面随意想到的几个例子，几乎无一不是清初文网的漏网之鱼，这就说明，尽管皇帝雷厉风行，作为头等政治任务来抓，效果还是很不理想的。当时各省的封疆大吏和中枢的文化官员实在值得同情，他们担着身家性命的干系，一字字地读着汗牛充栋的书本，又实在捉摸不透皇帝老倌的定案标准，他们的为难是可以想见的。手边有四册《无闷堂集》，闽张远超然撰，康熙刻本。《四库》未收，禁书目也没有著录，照我看也是一条漏网之鱼。只要看卷中有许多地方都开了天窗，就可以知道了。文集卷七有一篇《徐烈妇小传》，照例这样题目的文章我是不大看的，但因为篇中挖去了将近一行而引起好奇，终于发现这实在是一篇很有意义的文字。传末“野史氏曰”以下的一节是：

> 甲寅之变，生灵涂炭。身污名辱，终于不免者，不独女子也。女子为尤惨。楚蜀两粤，不可胜数。以予所目击耳闻者，独浙闽江右，其死于锋镝、盗贼、饥饿、损伤、老弱、废疾者不具论；其姿容少好，骡车马背挚之而北者，亦不具论；惟其弃载而鬻之者，维扬、金陵，市肆填塞。（以下挖去十五字）累累若若，若羊豕然，不可数计。市之者值不过数金，丑好老少，从暗中摸索。

甲寅是康熙十三年（一六七四）。这里所说的是三藩之变，干出种种惨绝人寰的兽行的正是平定三藩的清军，其在浙闽江右一带作战的则是讨伐耿精忠的部队。扬州、南京的人肉市场，竟与奴隶社会无异，不见旧记，是无从想象的。那挖去的几句也不知道说的究竟是怎样的事物。但仅此一节，难道就不该劈板禁毁、追究作者吗？可惜的是乾隆一伙竟自轻轻地放过了。

乾隆肚皮里的标准，捉摸起来是困难的，但只要翻翻《文字狱档》，就可以约略知道那大概。不是连测字先生的方法都已采用了么？又还有什么标准可言？其实这也正是一种标准。运用之妙，也未必全出自“圣心独断”，大小臣工的努力也是万万不可忽视的。

皇帝也自有他的聪明，早已发现这样蛮干下去不是事了，必须转变作风，采取新的积极措施，这就是《四库全书》产生的背景。聚集群书，暗暗改削，写成“正本”，颁示天下，既得“稽古右文”之美名，又收统一思想之实效，确是一条好计。但这也并非乾隆自己的发明创造，列祖列宗早已有见及此并付之实施了。入关以后首先为崇祯帝治丧，康熙下江南专程去孝陵致祭，他写的“治隆唐宋”的“御碑”到今天也还完好无恙；已死的明臣给以美谥，尚存的就用“博学鸿词”的办法招徕。这原是一整套政策的两个侧面，不懂这一手，是不能理解禁书的全部奥妙的。

禁书是一种历史现象，非常丑恶的历史现象。人类社会本来是没有这种事物的，但后来出现了，在某些时候还颇行时。我相信，它终究是要消灭的。前些时曾经就此进行过一些讨论。我自己是赞成“读书无禁区”的主张的。当然，一时实行起来并不那么容易。只要具有健康、正常的头脑的人，我想都应该赞成并努力创造条件把禁区彻底打破，并最终消灭这一丑恶历史痕迹的吧。那种一听见要取消禁区就不舒服，惟恐这种宝贝事物断种、失传的精神状态是奇怪的，不正常的。

神农尝百草，在他心目中本来就没有禁区。后来发现了毒药，他也只是向人们提出警告，同时写入《本草》，研究利用。他设了禁区然后又用科学的方法打开了禁区。假使神农在一开始就是满眼“毒草”，不敢触动，科学的本草学、药物学是不可能出现的。

三十多年以前，在中国的许多地方，马列主义曾是禁区里的禁书。多少人如饥似渴地“雪夜闭门”读之，后来终于诞生了新中国。禁的后果往往却是相反的宣传，这是反动派所不及料的。这些事过去了还不算太久，大概我们总多少还有些印象吧。

一九七九年十一月二十八日

残本·复本

大部书，因为种种原因，不完整了，只剩下几本或孤零零的一册，这就成了残本。在线装书中这情况尤其容易出现，除了单本书之外，即使是小部头的也大抵有两本、四本或六本，因而极易拖散。过去的藏书家和书坊店都很看不起残本，认为这是不值得收藏的。价钱因此也定得便宜，我开始买书，所得就往往是残本，后来也一直采取着这种人弃我取的策略。

试去翻翻过去的藏书目录，时代愈早，所记的残本就愈少。似乎到了明代的《内阁书目》才大量出现了残本。不过那是账簿一类的东西，是向皇帝报账的，性质不同。到了毛子晋的秘本书目，才偶有残本出现，不过大抵是绝无仅有的宝书。黄丕烈的“百宋一廛”中所著录的宋版书，就有许多是不全的；到了三十年代的《宝礼堂宋本书目》，则绝大部分都是残本。并不是藏书家们忽然思想解放，而是宋版书日渐稀少下去的原故。除了宋元以外，明刻的残本他们还是不屑一顾的。到了解放后编印的一些书目，如北京图书馆、北京大学……的，才不计钞刻、不论时代地著录了大量的残本，这当然是一种进步，是读书界实事求是作风有了长足进展的标识。

经过十年浩劫，旧书剩下来的不是很多了。除了彻底消灭不留痕迹者以外，残存下来的残本是大量的。它们大抵被堆集在仓库这样的地方，保管的条件有些也很不理想，听说发霉变质的情况也不是个别的。这是应该引起足够的重视的。应该组织足够的人力，抓紧抢救。首先防止仅有的书籍进一步毁灭，然后再来进行整理编目。必须彻底打破旧时代藏书家心中的“完缺之见”，重视残本，保护残本，把一切有历史文献价值的书籍保存下来。不这样做，不积极抢救，那在客观上似乎就是在继承着林彪、“四人帮”未竟的“事业”，这可有多么荒谬！

前些时到富春江上去了一次，经过桐庐时承有关同志的好意参观了县文化馆。他们还珍重保存着一些线装书，但无论数量还是质量都是贫乏的。我翻检了一下，明刻本和旧写本也不过只有几种，其中有的就是残本，是明代晚期浙江作者的诗集，颇罕见的名目。像这样的残本，极可能同时也就是孤本，当然是应该保存下来的。他们仅有的一部地方志是乾隆刻本的《桐庐县志》。这部书可帮了他们的大忙，他们正在修复桐君山和钓台，都从这书得到了极有用的参考资料。最近新发掘出来的游览胜地“瑶林仙境”，是明初诗人徐方舟（舫）曾经游览过的地方，但徐舫的诗集和事迹却知道得很少。他们想恢复钓台被毁的碑碣。县里本来保存得颇完整的钓台碑石的拓片，在前些年被当做“四旧”一股脑儿烧掉了。我有一本《选刻钓台集》，原四卷，现在只剩下了前二卷，也是残本。不过残佚的只是历代名人的题诗，碑记、论、辨等却完全保存了下来。前面有“上章摄提格”（庚寅，即顺治七年，一六五〇年）钱谦益的大字序。请钱牧斋来作这书的序文，实在不大合适，他只得说，“尘容俗状，靦然挂名于斯集，贻逸民遗民之羞，亦所不暇计也。”倒还是比较坦率的。

五十年代初期，在北京琉璃厂、隆福寺的许多书坊里，都还藏有大量的残本。像来薰阁、修绠堂这些书铺，大抵都在后进的许多间屋子里满满地藏着残本。一九五〇年一月，我在来薰阁买到的《平海图》就是很有趣的一本书。

这是一本被老鼠咬掉了下半的残册。前面有两通大字序，撰人姓名都啮掉了。下面就是图，板心上面题“平海图”三字。开始是六叶“北至莺游门，南至普陀山沿海地形图”，整幅都是大海波涛，中间点缀着山峦、岛屿、城池，都标着名目。再下面就是二十七开好像连环画似的版画，在每幅的左上方都写着“标目”。例如“贼酋王四等淮河谋抢漕船”（一），“三月二十九日贼犯新开河王百度死难”（五），“苏松道程请抚院方略”（八），“抚院黄移镇江阴出师”（九），“四月二十二日高家嘴官兵大捷”

（十二），“擒获张海山报功”（十四），“五月念六日北洋新港烧盗船六十二只”（十七），“苏松道程移驻金山抚贼”（廿三），“洞庭山计擒髾王四”（廿六）等等，可以看出这是按了时间顺序采用大事记形式记下了这次镇压活动的全过程，前后大约三个月。这是非常精细的版画，可以与晚明最好的版画相比而毫无逊色。更可贵的是，它不同于一般戏曲小说的插图，是写实的作品。其中描绘海战、会议、行刑等大场面的画幅，往往人物多至数十百人，也都工整细致，绝不潦草。从中可以得知明末的战船形制、人物衣冠、礼节仪制、战斗实况、旗帜器械、枭斩场面等等，这对了解真实历史事件面貌都是可靠的资料。这里所详细描画的一切与今天我们在戏曲舞台上所见大致是一致的，从而可以证明今天我们所说的古装戏，在明代则正是时装戏。而明人在搬演更古的历史题材时，也大胆地运用了时式衣饰，并不事事遵古。

得到这残本以后五年，又偶然从苏州旧书肆里得到这图的残页十二幅，虽然也有破损，到底是较完整的全幅，就重装在一起。此外，不曾见到过第二本。

偶然读王重民记在美国国会图书馆所见我国善本书的文章，知道有“《壬午平海纪》二卷，活字本”一书，猜想可能就是同一部书，这一册序和图，因为残损，却幸运地留在国内了。

关于这历史事件的记载，却只在谈迁的《国榷》中有简略的几行。那是在崇祯十五年（一六四二）的三月“盗犯太仓新开河，杀把总王百度”，同年六月庚戌又记“崇明盗平，兵道程恂（当作‘峋’）散其党二千余人，籍其兵四百四十人”。

关于此书，谢国桢据《美国国会图书馆藏中国善本书录》著录于《晚明史籍考》中。《书录》则又据《永丰县志》转录程峋事迹，“峋初名士凤，字垣公。童试时知县瞿式耜大奇之。登崇祯甲戌进士，为部郎，升镇江守，有治声，报最。擢苏松兵备道，迁江南督粮道。闻闯贼陷京师。吐血盈斗，死而复苏。值留都裁督粮道缺，奉新入粤，升惠潮巡抚，寻遇刺。”“峋官苏松兵备道时曾剿平海艅，此即当时往来书札及檄揭也。”

彭士望在《耻恭堂诗》自序中记他在崇祯庚辰（一六四〇）在镇江曾受到程峋的接待，作诗说："此邦妙山水，主人逢李邕。"彭士望后来还记下了程峋的死事，列入"王事兵乱死"的项目中。

封建时代的作者，根据当时的政治立场和道德准则，把程峋写成了一个"高大"的形摹，这是不足怪的。不过，我又在明遗民徐树丕的笔记《识小录》中看到有关程峋的另一则"逸事"：

> 兵备程峋者，永丰人。其在京师，与寠妇杜氏有情，此妇后嫁吾苏缙绅彭某。彭痴蠢人也，娶时为一武弁主婚，武弁认为妹故也。甲申春，武弁来吴，至彭家，与妹坐谈间，兵道适至。虽避屏后而以目送情，种种慕恋。程遂寄柬送之，中称"永丰人顿首"及"可怜相思救命"诸话。贿彭仆妇诸人以达。杜作回书，仍用官封，而衙门人不晓其故，遂直致。进时程方与粮道庄者对坐，庄见官封，意紧急事，促程启封。程亦叵测，才启而红汗巾角露矣，上有诗八句并情语。程不能隐，面发赤，遂对庄笞来人六十。乡绅者闻之，遂一一根究。知此事起于程，乃大张告示于关庙前，欲同程诅于神，一时哄传，笑破吴人之口。程虽强辩，究竟以此去官。

这记事实在太生动了，看来不可能是假造的。这件公案就发生在明亡的甲申年，也正是程峋得意地镇压了农民起义并编印了纪功的小册子之后。什么吐血盈斗、死去活来，八成是十足的鬼话。他是被苏州的士绅贴"大字报"赶走的，并非为了粮道缺的被裁。这故事好像颇为稔熟，似乎曾经写入过什么戏文里。那情节也实在很妙，比《玉堂春》的"会审"还要来得奇突。程峋寄给情人的信虽然只剩下了片言只语，也不愧为三百年前"古情书"的好例。

从这里我们更可以明了过去正经书里的官话都是很靠不住的，而野史则往往比较真实。程峋后来怎样死去，不详，但只要纳入"王事"一类，就可以算作好人了。当然这也是靠不大住的。过去晚明史册中常常有一大堆“殉难”、“殉节”的名单，情况非常复杂，真实性更是值得怀疑，需要清醒地对待。

即使如此，这一本《平海图》也还是有价值的。被程峋镇压了的“海盗”，是一支很了不起的农民起义武装，他们抢了漕船的福山营的哨船、刘河的营船，杀掉了哨官、把总，惊动了抚院、总镇、参将等文武大员，被官军在北洋新港一次烧掉的“盗船”就有六十二只，可见这不是一支微弱的力量。这就不能不使人们想起清初纵横海上的张煌言、郑成功的水师，看来他们之间是有着一定的关涉的。

我举这个例子说明残本值得重视。下面想顺带谈到复本，这也是不应忽视的。

周密的《绝妙好词》是宋人著名的诗余选本，现在已经算不得什么“秘籍”了，但在清初，却是湮没了好几百年、许多人想看也看不到的东西。第一个把它介绍给读书界的是和朱彝尊一起编选《词综》的嘉善人柯崇朴，他所根据的底本是常熟著名藏书家钱曾家的抄本。崇朴序中说，“余从子煜为钱氏族婿，因得假归。”这是此书清代的第一刻，时在康熙乙丑（一六八五）。

得到这原刻之后，我又买到另一个吴枚庵的批本，底本也就是柯本，不过印本较后了，面貌也有所改动。那变动是：一、抽掉了柯崇朴的大字序；二、武唐柯煜序的最末一行“康熙乙丑端阳日”也被删掉了；三、原刻卷首大题下“小幔亭重订”五字被挖改为“清吟堂重订”；四、卷首大题第二行原作“弁阳老人辑”五字，在“老人”下添刻“周密”二字，五、书前新增“康熙戊寅夏五”高士奇序一通。经过这样的改变，过了十三年，小幔亭本变成了清吟堂本，版片还是旧版片，主人却换了。

也许这些细节只是研究版本的人才会发生兴趣的吧，然而不然，这一具体事例提供了一个作伪的标本。买到前人雕椠的版片，改头换面，就算是自己的业绩了，这是一种不折不扣的剽窃行为，不过在“清吟堂主人”高士奇说来，却是不值得大惊小怪的事，他是连皇帝都敢骗的。传说他收藏的法书名画，记入《江村消夏录》的，多数有真伪二本，许多假货后来都入了内府。在高士奇看来，掠夺一下柯氏的劳绩，又算得了什么呢？旧书版片易手的事是常见的，比较老实的人，会说明版片源流的大略，也不没原刻书人的名字；比较调皮的就笼统地说一下什么旧版漫漶，重新墨版之类的话，仔细一看，其实还不过是旧版；最无耻而霸道的就是像高士奇的这一手。这些小小的常识，研究版本学的人是应该知道的。在鉴定版刻时代……的过程中，有许多错误就都因此而产生。

《绝妙好词》雍正中还有过项氏所刻一本，写刻精绝。我前后买到二本，第二本是最初印本，原来的扉页尚在，题群玉书堂刻。过去以为是玉渊堂刻的，现在知道不对了。这都是多收复本才能得到的知识。

聂晋人、曾道扶所纂的《百名家词钞》是清初词人总集中著名的著作，刻于康熙中，金阊绿荫堂梓。此书我先后买过三部残本，最后才得到叶誉虎旧藏的一部全本，共一百家。但这书是“随到随刻，未及次序”的，所以不能说最后的“全本”就是真正的全本。就我所得残本保留的总目细校，当日所刻，至少也在一百二十家以上。别出“全本”之外的就还有米汉雯、严曾渠、陆棻、周金然、彭桂、丁澋、吴岩、徐吴升、侯文耀、沈季友、钱芳标等家。而吴秉元的作品，“全本”题“摄闲词”，而残本则作“慎庵词”，内容也完全不同。这部《词钞》的价值，不只在于收集了许多没有单刻传世的词人作品，即使已有专集的，内容也大有不同，足资比勘。它所提供的知识，也不只是文学史上的，更多的是政治史、社会史上的，编者收集的原稿有许多都是钞稿本，到后来刻入全集时，往往有删削改动。如有名的词人顾梁汾，他有许多作品都经过仔细的修改，有只存原作一两句的。这种删削、修改，有出于艺术上的考虑，也有出于政治上的考虑，至今还没有研究者注意到这种情况。又如曹寅的《荔轩词》，就有许多不见于《楝亭词钞》和《别集》的。余怀的《秋雪词》，也与《玉琴斋词》不同。

萧山来集之是明末清初一位值得注意的作者。他从事过抗清斗争，写过剧本，留下了诗文集。约二十年前我在杭州曾看到过他的一大叠稿本，写在黑格的稿纸上，已经忘记了那名目。他比较著名但传世很少的著作是《倘湖樵书》十二卷。这是一部读书笔记，选集若干内容相近的资料，写入一个专题，有时也发一点议论。后出的《蓉槎蠡说》以及俞理初的《癸巳类稿》《癸巳有稿》等，可能都从他那里受到过影响。三十年前我买到一部原刻，但已较后印了。过了些时，又买到一本卷一的残本，却是刻成以后最早的印本。和旧有的一本对读，不禁大吃一惊。板片无疑是同一板片，但内容和序次大大两样，原刻每卷前的目录第二行的题属是“倘湖樵人来集之元成父著，男燕雯拂云校阅”，后印本则大抵铲去了“男燕雯……”的半行，有几卷连来集之的名字也铲去了。原本文中有圈，后印本也没有。有许多篇目见于原本的，后印本削去了。如一条题目“忠义强直之人不死”，后印本就只剩下了“忠义强直”四字。卷二“甲申十同年图”一条，变得有目无文。其他改削之处还很多。来集之是明遗民，书中常记明太祖和明代诸帝事，语意恭谨，遇“上”字必空格。虽然也有的地方奉承着清朝皇帝，但遗民的立场还是很鲜明的。这部书刻成以后一定经受过不少磨难。如果不是偶然得到初印残本，就不会知道中间还有这许多花样。

一九八〇年五月三十日

书香琐记

古旧书业的从业员，不只是书商，同时也是文化典籍的流通者和保护人。我曾说过，在史籍中于达官显宦、名士美人之外，完全有必要为贩书人写一篇列传。它可以反映、折射出传统文化传承的侧影，其重要性、生动性往往不是高文典册所能代替的。五十年来出入书坊，遇见过不少书友，有些不只是贩书人，同时也是有丰富经验的版本目录学者。和我有较多接触的有北京通学斋的孙殿起、上海中国书店的郭石麒、来青阁的杨寿祺、修文堂的孙实君、修绠堂的孙助廉等。我们不只是书商和顾客的关系，也是很好的朋友。他们肚子里都有一本书市兴衰、典籍聚散的详账。从他们口里，可以听到闻所未闻的珍奇掌故，远非《书林清话》和李南涧、缪荃荪两篇《琉璃厂书肆记》可比。我也曾几次劝他们把所见所闻的书林逸事记录下来，但往往被他们一笑置之，以为不过是笑话。随着这些老一辈书友的离去，我这建议也终于成了虚愿。倒是我这种游说，被年轻一辈的苏州文学山房的江澄波先生注意了，终于写成了一本《古刻名钞经眼录》，聊补遗憾。但读后觉得并不满足，就我所知，就还有不少出于文学山房的重要书册不曾网罗在内，是很可惜的。

这些老一辈的书友，都是熟于近代藏书家和他们的收藏的。这是他们搜书的门路、本钱，可以由此获得难得的孤本秘籍。例如南宋陆氏家刻本的陆游《渭南文集》，游字缺笔本，是流传有绪的名书，可是除了《须静斋烟云过眼录》曾经一度著录过，近百年来无人知其下落，是郭石麒从费念慈家访得，才重现于世的。又书商往往秘惜藏书来源，不愿人知，郭石麒就没有这种顾虑，曾陪我到王绶珊、徐乃昌家去看书，得见九峰旧庐、积学斋的不少遗藏。

有人则不是这样。我从传薪书店徐绍樵手中买到过张宗子的稿本《史阙》和康熙原刻本《西湖梦寻》，问他从何处收来。他一会儿说是桐庐山中，一会儿说是绍兴乡下，后来知道是从邻近的书摊上买得的。绍樵常去江北收书，一次得到旧刻大字本《潜夫论》，焦里堂藏书，只余其半。此书曾请徐森老看过，定为元刻。绍樵信誓旦旦地对我说，书出宝应故家，余册必可找到。可是直到今天也还没有发现。生意人有他们必须信守的商业机密，是可以理解的，这仅是一例而已。

王绶珊逝世后，有一部分精本在代他收书的抱经堂朱遂翔手中，深藏密锁不使人知。正巧这时朱另设金笔厂，成绩不错，孙助廉就说动他售去藏书，添加笔厂资本。朱遂翔被说动了，于是精本陆续而出。一时温知书店的长案上就摆满了善本秘册。杭州猫儿桥书铺刻三十卷本《文选》残册就在其中，书绝似北宋刻，助廉还找出《临安志》来给我看，其中果然有个猫儿桥。助廉的搜书本领是出众的，他后来又从青岛收得同书的另一残卷。此书是解放后发现的宋刻无上精品，虽然赵万里据书手姓名断为南宋初刻，但仍不能否定北宋杭州刻本之说，其实两说前后相差不过数年，大可不必为此争辩不休。

结一庐的藏书后归张佩纶家，解放初最早散出的是涧于诗文集、奏议、日记等。在南阳路张家门口，真是堆积如山，后来大抵进了还魂纸厂，其中几乎没有值得一看的东西。但不久以后，来青阁却拿到张家所藏的四种宋本，其中最煊赫的自然是《花间集》，后归孙伯绳，今在北京图书馆。不知道是不是来青阁主人杨寿祺的手腕。总之，一时上海旧书肆各出绝招，争奇斗胜，书市也热闹非凡。在大批旧书沦于废纸的可悲境遇中，是这些书友从中起了部分拯救作用，他们还奉命从烂纸堆中捡出了残宋本《磐石老人集》等珍罕册籍，都是值得一说的。

在古旧书业从业员中，不应忘记的还有做修补装池工作的人们。和郭石麒在一起的有一位曹有福老先生，他是装书的好手。我的书大部分都经过他收拾。那部稿本《史阙》初入手时几乎是几本烂账簿。张宗子著书的习惯是先做长编，写在自制剪开的黑格纸条上，一事一条，然后分类汇集，粘贴在册子上。纸页多已脱粘，高低不平，无法翻阅。经过曹先生的揭裱重装，平整如新。他不是拙劣地裱成册页，而是还他书页的原貌，几乎看不出是许多零碎纸片补缀而成。这种手段真可敬佩。古书业不只需要精于鉴定熟于版本目录的人才，这种装修工作也是不容忽视的。为古书续命，这也是十分重要的工作。

一九九八年九月二十五日

常熟翁家

听说常熟翁同龢旧藏的一批善本书近将返国，非常高兴。这批书中，有值得注意的宋刻小品数种。都是铭心妙品。其中的宋刻《楞严经》，有赵子昂旧题，董其昌手跋说，“兹经为中峰持诵本，传闻标签亦系赵书”；有“松雪斋”旧印；刻板精严端丽，是宋刻精品。又宋刻递修本《集韵》十卷，是钱遵王旧藏书。《长短经》存九卷，宋刻本，卷尾有“杭州净戒院新印”一行；有洪武丁巳沈新民跋；是徐乾学传是楼旧藏，刻工尚有北宋遗意，是浙刻中的精品；有乾隆极为不通的题诗，实在是玷污了好书，但在拍卖场中，正是被人看重的亮点也说不定，残宋刻《会昌一品制集》十卷，小字精雕，有黄荛翁跋。

集部书有残宋本《施顾注苏东坡诗》、宋建本《分门集注杜工部诗》、宋棚本许浑《丁卯集》。许集有黄荛圃跋，又有仇英、宋筠、季振宜题款，又木公松识语两行，正与荛翁所藏宋刻《鱼玄机诗》同出一家。

此中最有意思的是宋刻巾箱本《鉴诫录》十卷，有项子京、汪士钟藏印。此书为朱竹垞旧藏，有跋。又有项子京题、王士禛题、徐嘉炎题、汪士鋐题。徐汪两题均在维扬全唐诗局中作。时竹垞携书来客真州，曾以此书赠曹寅，而曹不受，手题三行，仍归竹垞。曹寅墨迹流传甚少，此为仅见，其词云：“己丑夏五，竹垞先生来真州，持以见赐，愧不能藏，复影录一本奉还。曹寅。”曹寅曾为竹垞刻《曝书亭集》，交谊不浅，但对其赠书却不敢受，可见名士打秋风是不好承受的。此书数跋反映了织造贵官与名士往还故事，是别有趣味的。

翁氏藏书解放初曾有部分流出，于沪肆见过几种，其中有宋浙刻曾南丰集残卷，小字精雕，白麻纸印，极精，有“常熟翁同龢藏本”朱文长印，似为张葱玉收去。又有清初内府五色精写本《时令事宜》一册，曾在余家。其中最有意思的是明万历刻《东坡先生诗集注》三十二卷，卷尾有黄笔题“丁丑初夏后学钱廷锦简臣阅一过”，是为钱氏阅本；收藏有“宝娄室”朱文长印，“虞山翁同龢印”白文方印；目录后墨笔一行云，“光绪庚子四月朔，邑子翁同龢获观”，下钤“龢字”朱文方印；首叶书眉紫笔题“紫笔临严思庵先生手批本，同和记”，下钤“叔平”朱文小方印；翁松禅批阅并录严思庵跋，每卷尾俱有，用紫笔、小行楷极精，是翁氏晚年着意之作，有长至一二页者。并有手跋多通，汇录如下：

> 评点极矜慎，而于鄙意有未尽合者。余粗疏任气，老将至而未知所裁也。雍正辛亥距今百六十六年，展卷兴感。龢记。光绪庚子五月。

> 光绪庚子首夏得此书于邑中书估，有雍正九年钱公简臣批点，丹黄烂然，颇极矜慎。是年六月，汪柳门侍郎由吴门寄示严思庵先生手批本，前后数过。最后为康熙五十年辛卯，则又在此评本之前廿年矣。钱公于严先生为乡里后进，而手眼各别。因以紫色笔移写严评并圈点于册内，以证吾虞诗派之同异。

上钤朱文小长方印“庚寅生”三字。

又松禅手补逸诗一叶，后附记云：

> 此从严本录入。诗格凡近，断非公作。严加以朱圈，未纠正也。严本是康熙初刊，字系软体，极清朗。松禅记。
>
> 思庵先生古之狷者也。其罢官居京师时，至于绝粮。得人馈青钱二千始济。非其人必不受也。余削籍归田，生计日迫，然犹有书画数箧，墓庐一区，仰愧先生多矣。龢记。

批本中题记往往涂抹过半，意当日文字之禁严耶？卷末有味闲居士鎏者，先生长子也。

庚子六月，北方有警，讹言纷然。回望神京，魂神飞越。此岂吾读书时耶？然舍读书又何为也。嗟乎嗟乎！以庸流参大计，以华士谈诗书，以沾沾格律绳古仙之奇作，同一憾事。是月望，松禅。

自十六以后无雨，几于流金烁石矣。余假菉卿侄舍以居，书室如斗，蚊雷轰然。临圈点毕，因记。六月廿九日。

五十年前曾过虞山，听同游许君闻泉告，其先人曾令常熟，适翁同龢被遣归田。奉严旨翁同龢不许生事，严加管束。那办法是每月到翁宅看望一次，见面晤谈，一茶而别，然后以翁某并未生事上闻，习为故事。时翁居墓庐，每月必回故宅以候传见。可见慈禧对这位放归林下的大学士还是念念不忘。今见松禅诸跋，其忧畏之状毕现。然仍不忘京华，于庚子之变忧心如捣。随笔札记，心事显然。他是知道文字之禁的厉害的，但仍写下了这许多，如西太后下令抄家，这部苏诗岂不正是极好的把柄？他说归田以后，生计日迫，只有书画数簏，墓庐一区，自然也包括藏书若干种，可见他还是清廉的，虽曾贵为帝师大学士，炙手可热，却未聚敛自肥。

另一种翁家藏书是康熙世豸堂刻《默庵遗稿》，长乐冯舒已苍撰。原十卷，今只存诗八卷，杂文两卷帙。翁之廉重刊八卷，所据即此本。后燕谷老人张鸿以传抄文补足，是为《常熟二冯先生集》。卷末有江南赤凤公子之廉跋，谓戊戌之岁，获之京师，归虞遂付梓人，并题二绝句云，

烽火虞山十丈青，难凭草木吊诗灵。
与君同此新亭泪，敢信天公遽不醒。
如此诗才薄玉溪，乐游原上望凄凄。
中朝党祸犹连结，回首长城厌鼓鼙。

燕谷老人跋云，

景芝刻此集时，系以二绝句。即前诗也。嗣汪柳门侍郎见之，怵以党祸之将起，非世家子弟所宜出。弢夫严命毁板，景芝不从。或缺一页，或截去后一截句。今景芝已逝，余亦衰老，重印二冯集，以践宿诺。信笔补志，不觉泫然。

冯已苍诗是禁书，而翁之廉重刊于光绪戊戌。就在此年同龢被逐还里，之廉两诗都说到中朝党祸，可见翁家对时局的看法。有意思的是发现题诗不妥的是汪鸣銮，两年以后寄苏诗给翁同龢的也是他。汪柳门的警惕性是很高的，绝非少年公子所及。我觉得有意思的是，两书都关涉到戊戌党祸，又都出于翁家，实在是一种巧合。

二〇〇〇年二月二十八日

四 印 斋

六十年前家住天津，寓居在墙子河畔一处名叫小孟庄的地方。出门即是一座桥，对岸河边种了几行柳树，还都未长成，稚弱可怜。暑假里常携一卷书到稀疏的柳荫下坐读，觉得很有意思。不知从哪里借得了两册《小说月报》，从那里第一次读到郑振铎写的《北宋词人》和《南宋词人》，不禁为那些清词丽句深深地打动了。这是我接触并深深爱上了词的开始。

过了几年，又回到天津南开中学读书。假日常到劝业场一带闲逛，劝业场中有几家北平分设的书店，好像其中就有藻玉堂。那里满壁缥缃，窗明几净，自然不是一个中学生驻足的地方，但也大着胆子闯进去一两次。记得曾在那里看到过光绪兰雪堂刻的《桃花扇》，纸墨明净，镌刻工雅，但不敢问价。又看到吴昌绶刻的宋人词集，是依宋、元本原样机刻的，更是精美。纸用罗纹，装帧也极豪华，当然更不是一个中学生所能染指的了。走出书店就是几家书摊，这里也有旧书，价钱比店里当然便宜得多。一次（一九三五）偶然看到一函《四印斋所刻词》，共八卷十家，白纸初印，装池甚精，就论价买了回来。仔细检查，才知道这是一个残本，《稼轩词》只存卷上，但并不觉得三块银元出得冤枉。王幼遐刻词大概始于光绪七年（一八八一），初刻只有《双白词》等四种，苏、辛词是十四年（一八八八）刻的，随刻随印，所以就无所谓残。而这种刻成后随即印出的本子必然是初印本，虽然晚清刻书说不上有怎样的古趣，到底是值得摩挲赏玩，比起竹纸后印本要好得多了。像《梅溪词》前的张镃大字序，就刻得极有神采。在《东坡乐府》的书衣上，有旧藏者手题一行：“幼遐侍御持赠，辛卯杪秋得于凤城。”辛卯是光绪十七年（一八九一），在苏、辛两家词刻成三年之后。这位藏书者有“小珠玉词人”等藏印不少。他好像名宗慈，字蔼余、凤逸。又有“太瘦生”一印，好像姓沈，到现在也没有查出他的生平事迹。

《四印斋所刻词》一共有多少种，到现在也还不易查清。据《中国丛书综录》著录，共二十四家。但我有四印斋刻朱敦儒的《樵歌》，却并未收入。《樵歌》后有光绪庚子（一九〇〇）春王鹏运跋，那已是光绪二十六年，是王氏刻词最晚的一种。也许因此，又经庚子之变，刻成后印本极少，遂不为藏家所知。近刻之稀见本往往比乾嘉刻还要难得，那道理大概在此。

这八册四印斋词，是我买旧书最初出手所得，虽南北舟车、历经劫火，依旧完好地保存在架上，也算得是难得的了。几十年来在南北书店里注意搜求，想配成全书，不料竟白花了五十年的时光。不知是什么缘故，这并不太旧的光绪刻本，竟如此罕遇难求。我陆续从徐乃昌的遗藏里收得《草堂诗馀》和《明秀集》两种，都是初印本，可能也是徐积馀得王氏所赠。解放后在琉璃厂又买得辛词下半，初印阔大，至此才算配齐了旧藏的残卷。周美成和《花间》、《天籁》诸集，则是在京、沪两地配得的，每次都要买下零种四五种，才得抽出配全，书店是不肯拆售的，前后也花了二三十年工夫。最后只剩《南宋四名臣词集》一种久访不得，想想未必能找到了，不料有一次去琉璃厂中国书店访书，与雷梦水君闲话，随便提到此书，他起身走进内室，从书架中抽出一本薄薄的小册子，拿来一看正是此种，不禁高兴得跳起来。数十年积想一旦圆成，我的《四印斋所刻词》总算是收全了。常见前人藏书题记，有收书辛苦、其谁能知的话，这时才真正领会此中意味。

这本《四名臣词集》是汇刻赵鼎、李光、李纲、胡铨四家之作。前有李慈铭序并致王半塘书简四通，后有王鹏运跋。半塘本来只打算刻三家词，请李越缦撰序，越缦又提供先世李光遗词，请更今名合为四家。李慈铭与王鹏运是同年，他在序中畅论两宋之交史事，斥责高宗赵构不少假借，他说：“而高宗区区于残破之半壁，惟恐失之，亡亲事仇，仅一亡秦老奸

（指秦桧），能申其欲。……其所昵者，亡秦以外，惟汪、黄耳，是尚得谓有人心者乎？故北宋之亡，不于徽宗而于高宗；南宋之不竞，不于亡秦而于思陵也。”越缦又进一步抉出高宗心事：“盖高宗深恶恢复之说，惟恐二帝之得还，而己有窃位之惭，故于仇和议者即以为仇桧，于仇桧者即以为己不共之仇。”说得何等明白透彻。世之论南宋和战者，大抵不敢明指高宗应负的责任，只明文徵明岳墓一词碑敢于揭露事实真相。再往后看，就是慈铭的这一序了。王、李都是谏官，又都处于晚清，自然都有满腹的牢骚，其刻《四名臣词集》，也正是一种感情的发泄。这在他们的序跋中是可以清晰地感觉到的。

继王氏起而刻词的，有朱祖谋的《彊村所刻词》，数量更多而校雠尤精，但我仍喜欢四印斋，板式多变化而都可喜。是极好的词学读本。它又是我收旧书中最早入藏的一种，在我的书架上也算得是最早的老朋友了。展看翻读，是不能没有故旧之思的，因为之记。

一九九一年七月五日

读书日记（节选）

小　序

日记之由来盖古矣。向来的选家，大概是从宋朝范成大的《吴船录》选起，不过那只是简单透顶的一两句记行程的话的集合而已。陆游的《入蜀记》很不坏，写景的地方很多，又多是很妙的小品。不过这全偏于游记一路。直到后来有《寻花日记》、《出使日记》等出现，涉及的方面总算多了起来。等到清末李莼客专门作日记，预备将来传世，才算日记功利化的开始。听说李慈铭一死，樊樊山就把十几大本取去，死也不肯拿出来。原因是里面有骂他的话；后来是被他烧掉还是怎么，也就下落不明。由此可见日记的厉害了。王壬秋也是以日记出名的，里边常常有滑稽的话出现，如"大有林黛玉之感"之类的话头，简直是对我们女界莫大的侮辱。

这里要声明的是我的日记并无附庸风雅之意。其所以称为读书日记者，不过因为：（一）我正在读书；（二）里边常涉及看书的话：（三）颇多"学府零闻"的风味而已。虽然也不免涉及社会上一些事，那是因为人虽在读书，仍不能不与社会接触。和圣人也不免有吃饭睡觉的一些俗务的道理并不两样，我想大概都是明了的。

×月一日

我是有剪报的习惯的。每逢碰到意有不舍的妙文时，就剪下来保存。

年来继续不断地剪着，翻翻小箱子，里边真也已经有了不少了。那精品，举例来说罢，是《申报》“游艺界”上的回风君所作：“百乐门情死案女主角贺蝶竟体白如雪——验尸时肩头发现啮伤痕迹”和某“教授”的“鄙人除任××大学××大学两校课务外，别无兼职，闭户著书，绝未与闻政治等等，特此郑重声明”的广告之属。这回用了“月下老人”祠下抽签的办法，闭了眼睛一摸，是一张“修养”给摸了出来。这是一首译诗，是“鼓舞人的”诗。作者有小序说，这是她一个死去的好友在临死前寄给她的。她考进了“以考试出名的大学”开始一天到晚和分数搏斗，“上学期很不幸的有三样功课不及格，今天向功课好的两个女同学借笔记预备补考，又碰了一个大钉子。晚上百感交集，不禁找出这诗来狂念。”我看到这里也不禁“百感交集”起来。作者碰了钉子的原因是什么自然不得而知。然而也颇可以看出一些功课好的同学的人间味的稀薄。不借的原因是怕弄坏了“朱字匀抄烈女篇”（郁达夫先生诗）的笔记呢？还是看不起不及格的人呢？我不知道。不过看了几个教授的捧了笔记狂念，笔记本忘了带来而停讲的事；她们的宝贵这几本笔记，也应当是非常自然的事。不传之秘怎么可以轻易给人呢？市声远去，坐在“倍可亲”的灯火下面，我是不禁有些惘然了。末了我还替她庆幸，幸亏是三样，如果四样不及格，岂不殆哉乎。然而也不要紧，还有五样不及格的咧，什么事只要有院长帮忙，是总归不要紧的。

×月五日

从学校里回来以后，把疲乏的身子向床上一躺，随手就拿过一本书来翻翻。这就是《静静的顿河》的全译本。这书已经有过几个译本了，这一次是由原文直译的，所以更容易使人注意。直译和意译之争是开始于几年前鲁迅先生对主张意译的论争。直等到鲁迅先生译的《死魂灵》出版，使人认识了直译的面目。那保持了原作中语气和风貌的译笔，毕竟是比了但求易解不计错误的意译好得多的。所以这一次看《静静的顿河》也是先翻了后记里所谈关于译法的文章来看，却不料发现了这样的一段：“最后一次的修改，是由巴人石灵斯埙野风四兄分担的工作。他们为我顺语气，务期使它通俗易懂。”……“及至巴人兄等的改订，更完全是求易懂。现在自己看看，的确和初稿时大不相同了。”以上四兄的懂不懂俄文，我不知道，看样子是只拿了译稿在“顺”，语气的合乎原文与否当然是莫名其妙的了。这倒让我想起了入学试验里的国文试题来了。原来那就是某“教授”在某古书里拉取了一段古文，段落不明标点不分的要学生译出白话来。殊不料一九四〇年的译界巨帙竟与大学生的试验殊途同归，在令我叹气之余，不禁要发出如下的请求：“但愿再谨严些！”

再想一想，这也原非新闻。正应了“日光之下并无新事”的话，远在十多年前就有人想到这种译法的了。鲁迅先生介绍了个安特莱夫的《红的笑》的译本在《小说月报》发表，却不料有人提出抗议，说他的译本在上海的书店里放了很多时候不见出版，后来退回来了，而这另一本《红的笑》却印了出来，校对之余风貌多有似处，大概是从他的译本偷梁换柱的转译去的。那时还不大明白怎样偷换，现在读了“后记”，方才恍然大悟，“原来如此”。拿了一本译文来“顺”一“顺”或“不顺”一“不顺”就成了。设想如此，岂不妙哉。

因此就另外想起了一件颇为有趣的故事。

耿济之先生翻译过屠格涅夫的《猎人日记》。这书是原来一段段译出发表在《小说月报》上的。后来收集单行本的时候却单不见了载《活骸》一篇的旧报，只好另译一遍。所以现在单行本的《猎人日记》里的《活骸》是后来重译的一篇。我却有着这本旧的《小说月报》。同时在一本《俄国文学研究》里，又有着王统照先生译的一篇《活骸》。前者是从俄文译，后者是由英文转译。对读起来，真够得上“良多趣味”四个字。现在用了“归纳法”把一句话的三种译法对照一下看：

法兰西的谚语说道，“干燥的渔夫和潮湿的猎人同属悲惨的景象。”（耿旧译载《小说月报》十五卷第九期）

法国谚语有言，“干的渔夫与湿的猎人，具有最可形状。”（耿译《猎人日记》本）

法兰西有句成语是：“一个干燥的渔夫，和一个潮湿地方的猎者，这是很愁苦的光景。”（王译）

如果无论是单读哪一种译文都会顺口而下的罢？可是一比较，就马上看出了不同之处。耿先生的完全是外交官派头，满口是官话，王统照先生则不愧是诗人，头两句译得非常美。可是第三句却也像不大“顺”。甚矣哉，译事之难也。

研究版本的人是常被人认为横通的。可是古本也究竟有它的可贵之处。鲁迅先生就曾经利用过影宋本的《容斋五笔》拆穿了四库本的西洋镜。自然，对证古本是非常使人头痛的事。吴稚晖和章太炎的笔墨官司，打得十分热闹。弄到后来吴老先生拿出最后的武器是给章太炎编“集外文”。这些自然是不利于作者而后来删去的文章。鲁迅先生在《关于太炎先生二三事》里也主张编入章先生早期宣传革命的文章，发扬他的战士精神，不要留给后人单是一个朴学大师的印象，这意见是非常可宝贵的。

×月六日

一连几天都是好月色。躺在床上望着从玻璃窗的高处洒进来的月光，青青的，或者说是像淡蓝色的雾罢。总而言之是十分美丽的一个境界。也正是一个空想的好机会。如果我是诗人，该在吟什么“床前明月光”之类的诗了；或者有爱人的话，会做着粉红色的梦。可惜都不是，跑进脑子里的，全是听来看来的恶浊的世事，这不免有负清光，然而也是没有法子想。

因为是礼拜六，下午同了一位朋友在马路上遛。走过大世界，朋友说他将要在一个戏里说到关于大世界的炸弹的对白，想要得到点实感，所以问我当时的情形怎样。抱歉得很，当炸弹爆炸的当时，我正遥遥地坐在西区的家里，只不过被炸声震得颠起来一下而已。现在看看车如流水马如龙的大世界，早已泯灭掉不论多么细微的一些痕迹了。朋友的失望自然是不言而喻的。再走过去经过一家舞厅，朋友提议让我见识一下。对这好意，最初我是曾经想了一想的。以大学生的身份是可以堂堂地走进舞场望去吗？后来一转念，这也是所谓观察哩，在一个学习着写些东西的人是需要多看看的。那么就进去了，拣了后排的一个黑暗的角落里坐下来，欣赏着舞池里的景色。这时灯光一暗，音乐白上奏起了 Waltz，舞池里的人们飘飘起舞。那音乐正是 Waterloo Bridge 里的 Farewell 的曲子。一位女士在扩音机畔曼声地唱着。一刹那间大家好像都沉醉于这缠绵的曲子中了。不知怎样，我的听觉有些两样，总觉得由扩音机放送出来的那位女士的歌声，是非人世的怪音。在这种歌声下还能够舞得下去，也总得有非常的修养功夫才行。然而歌毕灯亮之际，掌声不绝，算给了我无情的打击。在报上曾看见过某些剧场有《魂断蓝桥》的戏在上演，不曾赏鉴，现在却先欣赏了舞场里的歌声。而报上正还有“绝代名媛费雯丽将在××舞厅候教”哩！

出去以后，想转到文化街去看看。经过一条用大石块铺起来的路。这路上有不少家西服店，有一次在这里经过时曾经向窗里看了一下，马上就被两位“伙计”拥进去，半天才得脱身。所以这次是怀有戒心的惴惴地走过去，到了转角处的最末一家，舒下一口气稍稍看时，才又发现了奇迹。红蓝两色的广告写着堂皇的大字：“着此新装，可以提高君之人格！”幸亏这最末的一看，如果像鲁迅先生似的“破帽遮颜过闹市”疾趋而过，岂不就要交臂失却这提高人格的捷径了吗？

×月十二日

冬日的朝阳，真如金圣叹所说，是苍苍凉凉的。长长的街道上，除了一两枚落叶在飞舞之外，也实在寂寞萧条得很。这时忽然有鼓乐的声音飘起于街角；声韵是那么苍凉，告诉我这是个送丧的行列。一辆黑色的柩车，载着死者的遗体。后面还跟了一群人，低了头，脸上涂满了戚容。

这是我几月前所看到的一个丧仪，记在手记里的。那是个冬天的早晨。我在一个四层高的楼窗上向下俯视着这仪式的进行；虽然死者是素不相识的，然而也不免有一种摇落的哀愁在心上浮起来。我想这应当是季节感和人类的同情所凝成的一种感情罢。

今天我却在同一个地方听见一位中学时的老同学告诉我另一个朋友的死耗。

这太突然了。在前三天，我还在××路口看见他摇摇的身子走过，前一天还在楼上的图书馆里，看他在拣一本《光学》的外国书，现在他却已经在另外一个世界里了。

他是个沉默的人，却并不是个不可亲的人。综计在我们同学的两年中，和他谈话的机会至多有四五次。我努力地搜拣我的零落的记忆，关于最初会见时的印象，然而我不能得到什么。我只记得他是个长长的身材，长条脸，在苍白里泛着一些红色，一个常带了笑容的孩子的脸色。

他是聪明的。得了学校里的数学比赛的首奖。我和他的几次谈话，有些是问他算学题目的，他都是那么高兴地笑着地教了我。

他也喜欢看影戏。有一两次我们在影戏院里遇见，也不过大家点头笑笑而已。

长长的一次交涉，大概是我为我们毕业纪念刊向他要文章的那一次了。我强塞了一些稿纸到他手里去，他虽然笑着推辞，然而终于接受了。两星期后我得到一份厚厚的论文稿子。是谈物理学里的一些新发现的定律的。

离开学校后就不遇见。有一次和许多人一齐走过逸园，又遇见了他，还是那一副孩子的笑着的脸色。笑着彼此搭讪了几句话就分开了。他总是那么一副落落的样子。在朋友面前不免局促，而单独一个时，倒觉得适然的神情。

最后就是听到的他的这一次突然的死，当日早晨还好好的，午饭也如常。饭后微微的觉得不舒适，笑着和家里人说：“我真会得心脏病吗？”一会儿心跳得激烈起来。神志不清，医生来了时已经太晚，他就带了他永远微笑着的酡颜去了。

正如另外一个朋友所说，他是寂寞地生着寂寞地死去的。好像与世间没有一些关涉的那么自然的来去。他的死不会引起朋友的下泪，顶多是惊叹，表示可惜，完了。然而他的寂寞的生却不曾留给任何人以憎恶，而留给朋友的是一些虽然轻微却美丽的感情，所以当朋友听见他的死耗时，都有惊叹惋惜的表示，然而这岂是可以容易得到的呢？

读陶潜的《拟挽歌辞》："向来相送人，各自还其家。亲戚余悲，他人亦已歌。"他的葬式，我也没有往送的机会，只是写这样空疏的日记算作哀悼。我愿意以我的摇落的哀愁纪念这个并不十分托熟的朋友！

×月十八日

"南朝人物晚唐诗"原是可爱的，而我尤其喜欢李义山。虽然"温李"并称，向来算是文章浓艳的代表；然而我的爱重却全不在这些。《锦瑟》一诗是几百年来聚讼之的。据《靖康缃素杂记》所载，在宋朝就连黄山谷也莫名其妙。《许彦周诗话》云："适怨清和，一作感怨清和，令狐楚诗人能弹此曲。"这一来就又算是义山的罗曼史了。所以后来就有"锦瑟令狐楚青衣"的说法。这说法也并不见得就不可靠，因为李义山的一生，差不多就是为恋爱而生活着的。又有人解释作悼亡之作。元遗山的论诗绝句云："望帝春心托杜鹃，佳人锦瑟怨华年。诗家总爱西昆好，独恨无人作郑笺。"这算是《锦瑟》的可爱的副产品。在天津时曾看过一出《少奶奶的扇子》，里面的一个人的名字就叫"华年"，心想这总是很好的名字吧！这是很可以看出中国诗里音节的重要。

诗人的衰飒的伤时感遇之作，是最能动人心曲的。《义山集》里也自然不少，像"谁料苏卿者归国，茂陵松柏雨萧萧"，"中路因循我所长，古来才命两相妨。劝君莫强安蛇足，一盏芳醪不得尝，"（《有感》）"楼上黄昏欲望休，玉梯横绝月如钩。芭蕉不展丁香结，同向春风各自愁。"（《代赠》）之类，大概可以算作"才如江海命如丝"的注脚。这"生命的哀歌"虽然颇为一般英雄们所不满，然而这也是没办法的事情。我是无论如何也不能欣赏躲在墨索里尼脚下高唱进攻阿比西尼亚的胜利之歌的“诗人”邓南遮之流的作品的。

小时看《红楼梦》，林黛玉曾经称赏过一句李义山的诗。那只是断句，当时见闻寡陋，无论在什么选本里边也寻不出这句东西的下落来。后来在学校里翻出“四部丛刊”的李义山诗集来看，总算找到了，珍重的抄在日记本里，那就是“竹坞无尘水槛清，相思迢递隔重城。秋阴不散霜飞晚，留得枯荷听雨声”的一首，题目是《宿骆氏亭寄怀崔雍崔衮》，寄怀朋友的诗而用相思之类的辞句，正和别的一些用“芳草”“王孙”美人之类的辞藻一样，在那时看来，总觉得有些不伦不类。其实这是受了佳人才子小说的毒，存了偏见在心里，以为所谓“相思”总是肉麻万状的话。其实仔细想想，原也平常的。

“文人无行”是一句老话了。然而观诸近事而益信，新近曾经赏鉴过“某先生”在大海舟中的一首感时诗。那句子真写得好，好像真是在缅怀国仇家难、民生困苦的样子。后世之人如果不管历史只取那诗来一读，大概总要上当不浅。上次提到过的“某教授”在黑板上抄过他的一首《寄孤桐》，中有句云：“金陵王气何时复，蜀相精诚此日同。”原也是音调铿锵的好句子。不料隔时未久，他也像《红楼梦》里的凤姐一样，“历劫返金陵”了。

《梅溪词》的作者是史达祖。据叶绍翁《四朝闻见录》说：“韩侂胄为平章，专倚省吏史达祖。韩败黥焉。”半塘老人王鹏运是专喜欢替古词人打抱不平的。在刻李易安的《漱玉词》时就认定了许多词是“污蔑之作”。这里就又替史邦卿辩护：“或遂谓邦卿即侂胄吏。并引词中陪节北行一钱不值等语实之。按陈氏（仪按系指陈振孙）去侂胄未远，邦卿果为其省吏，何必曲为之讳。猥云不详。即以词论，如《满江红》之‘好领青衫’，《齐天乐》之‘郎潜白发’皆非胥吏所能假托。且约斋为手刃侂胄之人，何至与其吏唱酬？复作序倾倒如此，殆不然矣。”（见四印斋本《梅溪词》跋）这里所说原也有些可疑的。

古来像这类的疑案实在正多。文人的身后，正如鲁迅先生所说：“一瞑之后，言行两亡；于是无聊之徒，谬托知己……”是非常值得悲哀的，但鲁迅所说似乎还是属于“与其为混蛋所称赞，不如战死在他的手里”的悲哀。至于像王幼遐的替古人洗刷，如果是真实性较大，也还是值得赞叹的业绩；我们于千载之下，觉得他的风义之深厚，正是未可多得的。

一次同一位老师谈话，看到关于民国以来政局纷争里党派的作用之大，就发生了点感触；以为如果有人从事于朋党史的写作，不是将要把正史里的一切大小事变的诱因、发展，都弄得脉络分明了么？他说这很难，尤其是到了古代的历史。然而也可以从正史里的一两句话里勾勒出大概的情形来。他就举了唐玄宗时安史之乱时的唐书里的记载做例子。

那一天回来想想关于唐代的朋党之祸，恐怕要算末季的牛李党争为最厉害的了，实在可以算是唐代覆亡的大原因，因这却正关涉到李商隐，并且关涉到他的“无行”的问题。

这里，得先稍谈一下牛李的党争。

唐文宗的时候，李德裕和李宗闵拥有着势不相容的两个大党派。太和五年，党争渐烈，李宗闵做吏部侍郎同中书门下平章事，李德裕正有机会从浙西回来做宰相；却不料先为近水楼台的李宗闵所乘，得秉政，援引了牛僧孺，驱除李党。后来武宗即位，李德裕又得势，牛僧孺等又都外贬了。宣宗即位，牛党又得势，令狐绹白敏中等相继为相。李德裕被贬于崖州。“翻手为云覆手为雨”，简直极尽变幻之能事。我们的诗人李义山，却是终身搅在这个政治漩涡中的。

孟心史（森）老先生有一段非常简要的话，关于义山的生平的：

> 义山娶王茂元女。王为李卫公党。而令狐为牛党。义山早受令狐知遇，且复赖以成名。四六之业，又传自令狐楚。游扬登第，则得力于楚之子绹。甫得第而攀援贵家，婿于王氏，遂为绹所薄。绹方柄用。义山又不永年，遂流落以卒。（《李义山锦瑟诗考证》）

依我所推测，李义山当时未必有什么朋党之见存在心里。而当时王茂元是“泾原节度使”。那时的风气，大概是喜欢在新进士里面选女婿的。开成二年义山登第，和同年的韩瞻一同为王茂元所看中，“榜下订婚”。

自然，才得意就舍掉老朋友，去攀援异党的贵家，也一定要为人所薄了。

> 茂元虽读书为儒，然本将家子。李德裕党厚遇之。时德裕秉政，用为河阳帅。德裕与李宗闵杨嗣复令狐楚大相雠怨，商隐既为茂元从事，宗闵党大薄之。时令狐楚已卒，子绹为员外郎，以商隐背恩，尤恶其无行。俄而茂元卒，来游京师，久之不调。（《旧唐书·文苑传》）

以后就渐渐走上了崎岖的仕途。宣宗大中五年，妻王氏卒。他的《悼伤后赴东蜀辟至散关遇雪》：“剑外从军远，无家与寄衣。散关三尺雪，回梦旧鸳机。”充满了一个中年人的哀感。流离之苦，悼亡之恸，使人读了为之怅然。

另有两句悼亡的诗：“更无人处帘垂地，欲拂尘时簟竟床。”简直近于近代心理小说里的白描。对于一个失偶的人的迷离惝恍的心情，充分地描出了。

然而，我觉得义山是缺乏了骨气的。这也就是他只配领袖“西昆”做晚唐诗坛的盟主的原因。

他在李党失败以后竟要向旧日已舍弃了的党人求官了。“求援于宰相绹，绹薄其无骨干，随波逐流，从小人之辟，遂谢绝之。后于重阳日重又趋谒，留题云：‘郎君官重施行马，东阁无因许再窥。’绹见之恻然，乃补太学博士。……”（元辛文房《唐才子传》）

这简直是妾妇乞怜之状。还有一首寄《令狐郎中》：“嵩云秦树久离居，双鲤迢迢一纸书。休问梁园旧宾客，茂陵秋雨病相如。”诗是十分含蓄，然而逢迎的意思，是不言而喻的。这里就更好像“上山采蘼芜”里的弃妇，在苦苦地哀怜了。

呜呼！身世之感，国家之悲，文人的身价！

×月廿日

傍晚从××路口走过，在街角的煤球店的阶沿下看见一个人。他躺在布满了黑灰的人行道上，身上圆圆的卷了一个卷席，头下是两块砖和一个倒立了的碗。我初看以为已经是“正寝”了的，因为他一动也不动。后来发现了他的两眼还在精瘦漆黑的面孔上转动，注视着对过三友实业社的大广告牌。“无吃过量之饭，无饮过量之酒。”酒饭看样子是绝不会过量的了，可惜没有吃三友补丸的余资，所以只配“一席卷天下”，睁着眼在喘气。

这就又联想到白天看过的一出京戏——《法门寺》。

明朝的太监“九千岁”刘瑾奉了太后到法门寺降香。外边有民女宋巧娇喊冤。刘瑾听见，不分清白就吩咐把喊冤者杀掉。后来是太后给救下了。着刘瑾审问，算是给宋巧娇“主持公道”。审问完毕还赏给大银一锭，作为安家费。宋巧娇回家以后和父亲相见，抱头痛哭，惊异着刘瑾的清明，不禁发出“这才是有王法的地方呢”的感喟来。看戏至此，照例是点头赞叹。并据北平故老相传，刘瑾生平只做了这一件好事，足见动人之深了。然而可惜宋巧娇并不知道事情发展的经过，如果由了刘瑾的意思，宋巧娇早就做了“公道”下的牺牲，想歌颂怕也难。

就连太后援救的理由，也够稀奇。她说：“佛殿之地，焉有杀人之理?”这天是拈香积福的好日子，岂可杀生。实在要算刘瑾的糊涂。小民的有罪无罪，自然非所计了，这一下连刘瑾平日的嗜杀成性，也给衬了出来。可惜金圣叹久已“痛快”的死掉了，如果经他一看，准得大大的称赞一番：“这是背面傅粉法。”

鲁迅先生称赞过绍兴戏，说是里边有许多寓言式的地方好。现在看看京戏，里面也的确有好的。凡是从道咸以来，历久不被淘汰，愈益精纯的东西，差不多全是好的，《法门寺》即是其中之一。记得在天津时，每逢周末的日戏十九是《法门寺》。听了总不下几十次了，上起名伶，下至三路角色，全都领略过，可是到现在还没有讨厌的意思。我觉得这是一个讽刺剧，实在不下于果戈里的短剧。那一种仔细剥露，深刻描写，强烈对照，实在不坏，略似《官场现形记》之类的暴露作品，然而是紧凑得多了。我所听过《法门寺》中扮刘瑾的有五六个人，最好的是侯喜瑞。他在《大审》时的台词，就是常常变化的。由这里也可以看出淘汰的痕迹来。京戏大概是由创作者先编出原剧的形式，慢慢由演出者加了增删，久而遂成精粹不可移易了。这条路几乎就是中国俗文学所走的路。《水浒》《三国》，都是如此。

《水浒》的故事，由说故事的人，说书者的口中复述了多少次后，才慢慢形成最后的一个阶段。他们的删存，全是靠听的人们的好恶，而听者是人民，他们的趣味往往是最正确的。相传白居易写好一首诗，先念给老太婆听，亦此意也。

然而说来可怜，平剧的命运是落到两种人手里去了。

一种人是口喊保存，开口谭叫天，闭口程长庚的。这些叫喊者有的是真见过程谭的，有的是没有见过的。见过的自然要以他所见为“孤本”，肯说他们不好吗？没有见过的就以几十年前的剧评为根据，抄抄捧捧，十足的帮闲神气。另一种是维新志士，用着刘瑾的态度，不问皂白一概格杀勿论的。

元曲，杂剧，鼓子词，诸宫调，大鼓，平戏，全都有人研究了，然而这种光荣，还不曾轮到京戏的身上。自然也有过一些的。然而还不能使人满足，除史料的搜集外，全差不多是复古派的信徒，流于空谈，所以也就无甚可观。

被冷落的原因不外两种。觉得太难，怕说话有错，为盛名之累。再有就是平剧本身的不争气，太新了，原料最“高”的是内府抄本的戏词，并无明刻，更鲜旧本，巴黎伦敦的博物院中，又没有这些东西，当然是不会去弄的。

所以这工作就要留给年轻人来做了。

第二辑

那些读书的人

傅 增 湘

听说《藏园群书题记》要重印了，又从书架上取出这书的原刻本来翻看。仿宋、白纸、大册，印得相当精致，《续集》前面还有作者的两方朱记，我买此书还在一九四二年的冬天，正是离沪入蜀的前夕，曾草草读过一遍。后来又搜得《初集》八卷，则是五年以后（一九四七）所刻，所收全是过去曾在《国闻周报》上陆续发表过的题跋文，早已断续地读过了。《国闻周报》是可以与《东方杂志》相比的重要期刊，虽然出世较后，但作为一种时代历史的纪录，也自有其价值。《周报》在天津出版，所反映的政治观点也与《东方杂志》不同。它有几种连载，《凌霄一士随笔》、后来当了大汉奸的王逸塘的《今传是楼诗话》，还有一块发表遗老们旧诗词的园地，此外就是傅沅叔（增湘）的这些藏书题跋。天津靠近北京，与十里洋场的上海不同，弥漫着更浓厚的封建气息，就在这几种连载中也反映得清清楚楚。这是很有趣的一种文化现象。

提起傅增湘，总不能不想起鲁迅。《病后杂谈之余》里曾经说起，“这书（明抄本《立斋闲录》）我一直保存着，直到十多年前，因为肚子饿得慌了，才和别的两本明抄和一部明刻的《宫闱秘典》去卖给以藏书家和学者出名的傅某，他使我跑了三四趟之后，才说一总给我八块钱，我赌气不卖，抱回来了……”这里的“傅某”，就是傅增湘。当年琉璃厂书铺的伙计就是每天用蓝布包袱包了一叠“头本”跑宅门送书的。住在宅门里的“藏书家”大抵都是老爷，总要到近午才会起床，小伙计们就在门房里排排坐，等候老爷的传唤，选书，论价……起码要跑好几趟才能做成一笔生意，还要看老爷的脸色。这种细节，今天的年轻人大抵不大了然了。因此，读了鲁迅所说的“跑了三四趟”，也许不大能解这里面的种种意思。何况，傅增湘在民国七年前后还当过北洋政府的教育总长，正是鲁迅的上司。

在鲁迅的《而已集》里有一篇《谈所谓“大内档案”》，记着有趣的在清朝内阁里积存了三百多年的“大内档案”命运的故事。他说：

> 这回是F先生来做教育总长了，他是藏书和“考古”的名人。我想，他一定听到了什么谣言，以为麻袋里定有好的宋版书——“海内孤本”。……有一天，他就发一个命令，教我和G主事试看麻袋。……

鲁迅这里所说的“F先生”，也就是这个傅增湘。在《群书题记》中，也正有着记述：

> 余于戊午（一九一八）长教部时，发敬一亭所度内阁红本麻袋，检出宋残本数册，命储之历史博物馆中。其散落于厂市者，李椒微（盛铎）师收得数册，余亦收得二册。（校宋绍兴刊《唐六典》残本跋）

至于这些“麻纸广幅、蝴蝶装、纸背钤有‘国子监崇文阁’朱文大印”的宋版《唐六典》怎么会散落到了厂肆里，他又是怎样“收得”的，就语焉不详了。

最近在山东发现了一本《永乐大典》，现在已经收藏在北京图书馆里了。人们都知道《大典》是在“八国联军”那一次被帝国主义侵略者彻底糟蹋光了的，但在这以前，被翰林院的老爷们陆续偷出来的也很不少。不只是《大典》，连没有发还的“四库底本”他们也要偷。在《题记》卷十八宋本《新刊诸儒批点古文集成》的跋文中，傅增湘就说：

> （此书）初藏汪启淑家，继进入四库馆。书成，移归翰林院。

同治时，湘潭袁漱六在清秘堂窃之以出。

傅增湘又转录了莫棠跋：

此宋椠实馆阁旧书，当时《四库》据以入录，卷首典簿厅关防宛然也。（周）季贶又言，其兄星誉与路小洲、袁漱六辈同官翰林，往往私携馆书以出。故此本入袁氏，同朝皆知之。

周氏兄弟、袁芳瑛都是有名的藏书家，各有书目传世，但人们很少知道他们的“藏书”有些就是这样偷来的。好像大家司空见惯了，也并不看做怪事。他们其实是孔乙己的前辈，所持的“理论”也是一样的。区别只在名人偷得的是宋版，不但平安无事，而且传为“美谈”；孔乙己偷的不过是三家村塾本，一旦发现就立即被打断了腿骨。

以上是我多年前读《藏园群书题记》所得的印象，也是我对此书感到兴趣的所在。对著名藏书家傅增湘其人也从中得到了一种清晰的印象。譬如鲁迅还曾说过，“大约是几叶宋版书作怪吧，F总长要大举整理了。”“整理”了一通以后怎样善后呢？“F总长是深通‘高等做官学’的，他知道万不可烧，一烧必至于变成宝贝……所以他便不管了，接着，他也就‘下野’了。‘他’挂冠以后，定居北平，闭户不交人事。所居有山石花木之胜……聚书数万卷，多宋元秘本及名钞精椠……”（余嘉锡序）作为二三十年代北平文化界名人、雅人的标本，从这正续两部《题记》中是可以约略窥得一二的。

这种读书法真可谓“买椟还珠”，在版本学者看来，恐怕是不足为训的。《题记》也自有其另一方面的价值，值得重印。傅增湘著录了他多年来经眼的许多古本，在题跋中详细著录了版本、行格、纸墨、流传、优缺点……这许多都较前人的书目更加详细，着实跨进了一步。他继承了乾嘉以来学人校书的成法，也就是所谓“死校”，在这一点上，并没有什么大突破，也远远赶不上孙（星衍）、顾（千里）、钱（大昕）等取得的成就。

他几乎不能运用“理校”的方法，主要的原因是他只是把古书当作玩赏的对象，又并无一定研究的专题，所以就远远称不上是“读书”，难怪不能深刻理解、发现古本的好处与缺点。对书的内容，有时也浮泛地讲点意见，但大都来自《四库提要》之类，绝少新意。在有些题跋中，也附有一些“校记”，但多数并不完整，因而参考价值也不大。在这一点上，就远不及章式之。后者下死功夫把《资治通鉴》细校了好几遍，留下了一大部校记，在后来新印《通鉴》时就起过不小的作用。最有趣的是一次傅增湘买到了宋眉山本《南齐书》，在题跋中津津有味地记下了他如何与书贾讨价还价，“持书疾归，展览竟夕”的经过，但到底不能知此书的好处何在。直等到一年以后书被章式之借去细读，才发现了中间的“奇秘”。原来自明以来《南齐书》传本一直缺失四叶，在这一本中却保存了其中两叶。这说明，把古书当作古董，只是摩挲展玩，却不细读内容，被讥为“古董家数”是并不冤枉的。

更为有趣的是余嘉锡为《题记》所作的序。请人作序无非是希望说两句好话，余序中自然也有许多好听的话。不过季豫先生大骂黄荛圃，而在描写作者时，又俨然使读者看到了一位极精明的老书贾形象，这恐怕就不是傅增湘始料所及的了。但他到底还是照样印在书前，不能不说还是有气量的。

余先生说：“其后如黄荛圃者，尤以佞宋沾沾自喜，群推为藏书大家，而其所作题跋，第侈陈所得宋元本楮墨之精，装潢之美，索价几何，酬值几许，费银几两，钱几缗，言之津津，若有余味，颇类卖绢牙郎。至于此书何为而作，板本之可资考证者安在，文字之可供雠校者谓何，则不能知也。”

这里所描写的正是傅增湘题跋中最显著的特色。后面的几点也正是《题记》中弱点所在，多数只能说一些皮毛话，没有真知灼见。如将“黄荛圃”换为“傅沅叔”，这一节论述几乎可以不必更动一字，余先生后面又称赞傅沅叔说：

藏园先生之于书，如贪夫之陇百货，奇珍异宝，竹头木屑，细大不捐，手权轻重，目辨真赝，人不能为毫发欺。……有以书来者，望而知为何时何地所刻，几于暗中摸索能别媸妍者。

当然，季豫先生的这些话是不免有些偏激的。古书的文献价值与工艺美术价值是不能否认的，而目录学家与各有专攻的学者的任务也是不同的。我们不能要求图书馆工作人员都精通全部学科，也不能要求学者懂得自己专业以外的所有版本知识。不过在学者看来，《题记》所提供的参考资料是不能使人满足的。

《题记》也有一些纠正或超越了前人的地方。如他驳正了袁克文（这更是一位以宋版书为玩物的大少爷）关于宋本《水经注》刊刻时的谬说；纠正陆心源吹嘘所藏宋本《白氏六帖事类集》的不实之词；纠正吴兔床将许自昌刻《太平广记》说成谈刻的错误；跋宋本《谢宣城集》时，广搜异本，辨析源流，理出了谢集历代传刻的流变，方法细密，带有科学性。此外，对传世何义门校本和临校本的纷繁复杂情况作过探索，对校书的方法也有不同于黄荛圃的见解。他说：

> 凡校书之法，切勿笃信前人。世人偶得名家校刊之书，辄笃守其本，谓已绝无罅漏。岂知异钞秘椠，海内方迭出不穷，吾辈览玩之所及，或为昔人耳目所未经，刻意寻求，往往后来居上，正不必詟于前贤而自画也。（校明刘大昌刻本《华阳国志》跋）

傅增湘在这里表现出来的发展观点与反对本本主义的思想，也是难得的。

对于《四库全书》的篡改古书面貌，他也有不少揭发。他指出，“凡篇中酋、虏、夷、狄、犬、羊等字，显然刺目者，固在所屏除；即稍指斥之文，宋贤章奏，煌煌巨篇，亦逐段刊落，自数十言及至数百言。”（宋本《新刊诸儒批点古文集成》跋）在跋《袁海叟集》时对朱元璋的疑猜残暴大为不满。袁凯为了逃过太祖的疑忌而装疯，朱元璋派特务去侦察，袁凯“潜使家人以炒面搅沙糖，从竹筒出，状类猪犬矢，遍布篱根水涯，自匍匐往取食之。太祖使人觇视，以为食不洁矣”，这才骗过了这位好杀的皇帝。在跋《大金国志》、《靖康要录》这类书时，也流露了家国之感。在“一·二八”时他说：

> 时国难方亟，连日海上交锋，飞机翔于云霄，短兵接于衢巷，烽火仓皇，人情汹激。余中情激越，宁有好怀耽玩卷帙！（影洪武本《蜕庵集》跋）

在这些地方，流露了一个中国人必然会有的感情。

北平沦陷以后，有人请他写过文章，如一九四三年他为《国立北平图书馆由沪运回中文书籍金石拓本舆图分类清册》写过一篇序，这正是“周公启明（作人）以教育当局，兼摄馆事”的当口。但傅增湘不曾落水，《题记》初集的刊成也正在这时候，他虽与王叔鲁（克敏）是老朋友，但始终保持了名节。

傅增湘的藏书，还带着浓重的旧眼光，重视的是群经、正史，地志、集部是并不看重的，更不必说小说、戏曲了。这是时代的局限，但他也对野史杂书有兴趣，在题跋中往往记下了有意思的掌故。如在《写本〈菰中随笔〉跋》中就详细记录了顾炎武的著作遗稿目录，和遗书后被徐乾学兄弟取去的故事。在《〈遂园禊饮集〉跋》中记他当故宫图书馆馆长时，“于懋勤殿搜得秘箧，中储故牍六七十通，皆江南士民控诉健庵（徐乾学）交通外官、营求索贿，与夫子弟、奴仆乡里横恣之事，与董香光（其昌）家居时控案情状相类。其中亦附总督判牍，意督臣傅拉塔以原卷解送于朝，仁皇不欲暴扬其罪，故搁置未究，遂扃鐍至今也。”

傅增湘还刻过李光地的《榕村语录续编》。徐、李是政敌，这些材料都是研究康熙中朝局政争与乡宦种种罪恶行径的第一手材料。从董其昌到钱谦益、徐乾学，几乎是一个模子里刻出来的，改朝换代对他们似乎毫无影响，他们就是袭用传统的方法，随时加以“创造发明”，残酷地剥削、镇压着人民群众。江南如此，全国也总是一样。这些都是清史学者的极好研究题目。

又如乾隆六十三年《时宪书》（历本）这样的书，一般藏书家大抵是不会买的，但傅增湘却加以重视。这种《时宪书》是专为已经当了太上皇的乾隆帝“内廷颁赏之用”的，那用意是“现在颁朔以嘉庆纪年，而宫廷之内若亦一体循用新历，于心实有所未安”，因而采取了特别的处理方法。这种特制的历书一直印到乾隆六十四年（一七九九）为止，是专为退休皇帝准备的有趣文献。《藏书题记》中所记种种掌故，如琉璃厂书肆情形，书价的变迁，藏书家之间的交际，书籍流散转移情况等都是很好的藏书史料。傅增湘买得残洪武本《宋学士文粹》，“浼世好乔君大壮……按其行格，各分写一卷，俾成完璧。二君皆雅嗜词翰，笔法俊丽，而大壮尤秀异人古。”乔大壮是傅的同乡，与鲁迅同官教育部，曾为鲁迅写过《楚辞》联的。

据作者自记，初、续集《题记》刊成后，尚有拟入“三集”的二百余篇未及刊行。这手稿应当尚在，重印时是应予补入的，傅增湘又曾写过不少序文，还精印过一小册《七十自述》，也可以考虑辑入。这七册《题记》虽然印得讲究，但还是有着不少错字，重印时都应一一加以订正。

三十多年前我买到过一本许梿刻的《六朝文絜》，这是清刻本中的名书。以选择精当，写校工致，朱墨套印而为读者所爱重。许梿的刻书是非常讲究的，在用纸、枨印、封面、签题许多方面都力求精美。初印的本子还往往钤有许氏自用印，也每本不同，但我所得的一本却是没有套印朱评的“白文本”。前无序，只有“道光五年乙酉七月讫功”的扉叶，钤“享金宝石斋校本”朱文大方印。物希为贵，被藏家视为宝贝。特于书前请吴庠、傅增湘作跋。傅跋说：

此许氏刻成最初印本。行间尚未以朱色圈点加入，颇为难得。余前岁曾于文友书肆获一帙，私自珍异。今来申江，于静庵案头乃见此册，始知箧中之物，固不能独擅其奇矣。按文字标点起于南宋坊估，于古法已相违戾。至明季闵、凌二氏乃创为新式，取圆围角点，以五彩套印，烂然行间，其意要为便坊塾诵读而作。

近世士夫转争相赏玩，高价购取，置诸精本之列、侈为美观。此其所见与儿童何异？如许氏此编缮刻既精，楮墨尤雅、清斋展卷，焚香细读，自足怡目悦情。必欲效越人之文身，强西子以黔面，而用以为美，宁非无目者耶？余深慨晚近以来，风雅沦丧，俗论自喜而真赏无人，聊假此一发狂言。静庵解人，或能共喻此旨也。丙子九月朔，藏园老人傅增湘识于古柏公寓。时南来兼旬，行将北返，倚装待发矣。

这里所发表的正是典型旧派藏书家的意见，他们对待出版事业中的新创造、童蒙读物的态度是一贯的，本不足为奇。可怪是傅增湘又曾为陶兰泉的《闵版书目》写过一篇序（壬申九月），却对明末吴兴闵齐伋、凌濛初所创造的五色套印本大加称赏，说“其书则群经、诸子，史钞、文钞，下逮词曲，旁及兵占杂艺，凡士流所习用者，大率咸具。其格式则阑上录批评，行间加圈点标掷，务令词义显豁，段落分明。皆采撷宋元诸名家之说而萃之一编。欲使学者得此，可以识途径、便诵习。所以为初学计者，用心周至，非徒为美观而已。……近世侈谈版刻，闵氏之书，或以为近于批尾之习，为大雅所不屑顾。谛观之，其标点脉络分明，使后学披览有引人入胜之妙；其版刻精丽，足娱老眼，而唐贤诸集尤多源出善本，固贤于麻沙坊估远甚。……涉园其世宝之，勿轻循流俗之见而自贬其声价可耳。”

陶兰泉是有钱的“雅人”，他收朱墨套印本，收殿版开花纸本，收汲古阁本，收明版白棉纸精印本。唯一的标准是要好看，和傅增湘走的是两条路。陶兰泉所收的也有好书，如后来为郑振铎买得的五彩套印本《程氏墨苑》就是涉园的旧藏。

把上述两篇文字放在一起，几乎使人不敢相信这是出于同一人之手。时间相去不过四年，议论竟相去如此之远。四年后所发的“狂言”正是本人大声所痛斥过的“流俗之见”，真可以算得是有趣的文献。

一九八三年三月二十四日

鲁迅与顾颉刚

《顾颉刚年谱》出版了。这是一本颇有意思的书，通过传主一生的经历，反映了几十年来政治文化发展的一个侧面。读来不但有趣，也是有益的。年谱根据传主的日记、著述、笔记、信札精心排比纂辑，大体上是实事求是的，少有讳饰，出之于家属之手，是不容易的。

鲁迅与顾颉刚曾经有过一段纠葛，这是读书界熟知的，但过去只能从鲁迅的著作、信札中看到此事的轮廓，顾颉刚在生前似乎从未对此发表过任何文字。现在年谱中收入了他晚年（七十年代）对日记所作的补注，参以一九七九年出版的《胡适来往书信选》中所收的顾颉刚给胡适的几封信，可以大体看出他对此事的看法。《年谱》一九二六年八月二十五日顾氏日记有一九七三年、一九七五年补记两节，略云：

> 林语堂来嘱换聘书，改为史学研究教授。“予骇问其故，则谓自《古史辨》出版后，学术地位突高，故称谓亦须改变。”然此事引起潘家洵的嫉妒。“渠与我同住十年，且谈话最多，我之所作所言，无所不如，厦大本只请我，而他……未得延聘也，瞰我何日上海上船，即束装以俱登。我性不绝人，到厦后即为向……林语堂介绍，林氏以其为素识，仍照北大例给以讲师头衔。”“这一来就使得他火高三千丈，与我争名夺利起来，称我曰‘天才’又曰‘超人’，逢人就揭我的短（我一生未做过良心上过不去的事，但仗着他的能言善道，好事也就变成坏事）。值鲁迅来，渠本不乐我，闻潘言，以为彼与我同为苏州人，尚且对我如此不满，则我

必为一阴谋家，惯于翻云覆雨者，又有伏园、川岛等从旁挑剔，于是厌我益深，骂我益甚矣。”

这是将他与鲁迅的矛盾，归因于潘家洵之攻击与川岛、伏园的挑拨，是过去所未见的一种解释，但在鲁迅的文件中却未涉及潘一字，只给许广平信中谈过，“此地所请的教授，我和兼士之外，还有朱山根（顾颉刚）。这人是陈源之流，我是早知道的。现在一调查，则他所安排的羽翼，竟有七人之多。……他已在开始排斥我，说我是‘名士派’，可笑。好在我并不想在此挣帝王万世之业，不去管他了。”（《两地书》一九二六．九．三十）可见鲁迅对顾颉刚早有看法，并非出于潘家洵的议论。顾颉刚一九二七年曾有两长信，向胡适汇报厦大风潮始末，信中说：“这几年中，周氏兄弟假公济私，加以伏园、川岛们的挑拨，先生（指胡适）负谤亦已甚矣。在这国民革命的时候，万不可再使他们有造谣的机会，害了先生的一生，这是我和泪相劝的一件事，请先生听我吧。”这是披肝沥胆的私房话，可见双方阵线分明，非冲突不可，无论潘家洵说过什么话，都不成问题。顾信又说：

去年我初到厦门时，曾劝语堂先生不要聘川岛，孰知这一句话就使我成了鲁迅和川岛的死冤家。川岛到厦之后，千方百计替我造谣……语堂先生信其谗言，骚骎疏远，后来竟不见面了……辞退之后，孟真（傅斯年）见招，因拟到粤。鲁迅在粤任中大教务主任，宣言谓顾某若来，周某即去。适厦门邮局罢工十天，孟真来书未能接到，我就单身到粤观看情形。孟真告鲁迅后，鲁迅立即辞职，其党徒粘贴匿名揭帖，诬我为研究系。孟真亦辞职。纷乱一星期，尚未解决。幸鲁迅党徒不多，中大学生开会结果，主张三人皆留。大约鲁迅是不会回来的。……我真不知道前世作了什么孽，到今世来受几个绍兴小人的播弄……

这是很重要的文献，要了解这一著名公案的真相，必须掌握两造论难的材料，加以分析，庶几多少可以明白。可惜年谱虽有摘录，取舍之际，删削过多，如果胡适的藏信不得公布，恐怕近代史研究者将终于摸不到底细了。

这以后就是顾颉刚状告鲁迅的一场闹剧，鲁迅答书收入《三闲集》中，顾的日记说，“厦大学生来，告曰‘鲁迅在汉口民国日报上说我反对国民党，此真奇谈！’（年谱录一九二七．六．二十八日记）”“如我在武汉（武汉中山大学亦曾聘我），凭此一纸副刊，已足制我死命。……血口喷人，至此而极。览此大愤。”（顾氏日记，一九七三年七月十一补记）时间已过去了五十多年，提起旧事仍如此愤愤，可见怨毒之深，但告状事后来被人劝阻了，年谱一九二七．八．十二，“见傅斯年，彼‘劝予不必与鲁迅涉讼，因其已失败也’，（日记是日）后王伯祥等亦劝上此事。”傅斯年不知根据什么断定鲁迅已经失败，细想也是很有意思的。

“禹是一条虫”之说，是顾颉刚的惊人发现，年谱中记此事不下十条。顾此说根据的不过是《说文》上的几句话，“禹，虫也。从禸，象形。”禸，《说文》说是“兽足蹂地也”。因此而推论，“以虫而有足蹂地，大约是蜥蜴之类。”（致钱玄同信），这真是最不费力而得结论的“考证”。这结论钱玄同就不以为然，虽然以为顾的“层累地造成的中国古史”论是“精当绝伦”。后来顾颉刚说禹是蜥蜴说只是一种“假定”，又在《古史辨》（第二册）自序中说，“最使我惆怅的，是许多人只记得我的‘禹为动物，出于九鼎’的话。……其实这个假设，我早已自己放弃”。虽然如此，“禹是一条虫”依旧流传下来成为许多人都知道的故事。鲁迅后来写《理水》，虽然采用了小说的形式，但反映的却是他对疑古学派的系统看法，成为一篇变相的论文。鲁迅借乡下人的口说，“人里面是有叫作阿禹的。况且‘禹’也不是虫，这是我们乡下人的简笔字，老爷们都写作‘禺’，是大猴子……”下面又用许多笔墨正面描绘了这个很有些墨家风度的伟大政治家的风貌。不管在他身上披上过多少神话色彩，在远古曾经出现过这样一位伟大人物是无可疑的。不论人们叫他禹或禺，都不要紧，反正这不会是一条虫。“读史敢言无舜禹”（钱玄同语），这是疑古学派的共同信条，在年谱里是得到了充分的反映的。

陈寅恪曾为刘文典的《庄子补正》撰序，称赞“此作可谓天下之至慎矣”。接下去又说：“今日治先秦子史之学，著书名世者甚众。偶闻人言，其间颇有改订旧文，多任己意，而与先生之所为大异者。寅恪平生不能读先秦之书，二者之非，初亦未敢遽判。继而思之，尝亦能读金圣叹之书矣。其注水浒传，凡所删易，辄曰，‘古本作某，今依古本改正。’夫彼之所谓古本者，非神州历世共传之古本，而苏州金人瑞胸中独具之古本也。由是言之，今日治先秦子史之学，与先生所为大异者，乃以明清放浪之才人，而谈商周邃古之朴学。其所著书，几何不为金圣叹胸中独具之古本，转欲以之留赠后人，焉得不为古人痛哭耶？”

这是一篇很好的杂文，陈寅恪批评的正是古史辨派。他说平生不能读先秦之书，并不是不能，而是不愿认同一时流行的学风而已。

抗战中朱家骅曾发起向蒋介石献九鼎，歌功颂德，后给蒋痛骂一顿，鼎也抬回去销毁了。这是哄传一时的大笑话，说明朱家骅之流已经堕落到怎样地步。在九只鼎上刻了篆文填金的颂辞，过去不知道这是谁作的。现在年谱一九四三年一月二十八日条有“作《九鼎铭文》”的话，可以知道是顾颉刚的手笔。年谱据事直书，不为亲讳，是很难得的。

关于陈寅恪

陈寅恪文集的附录《编年事辑》出版了。至此，凡是目前所能收集到的先生的论文、诗稿都已与世人相见，并已有了一部年谱，可以使读者大略窥见先生的生平及治学轮廓，是很有意义的工作。《事辑》出于先生及门弟子蒋天枢教授之手，是付出了不少劳动的。除了先生早年行谊及五六十年代之交的生活缺略不完以外，大体还是完整的。著书体例略仿我国传统的年谱而别出新意，有其特色，可以举出这样几项。

寅恪晚年居广州诗有“先生过岭诗为历”之句，这说明他曾写了许多诗，而这些又都是诗人境遇、遭际、思想的生动纪录。《事辑》每年后有编年诗目，更有补逸不少。用这些诗和《事辑》中的简单纪事参合对读，就是一部极好的诗人“自传”，实在也不需要另做什么传记。

许多不见于《诗存》的佚诗，都是从先生的旧友吴雨僧（宓）的诗集和日记中辑录而得的。这中间有极重要的作品，例如我曾介绍过从朋友那里辗转听来的一首佚诗，缺略不完，且有误字，现在就已得见全豹。那是一九四五年日本投降前夕所作，题目是《乙酉八月听读张恨水著〈水浒新传〉感赋》：

谁结宣和海上盟，燕云得失涕纵横。
花门久已留胡马，柳塞翻教拔汉旌。
妖乱豫么同有罪，战和飞桧两无成。
梦华一录难重读，莫遣遗民说汴京。

这最后一句就是我过去所未见的。《事辑》又引吴雨僧的附注："时宋子文与苏俄订约，从罗斯福总统雅尔达秘议，以中国东北实际割让与苏俄。日去俄来，往复循环，东北终非我有。此诗（指《玄菟》诗，与前诗为同时作）及前后相关数诗，皆咏其事而深伤之也。宓注。"看了这附注，许多疑团都可以得到解释了。过去不懂"柳塞"何指，现在明白了。"海上盟"也确非泛指，是用宋金秘约制辽的旧事喻指一九四五的时事。统观全诗，虽所论未必皆是，但这是一首忧国的老知识分子的爱国诗篇，则是无可置疑的。

读中国的古诗，人们一直最看重作者的自注，也重视同时朋辈的记事；读诗必据"诗谱"，因为可以知道写作的时代背景；研究著作，重笺而轻注。这都是甘苦之言。对陈先生这首诗的理解过程，就完全证实了上面的一些经验。陈先生晚年撰《柳如是别传》，用力最多的也是为钱、柳遗诗作笺证，也是同样的道理。

一九六八年先生以七十九岁高龄，被责令解释一九四六年《丁亥春清华园作》诗句，后又被迫作口头交代。原诗见《诗存》，这是写得极为沉痛的一首好诗，我找出来重读，实在猜不出逼令反复交代的是什么问题。"名园北监仍多士，老父东城有独忧。惆怅念年眠食地，一春残梦上心头。"这是说抗战后的清华园依旧有许多学生，并将《东城老父传》翻转来作成对句，真是写得巧妙极了，但毛病怕就出在这"忧"上。住在一九四六年的北平的，有谁是兴高采烈的呢？如果翻过来问一下，怕也实在难于回答。类似的古怪审问，在那过去的十年中真是出现得太多了。我想也绝不能一律视之为"昏话"，从大量胡言乱语中，很可以寻绎出某些人的思想逻辑与"哲学"体系，确是万万忽视不得的。

这里就可以看出《事辑》的另一特色，以"交代"入史，这恐怕是开了中国史学的特例的。过去苏轼在乌台诗案中也有过供词，也曾为谈东坡逸事者所援引，但到底比这里所辑录的差得远了。

中国传统史家的最高标准（史德）强调的是"真实"，这一要求应该是"放之四海而皆准"的吧？无论什么时代，无论是谁都不会承认骗子的谎言是历史。陈先生在那样的时候、那样的环境里所作的"交代"，被片断地保留在《事辑》中，这实在是极为珍贵的史料，也是勇敢的行为。

平常与朋友闲谈，有时说到在那十年中彼此所写的"交代"……都不免唏嘘。很多人所写的这类东西，总计起来，都要比《鲁迅全集》还要多得多。这实在是一次伟大的集体创作运动，可惜没有得到很好的利用。

一九六七年四月二日，由陈夫人笔录的《我的声明》，一九六八年所写"恳求允许每日能得牛奶四支以维持生命，不胜感激之至"的《申请书》，一九六九年逝世前所撰挽陈夫人联，都是沉哀极痛的文字，这里不想转引了。我也不赞成时时提起过去，但同时又不同意忘记过去。像寅恪先生这样的老知识分子的遭遇，确是有典型性也有代表性的，能在《事辑》中留下一点纪录，不能不说是一种好事。

在《事辑》中我们又看到多年来党和国家领导人周总理、陈毅、陶铸、胡乔木……对寅恪先生的尊重与关心，他们才是社会主义祖国知识分子政策的正确体现者。这方面的材料虽然不多，但却能压倒一切丑类的号叫与跳踉。

一九六七年，"周总理在一次接见广州学生造反组织头目会上谈到'古为今用'时说，'你们可请教中山大学陈寅恪先生……'"

一九六二年初春，"陶铸同志陪同胡乔木同志到中大看先生，谈及旧稿重印事，虽已交付书局多年，但却迟迟不予出版。因言，'盖棺有期，出版无日。'胡笑答云，'出版有期，盖棺尚远。'"

这些片断的记载是极亲切、感人的。特别是周总理在那样的时候还记起广州有个陈寅恪，又不问可知正在过着怎样的日子，因而说了这样的话。这就是历史。只看到某一侧面的人是不能真正懂得历史，因而也就不可能懂得今天，也看不见明天。

《事辑》还从偶得保存的寅恪先生阅读过的书籍上辑出了一些史论与考订批语，还保存了两篇讲演记录稿，也都是珍贵的佚作。寅恪先生治史论诗的大略也有所钩稽，从他平生所读之书，书眉批注的情况……可以清楚地看出他的研究积累，与只待落笔的史学著作的朦胧轮廓。两册《金明馆丛稿》，也不过是这些腹稿的“长编”。如果“天假以年”，他将为我们留下一些怎样的研究成果。那篇短短的演讲稿《清谈与清谈误国》，如果拿来与鲁迅几乎同一讲题的演讲并读，将是很有益也很有趣的。

寅恪先生遗稿被劫的情况也在《事辑》中作了必要的记录，指出了某些当事人，这都是非常必要的。这些遗稿为什么到今天还“下落不明”，是奇怪的。难道除了等待某些人的“良心发现”之外，就再没有切实可行的办法了么？这才是真正的怪事！

一九八二年一月二十一日

陈寅恪写杂文

近日理书，翻出商务印书馆印的《庄子补正》十卷五册，铅印线装，棉连纸印。大字疏朗，便于阅读。书印成于民国三十六年六月，时抗战方兴，印数无多，流传更罕。可算得是近时善本。说“近时”，其实也是近六十年前的出版物了。

书是刘文典作的，非常朴素，前面只有一篇“陈寅恪序”。大题下只列郭象注、成玄英疏和“合肥刘文典学”三行，刘氏别无序跋凡例。他所做的工作是“释文”，间有所见，则以“典案”述之。不过极少，所以寅恪说“先生之作，可谓天下之至慎矣”。因而“先生于庄子一书，所持胜义，犹多蕴而未出”。

陈先生这篇序文，早已读过，未甚留意。此番重读，不禁惊异，这不是一篇典型的杂文么？

以学者而写杂文，好像有些奇特，其实也是常事，钱钟书写《管锥编》，其中就有不少怪话，不过他用的是文言，正像“文革”中为了保存文物，人们在古碑上涂满石灰，或糊满“宝像”，用以瞒过红卫兵小将，有时也能奏效于一时。钱先生那些嬉笑怒骂的机锋隽语，就为大人先生所不解，蒙混了过去，可算是另一例证。

陈先生在序中说，“寅恪平生不能读先秦之书”，这就怪了。苟如此，又何能为补正庄生之书作序，而又痛论时下学风至数百言？或以为这是先生故作谦抑，其实不然。先生平生研治，以魏晋、六朝、隋唐中古史为重点，甚少论及上古史，此语取义或在此乎？然虽不专研，亦曾留意，不能不有所感悟，其言曰：

"今日治先秦子史之学，著书名世者甚众。偶闻人言。其间颇有改订旧文，多任己意，而与先生（刘叔雅）之所以为大异者。"

关于两种研究方法的是非，陈先生说"初亦未敢遽判"，写下去就有点不大正经了，也许这正是杂文气的流露，"继而思之，尝亦能读金圣叹之书矣。其注《水浒传》，凡所删易，辄曰，'古本作某，今依古本改正'，夫彼之所谓古本者，非神州历世共传之古本，而苏州金人瑞胸中独具之古本也。由是言之，今日治先秦子史之学，而与先生所为大异者，乃以明清放浪之才人，而谈商周邃古之朴学，其所著书，几何其不为金圣叹胸中独具之古本也。而欲以之留赠后人，焉得不为古人痛哭耶！"

图穷而匕首见，陈先生所批评的时代学风，多半是着落在盛极一时的"古史辨"派无疑。

"禹是一条虫"的佳话，已经是老得掉了牙的故事了，顾颉刚也早已放弃了旧说，但陈先生此序仍未失去时效。治学是不能放弃"疑"的，没有"疑"就不可能发现新的突破口，不能进一步窥见新天地，史学就不能发展进步。但如胡适所说，"大胆假设"之后必须紧跟上"小心求证"。仅认定历史是层累积聚而成和箭垛式人物的形成论，就一往无前地判定古代有许多"伪书"，有许多并不存在的人物，仿佛成绩极大，轰动一时。可是新时代以还，"地不爱宝"（这是过去人们爱说的一句"老话"），从地下发掘出了大量的木简和商周铜器，根据简文和铭文，证明了过去被判定为"伪书"的多种古籍的产生时代，因而得到了平反。也证明了寅恪先生的预见，短短一篇序文兼具史识与杂文的双重价值。

说到大禹，二周都有专文涉及。鲁迅有小说"理水"，周作人有散文"禹迹寺"。他俩都认定禹是确实存在的人物，鲁迅借一个乡下人的口说，"人里面，是有叫做阿禹的，……况且'禹'也不是虫，这是我们乡下人的简笔字，老爷们都写作'禺'，是大猴子……"接着写"大员""考察"的业绩，写禹太太对禹的"三过家门而不入"的不满，写禹的形象和他的"一排黑瘦的乞丐似的，不动，不言，不笑，像铁铸的一样的"随员，随后，是坚决地宣布了治水的基本原则，是"导"而不是"湮"。

知堂作文的手法离不开抄书，但在这当儿抄书则是必要的。他抄了《孟子》《论语》《庄子》《尸子》屠隆的《鸿苞》《抱朴子》……因为这些书里所记的大禹“较有具体的事实”，能表现出“一个大政治家、儒而近墨的伟大人物”，对大禹，他不但肯定实有其人，并表示了十分的崇敬。二周对禹的认识与评价是基本一致的。

关于刘文典，好玩的故事多多。如他说过，天下只有两个半人懂得《庄子》。一个是庄周自己，一个是他刘文典，另一个懂得一半的是日本人某。刘文典十分钦佩陈寅恪，所以才请他为自己的书写序。他在课堂上公开地说过，“要讲教授嘛，陈寅恪可以一块钱，我刘文典一毛钱，沈从文那教授只能值一分钱。”（见何兆武《上学记》，下同。）这些话听起来都有些狂妄可笑。可是他有一次遇见蒋介石，蒋问，“你就是刘文典吗？”他回了一句“你就是蒋介石吗？”一下子惹恼了“委员长”，把他抓了起来，几乎被枪毙。可见他不论时地、不管对象，照样说他的怪话。这就很不容易。只能说“斯人难再得”了。

二〇〇六年十一月十日

弢翁纪念

一九三四年至一九三五年顷，在天津南开中学读书，国文教员孟志孙老师上课时指定了一种参考书——戴震的《屈原赋注》，一下子使同学们手忙脚乱了。这书当时已有商务印书馆重印的一种小册子，但我们不知道，因此无处寻觅。第二天，同学周杲良却从书包中取出了一本大册精印的本子，同学都为之吃惊而羡慕。我曾仔细翻看过这书，觉得不愧是一种名副其实的雕版艺术品，我对中国雕版书之美最早也印象最深的认识就是来自此书。当时只知道这是杲良父亲刻的，还不知道就是叔弢先生。

这本《屈原赋注》虽然不过是新刻本，但不知怎的竟是如此的难找。四十多年来阅肆借人，一次都没有遇见过。

一九四九年冬，我路过天津，以记者身份到启新洋灰公司的总管理处去拜访叔弢先生。这时我早已知道他是一位著名的藏书家了，见面后就向他请教这方面的事情。叔弢先生兴致好得很，见我这个年轻人居然对版本也有一点起码的常识与兴趣，还不知天高地厚地在他面前提到黄跋、顾校，就和我畅谈了古书的雕版源流、钞校本的精妙，和鉴定、赏析方面的许多见解。这许多，我曾大致写进了一篇报道之中。这次谈话进行了一个多小时，他还约我到他家去看书，但因第二天就匆匆赶去北京，失去了这次难得的机会。

大约是一两年以后吧，我听说叔弢先生已将他毕生精力所聚的收藏，全部捐献给北京图书馆了。不久，又在一次偶然的机会里在北京图书馆遇见赵万里先生，他告诉我说："你来得真巧，叔弢先生捐献的藏书刚刚运到，还没有启封。你将是第一个看到这批书的人。"赵先生拉我进入地下书库，六只用木板钉起，有如装运巨型机械的大板箱就放在书库进口处。万里先生找来了工具，马上启封，随手从面上取出两种来给我看。大约只是两三种钞校本吧，我坐在靠窗的小桌子上匆匆翻阅，读题跋，看校笔，审视收藏印记，一下子半小时就过去了。我只能站起来两手一摊，向赵先生说了声“望洋兴叹”就罢手了。

从不久前的那次长谈里，我知道叔弢先生是个爱书如性命的人。他的收集古刻名钞，不是为了附庸风雅，更不是为了囤积居奇。他是个著名的民族工商业者，常年住在天津，和外国的中国的文化贩子斗争，以个人的力量辛苦收集了这许多古代典籍珍品，使之免于流散异域。在中国人民获得解放之后，就立即把全部精品献给了国家，毫无顾惜。这是怎样的一种精神呢？当时并不完全理解，只觉得与古代藏书家的那些“信条”——“子孙永宝”、“愿子孙，勿轻弃”（都是钤在书上印记中的话）不大一样。

他的自庄严堪藏书，质量之精、品种之多，比起近代许多藏家来都要高明得多，他是真正懂得书的人，眼光又较新，不斤斤于宋、元，也不墨守老辈藏书家的好恶偏见，因此能广收博采，经久护持。没有这样爱书如性命的藏书家，今天要复印古刻善本，恐怕就难免要到国外去寻求显微胶卷了。

几十年过去了，一直到前年我才请他给我写了一张字。他写的是黄荛圃题宋本陶集的诗句，后附长跋，说明这两种宋本陶集都曾是他的珍藏书，写这张字也是一种很好的纪念。

去年初夏，杲良从美国回国讲学，我赶到北京相见。正巧全国政协开会，叔弢先生也在北京，我又有机会访候。在北京饭店客房中，叔弢先生坐在沙发里，精神极好，看去不过六十岁人。一见面，仿佛继续三十四年前未竟的谈话似的，又谈起了古书版本。他的兴致好极了，谈到他先后得到士礼居旧藏两种宋刻陶集的经过，谈到恢复重建的琉璃厂，谈到十来年前还有人能枨刻元版《稼轩长短句》……真是意兴飞扬。一小时中几乎都是他在谈。怕老人劳神，我只得匆匆告辞。走在东长安街上时，我在默默地想，叔弢先生是真正爱书如性命的，他的爱书也是数十年如一日的。

也是那一次，听杲良说，老爷子早已把身后的事安排好了。他们兄弟姊妹，每人都分得了几部书作为遗赠，这些书也并不是什么“善本”。此外，没有了。老爷子把他们兄弟都培养成对国家建设有用的人才，他们中间就有几个博士、几个教授、工程师、研究员……在闲谈中，我又提起在南开中学时见到过的那本《屈原赋注》，问他知不知道家里还有没有，很希望能得到一部。

去年十二月二日，忽然接到叔弢先生一信，是亲笔小楷写在“孝经一卷人家”的笺纸上的，但却没有封口。信里说，听珏良说我想得到一部《屈原赋注》，“仆所刻书，初印本无多。除送人外，所存无几，全归天津图书馆。顷往商之，由馆寄赠，似较合理。兹仍交仆直接寄先生，馆领导厚我，可感之至。至书中‘周暹’二字小印，曩时只钤甲级善本，久不用矣……景仰之忱，存乎此印，非自炫也。”两天以后，就又收到他亲手包扎付邮的两册书。这是我三十多年后第一次看到这书。扉页后有“甲子十一月建德周氏校刊”牌记，甲子是一九二四年，去今恰六十年。这书真是刻得精，从乾隆原刻翻出，白纸最初印，纸墨晶莹，比起双照楼吴氏所刻诸种，雅韵似尤胜之。书中叔弢先生手钤“寒在堂”“周暹”“周氏叔弢”三印。得书后立即写了信去感谢厚赐。没有好久，就听说他住院了，两个半月以后就从报纸上看到了老人逝世的消息。想想这封信可能是他最后的遗墨了，真是感到无限的哀痛与怅惘。

两天以后又在报上读到老人的遗嘱。短短的几行，我却反复地读，并想了许久。我想，遗嘱对他自己是作了非常平实的评价的。我先后只见过他两次，留给我的就正是这种“坦然”的印象。遗嘱很短，但完美地表现了一种崇高的人格、境界。他喜爱陶集，但这遗嘱却远远不是渊明的《拟挽歌辞》所能比拟的。这是很自然的，只有在今天这样伟大的时代，才能产生这样的美丽与庄严。

去年听说，叔弢先生的藏书目录早已编好并交给出版社了，只是因为技术上的原因，一直未能付排。我想这是值得遗憾的。那么就让我们加紧工作，高水平地印制出来，这将是对叔弢先生最好的纪念。最好将老人历年所写的题跋也一并辑入。这目录，不只有很高的文献、学术价值，更重要的是它反映了一位九十三岁老人毕生辛勤的成果，和他对祖国文化的纯洁崇高的爱。

一九八四年二月二十三日

忆俞平伯

一

我的开始与平伯先生通信，大约是在一九四〇年。抗日战争后期，鲁迅先生的遗族因生活困难，有出售先生留在北平藏书之议。风子兄等几位受许广平先生之托，去北京劝阻并处理此事，顺便也访问了平伯先生，请他写了一张字，回沪后裱好挂在书房里。我看了非常羡慕，觉得实在是写得美极了，记得写的是临褚河南的《枯树赋》，就冒昧地寄了纸去，也要求照写一张，不久寄来了，果然神采飘逸，秀色夺人。这是一个短卷，用的是染了色的宣纸。这正是我当时附庸风雅的一种表现，以为染了色的纸总显得更为古雅，其实是弄巧成拙了。这张字没有付裱，夹在一本书里，历劫尚在，真是极大的幸事。原题“丁亥夏日，黄裳先生属临，即希正之。德清俞平伯”，下钤“德清俞氏”朱文方印。此印后来亦未遗失，一九八三年平老寄赠《论诗词曲杂著》时，卷耑所钤仍是此印。

也就是在这前后，平伯先生又寄来了他手写的《遥夜闺思引》，正与写《枯树赋》同时。这是一本薄薄的小册子，用珂琊版道林纸影印，用两束红绒线订成一册，别致而雅洁。用“仿绍兴本通鉴行格”纸写，版权页题“中华民国三十七年五月，再版影印共叁百册。自写遥夜闺思引第六本。著作者俞平伯，发行人暴春霆，承印者北平彩华印刷局。有著作权，不得翻印。定价国币拾贰万元”。“伍”、“再”、“叁”、“拾贰”等字皆空出，别用铅字红印。我不嫌琐细抄下这些，实在因为这本小册子也已是罕见的珍本了。这是一首纪事抒情的五言长诗，但不易理解。诗现收入《俞平伯旧体诗钞》中，书前叶圣陶序中说，“抗战期间，他作了一首五言长诗《遥夜闺思引》寄到成都给我看，我看了不甚了了。后来在北京会面了，他把这首诗的本事告诉我，把各个段落给我指点，可是我还是不能说已经理解了。这就是差距。”连叶圣老还不甚了了，就无论我辈后生了。不过字写得实在美，真是风神绝世。我就是当做帖看的，虽然没有临习过，也自知不是写字的材料，自然也欣赏篇中的清词丽句，觉得真是一种享受。

从此，就经常有函札往来，平老也偶尔写示所作。检点旧藏，还剩下了两幅，除已印入我的《珠还集》的一首已辑入《诗钞》外，可补的佚诗还有六首：

棠梨玉倚沁园开，一似晨妆梳洗才。雨甚风斜和粉泪，悄无蜂蝶过墙来。

三春花草轸离忧。娄尾犹堪敌素秋。榴甕红巾荷透水，合昏香满小庭幽。

南都城郭夕阳残，西望谯门指点间。向晚青连江上驿，居然重睹六朝山。（此记梦之作）

佳游多半凤城西，出郭应知往迹迷。桃瓣凋零新杏蕊，夕阳含雨又凄凄。

落英无主任风飘，飘堕泥中色尚娇。重见红芳春烂熳，轻翻胡蝶恋花梢。

畸徵名姓写春波，伫久河桥眼倦搓。惆怅兰桡归未定，海云消息近如何。

二

一九五〇年我到北京，曾到老君堂访问，这是我与他首次相见。当时我在报纸编副刊，就顺便向他约稿。他当时经济情况好像不大好，也想作文换点稿费，但苦于没有题目。我就提出他早年所作《红楼梦辨》绝版已久，大可修订重写，他欣然答应了，于是后来出版的《红楼梦研究》的开头几章就在我编的副刊上发表。我还保存着几页原稿。他是不喜欢用稿纸的，随手抓着什么纸就写，大笔行草，辨识不易，不料竟因此而引起后来的一场轩然大波，这是我至今还觉得歉然的。这事他也还记得。我在《榆下说书》中曾引用他一九五〇年的一封信，谈《红楼梦研究》出版经过，他读后给我的信说，“引弟五〇年书，可知重印《红楼梦辨》只为经济，与政治无关。可供谈《红》资料，亦第一手资料也。”

这以后就是二十多年的暌隔，音信不通，直到七十年代后期才又恢复通信。检点手边尚存的残零书札，竟还有二十来通，最早的可能是下面一书：

> 黄裳先生：奉五日手教，多承奖借，不胜愧荷。而谈言微中，窃有喜焉。三十年真如弹指，而世变之亟即在其中。曾有《鹧鸪天》云：“正道沧桑寄此身，飘零文字水萍因。”诗稿八卷，佚于丙午，前尘往事，过眼飘风，不复措意焉。缀辑词稿仅得数十首，亦不甚完全而所失不多。若海外印成，缘法亦可喜也。书中言往岁为公写字，均已不存。涂鸦何足惜，见雅意之惓惓焉。附奉前年所书南洋复制《如影》一册博笑。匆匆不尽，即候撰祺。平伯，三月十三日。
>
> 谈《红》大作惜未得读，又及。

《如影》是他手书的近作，在新加坡复印，其中颇有斥责动乱中群丑之作，是诗人晚年干预生活直抒胸臆的作品，并未收入《旧体诗钞》。一九六〇年以后的诗，作者是想另编一集的。从这时开始，我就又向他索书，前后所得不少，但已不再是早年的面貌，转为苍劲朴厚。一九八〇年六月十二日信说：

黄裳兄，惠两函次第收到，冗病迟答为歉。周、姜二集皆珍品，容留读再奉上。谢刚主曾来，示之，伊更赏白石集，云难得。弟于版本是外行，其鉴赏当非虚。承惠《南湖春雨图》照片，弟夙慕娄东歌行，尤喜鸳湖曲，得之何殊珙璧，多谢多谢。近与圣翁摄影，又题俚句，一并尘览。复颂近安不具。平伯，六月十日。

又用诗笺写海棠诗一首，题为《八〇年四月海棠花前偕圣翁留影五言一首》，诗云：

海棠稍晼晚，天气渐清和。
并立花间影，心期快若何。

我藏有周清真、姜白石词集，因平老甚爱美成，所以寄去请他一看。周集是新刻，但由费寅手度王幼遐、朱古微、郑大鹤手批几满，底本多假得于嘉业堂刘氏及其他海上藏家，是很难得的。姜集则是康熙中武唐俞兰所刻，是少见著录的本子，难怪谢刚主要说它难得。《南湖春雨图》是吴梅村的手迹，上端有自书《鸳湖曲》全诗，与通行集本有异字。画为过云楼旧藏，后归上海博物馆，我设法得到了一份照片，在喜读梅村诗的人一定会大有兴趣。与此同时我还把俞氏家集两种寄去，于一九八〇年十月十九日得复书云：

黄裳先生左右：赐书及珍本多种，次第收到。其中曲园公《金缕曲》单行本，曩所未见。家姊遗诗，刊版亦早零落矣。知有损惠之意，心铭奚似。蜗居芜杂，弟亦衰病，不知仍归邺架，庶几物得其所，寒门与有荣焉。弟涉猎殊寡，于版本茫无津涯，未敢妄涂，惧伤佳品，当谨为葆存，暇日披寻，可祛尘氛，其拜嘉惠多矣。港《新晚报》（九月二十七日）载郑逸梅君文谈弟儿时事，未知见及否？匆答不具，即颂撰祺。弟平伯启。十月十九日。

同封又一信：

书未发，展诵尊藏《裁物象斋诗钞》，有题《浮生六记》诗，集耑署名"阳湖管贻萉树荃"。按《六记》旧本、今刊俱作"贻萼"，或字误，或更名未可知，而"萉"字决不误。得校正此一字，不啻百朋，亦快事也。以闻，平又及。

三

数日后又有一信，附来《〈浮生六记〉的两个问题》一文手稿，也谈到题词人的名字，有"一字之差，关系匪浅"之语，又校正题诗异字，并推定沈三白的卒年。这一册晚清人的诗集，到了他手里，就能发现不少胜义，于此可见平老治学的严谨。

我曾从琉璃厂得到过一些旧纸，大都是从清宫中流散出来的高丽五色笺，其中有一种用小封套装起的高丽镜面笺，每只一元。不知道用途，推想可能是皇帝用的便条吧。这些旧纸因为没有字，在抄家时被放过了，就寄给他求书，他写来的是一副联语：

踏月六街尘，为观黛玉葬花剧；
相逢一尊酒，却说游园杜丽娘。

原附有小注，上联云："民国初年，梅畹华初演斯剧，得往观场，未相识也。"下联云："晚岁于萃华酒楼座谈《牡丹亭》，拟赠以此联，而君艺名千古矣。"

此幅书于"庚申一九八〇三月"，极工致，在我所见平老的晚年书中，是极难得的经心之作。联语提到《牡丹亭》与《红楼梦》，都是梅畹华的名剧，也都是平老潜心欣赏玩索数十年的名著，绾合得实在太巧了。平老喜拍曲，尤爱《牡丹亭》，曾写数文研讨，想来他们在席上相逢时的谈话一定是欢畅的。而他对梅的倾倒与伤逝，也在寥寥数语中显示无遗。这一幅小笺，实在是可当三绝而无愧的。

我又藏有曲园致朱之榛手札九通，都是写在自制笺上的，曾托君武带去，拟持赠平老，他复信辞谢。一九八一年冬一书云：

> 黄裳兄：久疏书候，为念。顷由华君武同志转到去岁十二月二十日手教，并蒙见示先曾祖手札九通，感谢感谢（当暂存，俟与书籍并取）。盖作于光绪癸卯以后，有一书说到先舅氏善侯赴松江省亲可证。朱公盲目而公事极精干，苏人称"朱瞎子"，有名。弟儿时闻之颇熟，未能参谒，即使见过亦忘记了。盖是道班，管牙厘局，书中故向之借小轮拖带。屡署臬篆，皆呼为臬台，是否实授，未详。弟自今岁二月七日内子病殁，心绪至劣，久抛笔砚。近为《烹饪》杂志写一文五千字，记京杭往迹，说些外行话亦可笑。匆复不具，即颂著祺。平伯。五月六日，立夏。

曲园札九通已托友人转赠新修好的苏州曲园，不知已陈列否。这封信却可当作跋语，有许多事是很少有人能知道的了。俞夫人新逝，他的心绪甚劣，又能执笔为文，可见已渐归平复。这篇刊于《中国烹饪》的长文是《略谈杭州北京的饮食》，是他晚年写得最长的文字，我已取来收入《俞平伯散文》中。下面一九八二年的一信又谈到沈三白：

> 黄裳兄鉴：前寄奉《振飞曲谱序》稿本，谅已邀詧。昨奉惠示《拜石山房诗》珍闷之本，感谢，感谢，有关沈三白事迹，曾见近人文中征引，顷始得见原书，为幸。诗中记琉球归，似曾小住京华。其后应聘如皋，十年作幕。诗题未言何年祝寿，盖六秩也。卒年当近七旬，可补记载之缺。
>
> 近年所传悼《红》文物，大都以赝品牟名利，而诸贤评论无

休，亦可异也。

前梦见一匾额，颇似小说，而义尚可通。承海外友人潘国渠君为书之，今附上照片一帧博笑。即颂冬安。弟平伯。十一月十日。

平老晚年绝口不谈《红楼梦》，但仍随时注意评论界的新动向。这里对前些年“发现”的“悼《红》文物”，干脆地予以否定，并以“考订”不休为怪，可见他的看法。所谓梦中所见匾额，为“汐净染德”四字，在可解与不可解之间。

同年十一月二十日信又谈到《红楼》，有一节云：“弟自六六年后，即未作文谈及，毖羹吹齑，或未惬舆评，而窃自喜。公谓如何？”对曹雪芹小像真伪等一系列问题表示不介入，是他晚年一贯的态度。同年十二月三日明信片中也有这样的话：“红学一名本是谐谑，今则弄假成真，名显而实晦矣。明年上海将搜辑拙作旧稿三种，所谓‘炒冷饭’，良非鄙意。属为前言，均却之，代以二诗。”

四

上海古籍出版社前后印行了他的旧作三种，把可能搜集到的文字都收进去了，对读者是一大方便。他对这种重刊旧文的办法，持“中立”态度，既不赞成亦不反对。天津百花文艺出版社拟编刊小文库，要我代选平伯先生散文，写信去问他是否同意，得复书云：

黄裳兄：久未通候，时念。欣奉来书，知百花书店将出散文选，近时通行，我对炒冷饭不大感兴味，而来者不拒，只不参加意见。今得吾兄主政，足增光宠为幸。出新意选之不蹈窠臼尤佳。弟总赞成，无他见也。定后先赐选目则尤妙。来书提及译本《六记》序，是否即《学林漫录》八集所载？忆其中尚有些讹文，未知入选否？文虽短而颇自喜。总是卮言，乃承于写序时将作为线索，具见卓识，欣且愧之，固当同意，且以先睹为快也。近无写作，只有一短篇曰《虎丘·剑池》，将以原稿载《浙江画报》（明年二月）。惮繁言，总是简。承誉“切时弊”，其实是躲懒耳。编辑时如有疑，则随时示知。馀不一。复颂著安。弟平顿首。十二月七日。

对于散文的编选，他还是很关心的，曾有不少信谈及，一九八四年一月三日有长信：

黄裳兄：二函详尽，不殊晤谈为快。各件均附还，分别答复如下。近颇重印拙作，如“选集”、“杂著”等等，我持中立，不赞助也不反对；因久遭批判，不便表态。今次编选得兄主持，可谓深幸，而事同一律，亦不拟多参意见。兄放手作去，我都赞成。

一、选目同意。中有两篇可商。各处选本皆未涉及《红楼梦》文字，十二钗描写一文，曾于运动中大闹一场，入选是否有碍？盼郑重考虑，或商之出版社，如皆认可，弟不反对。文见《文学评论》，约在一九六三、六四年左右，亦易觅。《振飞曲谱序》手头无底本，古籍新刊本杂著内有之。弟意或可不选，以此篇全用文言，昆曲知之者少，而其书又不甚佳。如“絜阁”文字不全，简谱亦不适用，而拙序勉徇作者，表示赞成，亦曲笔也。闻字数已超过，删之似属无伤，然否？《无题》二篇，冷僻难懂，承兄保存，谢谢，可入选。如查《文学杂志》期数，即可知年月，且已在原稿中注明。剪报中文字标点，稍有订正，希察。稿已久忘，读之如同隔世。尊撰“编后记”清简扼要，在千言中表达出来，尤属非易，为佩。文字小节遵命略有涂抹，勿罪是幸！

手头无稿，去岁十一月有小文付《浙江画报》，云将于二月刊出，底稿尚存，附博一笑，或未宜中选也。古籍要出《论诗词曲杂著》，已见广告，样书未来，他日当奉赠。

圣兄近晤，忙于开会，精神甚健，远胜于我。所云《日记三钞》出否未详。近其长公子至善，以胆病住院治疗。匆复不尽，即贺春禧，弟平伯顿首。

从这封信中可以看出，他虽然说对重印旧作，不干预，不表态，但还是关心的。自受批判到一九八六年一月二十日中国社会科学院文学研究所为他从事学术活动六十五周年举行庆祝会止，并没有正式为他平反，那么他的“心有余悸”就是可以理解的了。论十二钗描写一文是我深深喜爱的。这是他的着力之作，是一篇难得的文艺批评，在汗牛充栋的《红楼》赏析文字中是少见的。写得如此深入细腻，入情入理，可算得是说理文的极致。我并没有什么顾虑，也根本没有考虑到那么多，但终于因为篇幅的关系，还是删去了。《振飞曲谱序》是按照他的意见抽去了的。

五

他对用简体字也有自己的意见，曾说，“用简体排，但有些字合并，令人无所适从（如適作适，则洪适与胡適无别，亦无上下文可看），不知能酌量另铸字否?”（一九八四年九月二十四日信）又说:“《振飞曲谱序》未知收入否？假如已收入，请为注意此文末行有‘仆少悦里讴’句，‘僕’今简体作‘仆’，而改铸不便，则不得已改‘余’或‘予’均可，作‘予少悦里讴’，这样未免倨傲，然亦无法，以本非我意也。”（一九八五年五月二十七日信）为一个字特地写一封信来，可见他的认真。《俞平伯散文》出版后，他还寄来王湜华所作的一张勘误表，其实错字还远不止这些。正如他在一九八四年七月九日信中所慨叹，“近刊多而印刷乱，览之有望洋之叹，奈何!”

一九八五年六月二十日信片云：

黄裳兄：新著连翩，每荷分惠，俾快先睹，甚感。如《过去的足迹》，弟已看熟。不瞒您说，我已偷写一谈《圆圆曲》的小文，以论点含糊，不敢示友，况付刊乎？《鸳湖曲》大文正在浣诵。我初读是篇，喜其清丽，及研求本事反感空虚，盖事有难言，不得已也。知人论世，谈何容易。公谓如何？

这篇谈《圆圆曲》的文章，写好而不愿发表，我不曾读到，推想也还是怕引起麻烦。其实谈三百年前事与当前政治有何关涉？在这里不能不感到十年动乱留下的影响之深。关于此文，同年八月一日信又曾说及：

黄裳兄：以多病体弱，久疏音问，歉悚。于梅村诗别具新解，不虚辰伯西谛之赏音矣。若此正是“勇气”，可谓先得我心，雒诵深荷。名为“传来消息满江乡”的《圆圆曲》，虽有三题，并无一目，恐难餍观者之望，不过姑备妄说而已。盖叹惋情多，征实之词少，殆不足当姚公之一吷者。但他日固当以尘教也。

但后来并未寄来，我也终未得读。小册《俞平伯散文》出版，他是高兴的，一九八六年四月五日信说：“《散文》新编收到，至为感谢。‘小引’简短，清新，扼要，有仿佛另一书之感。‘金陵十二钗’固不宜阑入，于体例亦似不甚合。其短篇都有趣，最后一篇曰‘剑池’，极短，似兀然而止。后来本当还有一段谈吴诗之作意，以偷懒，怕噜哧，惮‘商榷’之故，希亮察。其谈虎丘、说山塘，拉拉扯扯，正是引动他心事了。兄亦谓然否？”

《散文》这最后一篇，极短，初读不能懂，现在知道还有一层意思未曾说出，得作者自为说明，方始恍然。平伯先生晚年不知有多少奇思妙想，都在“惮”与“怕”之中湮灭了，真是可惜。“偷懒”其实只是托辞而已。这是真正的可惜，却已无从补救了。

平伯先生于去年十月逝世，噩耗传来，为之不怡者累日。想为他写一篇纪念文字，却感到无从下笔，展阅遗札，只感到人琴俱亡的空虚怅惘。

我不惮其烦地抄下这些旧信，不只因为这里留下了他生活思想的零星痕迹，也还是为了保存这些美丽的篇什。从苏、黄以来，尺牍在中国文苑中开辟了一个新天地，历代都有作者，但写得好的实在没有几人，在简洁的笔墨中传达情愫，“惮烦言，只是简”，在这“简”中却包含着丰富的内容。他的这些短笺实在和他的“梦遇”、“梦寻”是一路的，丝毫没有做作、装点，正像陈年老酒，醇厚而有余甘。他对晚辈的垂爱与期许，更是溢于楮墨。故以此文为先生纪念可也。

一九九一年三月十日

忆郑西谛

今年春节前一直下雨，年初一忽然放晴，来了满天的好太阳。家居无事，想找一部书来看，顺手从书架上取下了《西谛书目》。我是常读书目的，这在旁人看来似乎不大好理解，不过这实在是很有趣味的。好书大抵藏在图书馆里，难得有借阅的机会，现在看看书目，有如坐在饭馆里翻菜谱，虽然不一定样样都点了来吃，到底也是一种享受。这《西谛书目》又与别的书目不同。他的兴趣杂，收罗的方面广，不大重视正经正史，但集部、特别是词曲小说、版画中却多有怪书（说得好听些应该写作“僻书”）。常常看到一种书名，就揣想这应该是怎样的一部书呢？如有附图，那么是出于徽派还是金陵派刻工之手的呢？这样想着想着往往会令人神往。《书目》里有些书是我见过的，还多少有点关系，这就更有意思。例如卷一有一条是《乐律全书》存四十二卷，是残本，其中有《六代小舞谱》和其他几种，就是我在徐家汇的一家旧纸铺里发现的。大约三四种，白棉纸大册，附有古拙的插图。那时我还不认识郑西谛，但对这位文坛老辈是非常佩服，心仪已久的了，想找个机会见见他。知道他多年来辛苦搜集着版画，就把这拿给他。那大约是一九三八年的春天，他索居在静安寺的庙弄里，我弄不清门牌，就抱着书闯了去，居然给我找到了。

高高的身材，穿着一身半旧的西装，出现在有些荒凉的小花园里，厚玻璃镜片后面双眼睁得大大的，一面用手翻着书页，注意地看那版画，不由得漾出微笑来。他大约觉得有点奇怪，送书上门的不是书坊里的伙计却是一个中学生。

我终于认识了西谛先生，还从袋里摸出一小册《西行书简》，请他写几个字。他爽快地答应了，就站在花园的草地上，掏出钢笔，歪歪斜斜地写下了“旧游之地，今已沦为狐兔之窟。何日得重游!”几行字。这大约就是我和他的“论交之始”。

在《书目》的尾页，我曾写了下面的几行题记：

此册所收颇多佳册，亦可见西谛收书之杂。然奇书秘册，往往而在。丛书亦多妙品，忆解放前曾偕西谛游苏，夜访书护龙街上，见怀新斋许氏书甚多，其中多丛书之大部头者。西谛顾而乐之，然无买书钱，笑向余曰：“凡此皆可收也。”余亦一笑而已。时秋高风景佳异，游木渎食鲃肺汤极美，转瞬二十年前事矣。丁未九月初三日夜记。

这件小事很可以表现出西谛书兴之豪。买下了多少万卷旧书，用樟木箱藏起放在书房、客厅里的富商大贾是说不上“豪”的，只有像西谛那样，身无分文还设法张罗举债收书，视书为性命的人，才能算得上是“书林豪客”。

在书画目录类书的书眉，我也写下过这样的话：

余曾收朱竹垞抄本郁氏《书画题跋记》、《续记》，谦牧堂旧藏。为西谛所见，强索为赠，未之许也。是时渠方锐意收书画类书，是以豪情如是。今日思之，徒增黄垆之感。

解放后西谛在文物局工作，在团城办公。一次我带了几部书到那里去看他。他照例一看见好书就要“雀跃”，就要留下。记得那次有一册宋建本白麻纸极初印的《尚书图》，就被他“扣”了下来，立即送到图书展览会上去了，说好说歹才留下了这部《题跋记》。这当然说不上“豪夺”，不过他那见了好书就不肯放手的气势确是有点“豪”。“你多少钱买的?”接着就不容分说留下了。这本《尚书图》是胡心耘的旧藏，先为孙某所得，书实在太漂亮了，使他疑惑起来，是真宋本还是翻宋本，终于吃不准，以原价一百元脱手。我是从来青阁买得的。宋本书的书价不过百元，这在今天看来也确实有点近乎神话了。

《书目》中有《春雨楼集》一书，也是我见过的。我在书眉上写：

> 此书佳绝，桃花纸印，有沈虹屏名印。一九五二年西谛来沪，余访之旅寓，案头有此二册书，因得摩挲。

西谛在北京工作，上海庙弄的藏书还零乱地堆积着，不曾运京。他委托一位姓杨的书友代为整理，不料却陆续被取出别售。我曾见过一张书单，也买到其中的几种。在一部永乐刻《刘尚宾文集》的书衣上看见有西谛手写的书名，觉得有些奇怪。后来知道确是从庙弄里弄来的。他闻讯以后，就趁视察之便，回家检视，顺手把这两册《春雨楼集》带在行箧里。这书是沈彩手写上版的精刻本，用桃花纸印，真是纸墨晶莹，眩人心目。卷前有“青要山人”小印。庙弄里的藏书，品种珍贵远过此书的不知有多少，但他却只选了这两册带在身边，从这里可以看出他对书卷的“真知笃好”。此书西谛有手跋，“扬州何氏书于劫中散出，为孙实君所得。予闻讯往，得初印本《芥子园画谱》三集，诧为奇遇。见此书于目中，亦欲得之，而已为乃乾所取，求之不出。越一载，乃以千金易得之，挟书以归，喜可知也！纫秋。”

“纫秋”是西谛在抗战时期使用的别署。他曾写有《纫秋山馆行箧书目》一册，手为长跋。《西谛书目》后附有题跋一卷，都是从他所藏书的卷尾书头辑出的。这些都是很好的随笔，有时也讲到书的版本内容，但主要特色并不在此。题跋中所记书林掌故很不少，都是藏书史上的好材料。西谛与书坊中人极熟，题跋中也时时写到，可以看出，对这些“书友”，他的感情是不同的。他有一篇明刊《乐府先春》跋，写得极有意思：

> 杭州书客朱遂翔擅将不全书剜割目录，冒作全书，售得善价，

予甚少与之交易。然彼爪牙遍布徽郡、萧山一带，往往多得奇书善本。王寿珊在世时，朱专擅其利，寻常顾客自不在其眼中。自王氏故后，朱失所依，始复见其持蓝布包袱，往来中国、来青诸肆间，盖彼于图书每不甚了了，唯恐失之贱值，不能不以郭石麒为耳目。石麒为书友中忠厚长者，从不欺人，书业中人无不恃为顾问。劫中余闭户索居，绝人世庆吊往来，惟结习未除，偶三数日辄至古书肆中闲坐，尤以中国、来青二处踪迹为密。一日天阴欲雨，正坐中国书店与石麒闲话，以无书可阅为叹。朱忽持一包来，予曰："此中何书？"朱解包出之，乃昆调《乐府先春》也。予惊喜过望，即询其值，立偿之，夹书以归。……

我在此处书眉写，"此跋写朱遂翔神似。解放后朱设金笔肆，弃旧书业不为。余尝得文瑞楼钞《演山集》等于渠，价极昂。后所存善本多为孙助廉得去。"

记得当时在温知书店的小楼上，每天方桌上都有从朱遂翔得来的大批旧书，大半有"九峰旧庐"印记及"朱遂翔"小印。最为烜赫的是北宋杭州猫儿桥马氏戗纸铺印的《文选》一册，就是高踞《中国版刻图录》卷首的那一本。

关于西谛，还有不少故事可写，今姑记此数则，以为纪念。

一九八五年二月二十二日

沈从文和他的新书
——读《中国古代服饰研究》

眼前放着一本很大很厚很漂亮的书——沈从文的《中国古代服饰研究》，我很喜欢这本书。对它的学术成就进行全面的评价，不是我的能力所能做到的，不过可以说说我喜欢这本书的理由。

一九五〇年一月底，在北京的中国历史博物馆我第一次看到沈从文。在这以前，我托朋友请他给我写过几张字，通过一两次信。他寄来的与杨金甫、张充和在一张很长的纸上写的章草现在还在手边，那是一九四六年夏天他们住在颐和园霁清轩时写的。在另一张署名“上官碧”的字幅后面，他写了一段小跋：

> 黄裳先生远道邮佳纸索书，为用李福寿笔涂抹，竟成墨冻蝇，复检旧纸经意一书，拙陋益增，始知婢学夫人，大不容易，仍只宜用起码价钱小绿颖笔，在公文纸上胡画，转有妩媚处也。因检习字一纸相寄。从文。

这多少可以看出《边城》《湘行散记》的作者在抗战胜利回到北平后的生活情趣痕迹。但两年以后又在北京相见时，情况却有了很大的变化。记得那是一个风沙满天的严冬，已经快吃午饭了，我在午门右侧旧“朝房”（？）改成的办公室里看见了他，房子很大、很冷，里面放了许多张办公桌，他就坐在其中一张的后面，桌子上堆放着很多书，纸片、碎瓷块、破泥人……正像一个荒货摊。他从椅子上站起，听我报出了名字，又转达了住在上海的一位老朋友对他的问候，他激动起来了，搓着手，不知说什么好，但说了许多。接着就一定要拖我到他家去吃炸酱面，而且反复说着炸酱面如何好吃，就像在小说里进行细致的描写似的。他穿得很单薄，围上一条围巾，我们就一齐走出了午门、天安门，跳上了叮叮当当的电车，好半天，才来到交道口。他住着两间小屋子，开门进去，家里没有人。他自己动手，烧开水、下面，搬出碗筷，请我吃炸酱面。吃完后立即动身，依旧乘了叮叮当当的电车回到天安门去上班。在这整个匆忙的过程中他一直不停地说话，内容现在已经完全忘记了，但那好像好久没有了谈天对手似的印象是非常深刻的。此外，我觉得放心了。一个习惯于描写世态人情的小说家一下子来到午门楼上，整天与古物打交道，能行么？我发现他行。他不但习惯了新的生活与工作，而且立即发生了浓厚的兴趣，我发现他是个对一切留下生活印记的事物都有兴趣、都会执著地进行观察、思索、记录的人。他写小说，写不是小说的文章，都持相同的态度，一种老实、认真，几乎达到可笑程度的态度。我相信他会很好地生活工作下去，并且会做出成绩来。

沈从文是著名的小说家，我在读中学时就已经读过他的许多作品了。我特别喜欢他的并非小说的作品《湘西》。这本蓝皮小书，我先后买过三次，现在手中留下的一本是一九四四年湘桂战局紧张时在已经变成危城的桂林街头买到的，书里的《常德的船》……都是我非常喜欢、反复读过的。七年前我给作者写信时还提到我喜欢这本小书的心情。这是一本地理书，或曰地方志，但与旧地方志可完全不同。我常想，全国各地都有这样一本“方志”才好。这是一本风俗画册，人物像册，它不是小说，但作者运用的还是那种方法，和写《湘行散记》差不多的方法。

我读《中国古代服饰研究》时，感觉就和读《湘西》一样，得到的也是差不多相似的满足与悦乐。

这不是一本结构完整的中国历代服装史，不是先有了一个严密的理论体系、精细的大纲，再来搜集资料，论证成书的。它是从大量的、具体的历史实物出发，进行先是个别的、然后是比较的研究，终于得到了某些带有规律性的认识。完整的、严密的体系的形成也许还是将来的事，但现在已露出地表的林立的桩脚都是结实的，多数是经得起考验的，而且也已初步显示出宏伟建筑的规模。这本书最大的特点是它所体现的唯物的、从实际的出发精神。

像这样的著作，过去的学人是常常称之为“札记”的，水平高的就会成为小型论文的集合体。其间发生了有机的联系，得到贯通，就自然形成完整论著的雏形。读者欢迎这种新鲜的、丰富的、结实的论文合集，而厌弃一切只有大架子，内容却陈陈相因或空虚无物的“豪华建筑”。

这是一本开山之作，尽管还不完备，有待丰富补充，但到底有了第一本民族服饰史的研究著作了，过去我们是没有的。

这是一本充满了爱国主义精神与民族自豪感的著作，我们的先民创造了惊人繁富、丰美、灿烂的文化，作者为我们掀开了这座伟大殿堂的小小一角帷幕，使人们得以多少窥见其神光陆离、气象万千的巨丽面影，这必将激发人们热爱祖国的激情。

祖国的文化遗产如此丰富，但经过多少年帝国主义者的侵略掠夺、不肖子孙的破坏毁弃、愚妄者的排斥贬抑，已经濒于危险的境地。作者辛勤拂拭，叹赏摩挲，追溯本源，旁及支系，试探着摸出了一条路，总结出某些经验。他的工作不是孤寂的，得到了有远见卓识的领导者和同志的支持帮助，终于作出了成绩。这一切本身就是值得欣喜咏叹的。一切都证明，我们的社会主义祖国是非常有希望的，经得起无论是什么样的风雨，我们有强盛的生命的力。

读《中国古代服饰研究》，时时会感受一种“左右逢源”之乐，它会诱使你翻出另外许多本书对读、思索，并享受“左图右史”的愉快。三十年前我们有了郑振铎编著的几种历史图谱，更早些我们有过《读史方舆纪要》，近来又有了新的《中国历史地图集》。这许多著作都是为了同样的目的而编写的，它们都是开创性的著作，但也无法使读者完全满足。这本《研究》则是从前人的踪迹上所迈出不小的一步。如试将每章的研究内容各拟一题，那就将有《半臂考》《幞头考》《关于“啼妆”》《哈巴狗的起源》《足球古史征》《唐代时妆的衍变》等许多小论文。小，指的是篇幅，不是指内容含量。

温庭筠的名句“小山重叠金明灭，鬓云欲度香腮雪”，历代注家纷纷猜测，“小山”是“眉山”，也许是“屏山”，都不能使人满意。《研究》说，“唐代妇女喜于发髻上插几把小小梳子，当成装饰，讲究的用金、银、犀、玉或牙等材料，露出半月形梳背，有多到十来把的（经常有实物出土），……温庭筠词中有‘小山重叠金明灭’，即对于当时妇女发间金背小梳而咏”，“也正是当时妇女头上金银牙玉小梳背在头发间重叠闪烁情形。”作者掘唐人诗词、文献、《捣练图》、《宫乐图》、出土实物，作出这样的论证，是可以使人信服的，也许是可以“破千古之惑”的。

杜牧诗“轻罗小扇扑流萤”，写七夕夜晚闺中生活小景，人们一直以为这大概是写团扇那样的东西，历来的画家也大抵都这样画。但不免还是怀疑，这未免太大了一些，扑蝶（如宝钗）还可以，扑萤怕将劳而无功。作者就指出，在《宫乐图》和唐李爽墓壁画中都画有这种“轻罗小扇”，其实是有些像苍蝇拍子一样的东西。

唐代大诗人白居易作品中有大量历史、风俗资料，一向受到历史学家重视。陈寅恪著《元白诗笺证稿》，是其显例。但在《研究》中接触尤多，且多据实物及形象材料加以论证，更为亲切。白诗：“平头鞋履窄衣裳，青黛点眉眉细长。世人不见见应笑，天宝末年时世妆。”作者根据近年大量出土材料和诗文形容结合互证，说明世人发笑的原因。作者的研究还能通观整个时代不同阶段的发展变化，指出唐代社会善于吸收融合西北各民族文化及外来文化给予妇女服装的影响，又怎样从前期的活泼健康变为后期病态的过程。元和时的“蛮鬟椎髻，乌膏注唇，赭黄涂脸，眉作细细的八字式低颦”，大约就是“啼装”的本意了。白居易并不是头脑僵化的诗人，但他是看不惯这种“出自城中传四方，时世流行无远近”的“时世妆”的，说这是“非华风”的。这就说明，应该怎样正确对待外来文化影响的问题，在唐代就曾经出现过了。

怎样将见于《舆服志》一类文献记载中的大量名色，与图画实物、陶俑……中的形象材料，一一拼合，避免差误，是非常细致繁难的工作。作者做到了胆大心细。他勇敢地判断，坚决地认定。不能想象这中间就必无差误，条条都是定论，但我们将为有了这样初步的轮廓而高兴，这是走向更为完密准确的基础。作者在《研究》写下许多篇独立的小论文，随时发表研究的心得、见解，但没有综合考虑，加以总结。其实他提出的问题是很多的。例如应如何正确估价实物、图像反映历史真实的程度，如何看待文学艺术作品中必然会有的夸张失实可能，如何判定文物产生时代的上限与下限，……这些都是会引起热烈讨论的有趣问题。

例如陶俑和石刻表现衣服飘带或马匹鞍饰，为了制作和保存的方便，对实物原貌是有所改变的，有时就和绘画中的描写有所差异。又如艺人在创作中，是容许也可能有所夸张、删略的，怎样理解、利用他们现实主义的作品的真实性呢？又如，时代较晚的艺术家在表现早于他们时代很久的现实生活时，忠实性是会有程度的差异的。正如今天戏曲舞台上的人物衣冠依旧基本是明代的一样，明代刻书中出现的大量插图，不论表现的是哪个时代也基本上是作品产生当时的面貌，但这并不排斥有袭用前代画稿、纹样的可能。这一类的情况是纷纭复杂的，也是必须慎重对待的。作者在碰到这些问题时都有相应的讨论和判断，是值得深入探讨议论的课题。

作者研究的对象是服饰，这就要求将形态万方、彩色斑斓的实物用文字再现在纸上，需要散文家的出色才能，不只是忠实的再现，还得写出事物活泼泼的情趣。这是常规的科学研究著作所不易得的特色，全书有大量美丽的插图，而文字之美，却使读者感到姿媚转胜。

现在的大量文物，都以不同情况出土或发现于全国不同地区，在研究过程中作者对种种复杂情况都作了认真的对比判断。他论敦煌、论南唐、论西蜀各章，都显示了这种特色。如他说到前蜀王建墓的石棺座浮雕时有一节分析：

> 这个石刻，虽完成于五代前蜀四川成都，但由于唐封建主玄宗和僖宗两次逃亡四川，中原艺术家先后避难入蜀的极多，蜀中

历来特别富庶，手工业十分发达，并且是生产锦绣地区，受战事破坏较小，所以画面反映的和墓中其他出土文物花纹图案，还多保留唐代中原格局。劳动人民工艺成就，健康饱满，活泼生动，不像稍后孟蜀文人流行《花间集》体词中表现的萎靡纤细，颓废病态。

这种平实的、鲜明的分析在《研究》中到处可见。作者在感叹劳动人民的惊人艺术创造之余，总是同时见到封建主的荒淫无耻，在分析研究上层人物的服饰之外，也尽力反映农民、猎户、船夫、手工业工人、兵士、奴仆等下层群众的衣着与生活面貌。由于文献遗存的限制，分量上容有参差，但作者并没有把书写成一部贵族服饰史。

作者希望致力于奠定新文物学的基础，希望打破过去以文献为主的史料学研究方法，这方向无疑是正确的。全书实际上也以这部分创见最多，估计展开不同意见争论的机会也必然最多。作者在表述自己的见解时是勇敢的、痛快的，毫不吞吞吐吐，支支吾吾。但应存疑时还是存疑，因而也少有霸气。这样的学风，也是值得欣赏的。

书画鉴定也有悠久的历史了，人们一直承袭着的是传统的方法。到了六十年代，张珩、谢稚柳等专家开始总结传统的经验，并有意识地摆脱以文献为主的偏颇，企图运用多种手段进行综合的鉴定。这是一个明显的进步。书画是形象的艺术，通过笔墨的表现手段形成不同的风格，同时也对客观现实做不同的反映。两者都无法摆脱时代历史的痕迹，因之也应该成为鉴定的主要依据。服饰、器物、风习……都是应加郑重考虑的因素，但过去注意的是不够的。《研究》则集中注意于此，对一系列传世名画的作者和时代都提出了有分量的新看法，这就使研究的范围扩展得更开，不是“服饰”一端所能局限的了。

相传为唐阎立本的《步辇图》，作者认为“或系北宋摹唐旧稿”，“原作即便出于唐人，时代也应比阎立本晚些”。对《职贡图》，认为“或宋人拟作”。旧传张萱作《唐后行从图》，作者认为“原画最早也是宋而不是唐”，“盗出国外传世本，时代且更晚。定为张萱名迹，实赏玩家以耳代目，人云亦云，殊不足信”。在讨论《虢国夫人游春图》时，提出当时贵重马具的金银闹装鞍，详作说明，并用以证明旧传北宋宫素然《明妃出塞图》就因全不懂得五鞘孔制，因而造成错误。又说，“元初画马名家赵子昂父子所绘诸马，鞍具还采用五鞘孔制。事实上元代早已废除，画中反映，恰好证明传世诸作均临摹唐人旧稿，并非写实。”这是很精当并带普遍意义的意见。

传为唐周昉所作的《簪花仕女图》是研究鉴定家注意集中的著名作品，出现过不少论文。《研究》后出，但讨论最为详密，援据更为丰富，提出的两点看法也是新颖而有说服力的。著名的《韩熙载夜宴图》，作者认为“必成于宋初南唐投降以后，可能即成于降宋以后顾闳中辈，但不可能成于李煜未降以前”。举出的论据包括了画中人物的宋代特定礼节——叉手示敬，与南唐降宋官吏初期一律服绿这样的细节，可见作者心细如发，思考细密。如集合论许多名画时代的片段，即可看做一卷出色论文。

> 历来鉴定画迹时代的专家，多习惯于以帝王题跋，流传有绪，名家收藏三大原则作为尺度，当然未可厚非。可最易忽略事物制度的时代特征。……古人说“谈言微中，或可以排难解纷”。但从画迹本身和其他材料互证，或其他器物作旁证的研究方法，能得专家通人点头认可，或当有待于他日。

这是作者在《引言》中所说的话，表示了他对新方法的信心，也清醒地看到，在这方面一时恐不易得一致，还有待于更长时间的讨论与辩难。这其实正是《研究》的整体精神。

进行这一类的研究工作，通常感到困难的是，时代远的材料苦少，时代近的又惟患其多，因此在比例上就难免呈现一种头重脚轻状态。如明、清部分就显得过于缺略了，也是许多人感到不满足的重要意见，希望这一状况能于不久将来得到弥补。文献遗存的丰俭是相对的，明、清两代遗物看似丰富，但具体使用起来，也不一定就能够用。时日既迁，今天视为丰赡的，可能明日也会化为窘乏。这是不能不要求研究工作加紧进行的，不应使人发出“后之视今亦犹今之视昔”的慨叹。作者论及《红楼梦》中所举各种衣着式样、丝绸名目，如“凫靥裘”、“雀金泥”等，因所见当时实物多，体会深，说得就极有意思，远非仅凭文献作考证者可及。作者又说：

《红楼梦》一书中王府大宅布局，虽为北京所常见，但叙述到妇女衣着如何配套成分，都显明是江南苏州扬州习惯。据故宫藏另一雍正十二妃子图绘衣着，可知这时期宫廷里嫔妃便装已完全采用南方式样。这十二个图像还可作《红楼梦》一书金陵十二钗中角色衣着看待，远比后来费晓（原作“小”）楼、改琦、王小梅等画的形象接近真实。而一切动用器物背景也符合当时的情形。

这个问题就提得极好，也是至今未能引起多数《红楼梦》研究者注意的。其实故宫就是一个研究《红楼梦》的伟大实物仓库，可惜至今未作有效的发掘。

作者半年前有一信，还谈到这方面的问题：

近常在故宫博物院出版之《紫禁城》，见尊文谈旧戏。其实故宫尚保存得有十七八世纪戏衣数千件，一说八千件，在世界上真可称“洋洋大观”。又康熙、乾隆南巡图卷中有几万种演戏场面，均值得设法一一看出，若依据此等世界稀有材料，有一二年时间写一部大书，印十来本图像，在世界上亦必成一种伟大无比工作。

信是用毛笔写的，写成后又用铅笔在信纸旁边作注：

似以康熙三十五年第五次南巡图为最重要。燕子矶场面极壮观。

且注明某某机关地区班子。还有江宁织造署图像十分重要。

一说到文物，就“如同小孩穿新鞋，过新年的一般”，立即激动起来，即使是活到了八十岁也依然如此。他就是这样的一个人。

这本大书实在应该重排出版，以普及面貌出现，即使附图简单些也好，这样必将在学术界、文学界、戏剧电影界……引起更大的反响，推动我们的事业前进。顺便也可加以增补，并改正少量错字，如《重屏会棋图》的说明“南唐李煜”，但历代著录都指中坐者是中主李璟，是名句“小楼吹彻玉笙寒”的作者、李煜的父亲。像这类小小误排，还有一些，都应该改正。

祝愿从文先生身体健康，工作如意，在创作和研究中作出更新更大的成绩。

一九八二年八月十八日

吴仓硕小笺

五十年代初，藏书家南陵徐乃昌的遗藏在上海散出。不只是书籍，连书札、日记等最后都被家属一股脑儿拿出来卖掉了，实在看了使人不大舒服。徐乃昌在清末是一位“观察”（道台），喜欢藏书、刻书，和文士们有亲密的往还。他所藏的友朋往来信札很不少，清末民初的名人大抵都在的。可惜当时我对尺牍没有兴趣，没有全部买下，只选了有趣的几件。记得其中有入境庐主人黄遵宪的几通信札，用的是厚棉料笺，上面用朱色印了种种花纹，是黄氏自制的诗笺。黄遵宪的字写的是苏（东坡）体，黑大光亮，和也是学苏的吴宽却有些相近。另外一件则是吴仓硕的一张便条，是写在粉连洋纸的酒馆请客便笺上的。原笺用铅字排，红印；吴仓硕借用酒馆的破笔，淡墨大书：

福祥里　　素娟

徐积余大人

　顷在此吃饭，尊处客齐请来招。

仓硕

此外还在“三马路小花园都益处酒馆”一行中用墨笔填了“五”字，说明他正在都益处的五号房里吃饭。

这张便条大约是民国初年所写。“福祥里”应是妓家集中的一条弄堂，“素娟”是倌人的名字。徐乃昌在她那里请客吃花酒，也约了吴仓硕。

关于这张便条也只能讲这么一点，似乎也没有必要进行更深入的考证，如福祥里在哪里。素娟是何如人？……因为我并不想编《申江北里志》，但我绝无看轻这类著作的意思。作为社会学的一种对象，这也是很有研究的必要的。朋友中有人在写历史小说，描写对象是开埠以来百年中的上海，我觉得这是一个很艰难的任务。譬如，不对这段日子里上海堂子的发展、变化，以及一些具体的细节有一定的认识，是很难下笔的。因为有许多重要人物和事件都曾在这样的场景中出现，想躲也躲不开。如果无所知就势必向壁虚造，而这样做是很危险的。

吴仓老是近代鼎鼎大名的画家、书家、印人，我也看过几本他的传记，记载的大抵是他怎样刻苦作画、吟诗、刻图章的故事，但对画家生活的全貌却不大清楚。这张便条使我们知道他有时也吃花酒，就很有价值。好像也并不会成为盛德之累。因为他生活在那个时代，无法跳出那个具体环境，这一切原是很自然的。

今年夏天在北京，在许多地方的画展里都看到吴仓硕的作品，只不过一幅，但都挂在最突出的地位，画着常见的桃花、石榴之类。这时就想起这张便条，并为它的历劫尚存而感到分外的高兴了。

一九八〇年九月十八日

邓拓的藏画

《艺苑掇英》第二十八期是《邓拓同志藏画专辑》，收入宋元以来作品四十一件，是一组很有特色的收藏。邓拓同志辞世已有二十年，他的生平事业、文采风流，依旧留在人间不为人们忘记。他的历史论文和著名杂文《燕山夜话》已经重印，现在又印出了他的藏画，向人们展示了他的研究与爱好的另一方面，更能增进对他的全面了解，不失为一件有意义的工作。

提起邓拓，不能不想起那难忘的一九六六年。骤然袭来的巨大风暴使全国人民感到惊慌失措、无法理解。很自然地人人都开始检点个人的平生经历，试图确定自己在这场“大革命”中的位置，并进而推测可能的命运前途。当时《海瑞罢官》已经揪出很久，顺藤摸瓜的第二战役是批判“三家村”和《燕山夜话》，已达到了如火如荼、烈火烹油的极盛阶段。就在这时传来了小道新闻，说是邓拓死了，同时又在大批判中读到了他的几首遗诗，这自然是被视为反动透顶的“黑诗”的。“黑诗”中有两句是“文章满纸书生累，风雨同舟战友贤”，读后真的给了我极大的震动。这场“大革命”既然以“文化”为题，而且开头的几仗又是从“文化”开刀的，那就难免使人产生一种错觉，“革命”的主要对象怕是文化人和他们写下的文章。对号入座的结果，过去胡乱写过些文章这一事实就理所当然地成为一个绝大的负担。记得当时还曾在一篇“思想汇报”中披肝沥胆地写出了自己的感触，今天想来也不免为自己的天真和老实失笑了。

回忆往事本来没有多大意思，但过去了二十年的旧梦却能通过种种不相干的媒介意想不到地兜上心来，也真是无法可想。何况这还可以作为“心有预忌”、“心有余悸”的研究者的参考呢。

不知道邓拓收藏的这些书画是否也曾变成他的“累”过，但无论如何没有白纸黑字写下的文章严重，这是可以肯定的。

翻阅着画册，得到了很好的艺术享受，也引起了一点零碎的感想。首先想到的是，他为什么要收藏起这些古画？据序言介绍，这是为了他很早以前对中国美术史发生的浓郁兴趣，和后来进行研究所做的资料搜集与准备。他也的确写出了不少论画的著述，可以为证。这就与传统的收藏家大不相同，不只是爱，还要研究。为了研究而搜集原作，这是有点傻得可爱的。并非富翁。却来搜集古画，没有一点痴与狂是办不到的，没有点“举鼎绝膑”的勇气也是不行的。

即以东坡的《潇湘竹石图》为例。听说这张画最早在市上出现时，曾为很多鉴赏家所拒绝，不予收购，最后是他毅然买下了。也许至今还会有人说是“靠不住”的吧，但从笔墨、气韵看，确是出色的宋画。五个字的题署更是老笔纷披，具有坡书腴美的特征，加上卷尾元明二十六家的跋尾，汇为一卷专题“画史”。有理由确定这是流传有绪的作品。没有可贵的胆识，是不敢力排众议作出判断的。

《真妃上马图》，是宋人画本，同样也是一卷作者有争议的作品。但无论是周文矩所作或无名画师所临，画卷本身的艺术性是很高的，这也是邓拓收藏的一个首要的先决条件，心目中有了这样的标准，收藏路数必然要与传统的收藏家异趣。例如，过去买画宁取艺术水平不高的真本，却看不起艺术水平很高的“好伪本”与摹本；取纸本不收绢本；讲究画面雪白干净而拒绝少有缺点的卷轴。这都是一些偏见，作为个人收藏固然无可非议，但一个绘画史的研究者就千万不能有这种褊狭的胸怀。邓拓所藏元人无款的《饲马图》，仇英的《采芝图》，杜堇的《祭月图》，以及华新罗的《柳下调丝》、《红白芍药》二图，都是精绝的作品，但都是绢本，有的还有画面的缺损，凡此都可看出收藏者的眼光与特识。

自然，合乎通常收藏家“真、新、精”标准的画也是有的，如钱穀的《竹林觅句图》，陈白阳的花草长卷，石涛的山水图册，就都是赏心悦目的名作。罗两峰一生大概作了许多幅《鬼趣图》卷，这里收藏的是其中之一。

邓拓的藏画是为了作画史作准备的，也大体上收集了明清以来各个流派有代表性的作品，吴门派里只缺唐寅，扬州画派中也收罗不全，这当然有种种客观原因。但清初四王中只有一幅王石谷，则可以看出他的好恶与取舍。

他收得的这些画前后大约花了不到十年，这也是值得注意的，可以想见当日北京琉璃厂画市的兴旺，他没有写下一册“买画小记”，给这条古文化街多留下一点史料，实在是很可惜的。

一九八六年五月一日

第三辑

读书随笔

怀素《食鱼帖》

这两天天气很好，是江南最好的秋日。出去闲走，在书店里买得文物出版社新刊的唐怀素《食鱼帖》真迹，非常高兴。这帖只不过草书八行，五十六字。字写得好，文字尤为有趣：“老僧在长沙食鱼。及来长安城中，多食肉，又为常流所笑，深为不便，故久病，不能多书，实疏还报。诸君欲兴善之会，当得扶羸也。九日，怀素藏真白。”

我读此帖，良久，还是不想放手。其实不过五十六个字，一下子就看完了，但还是看了好半日，也许这是年纪大起来了的原故吧，不过这种习惯，是多年以前就已如此了。欣赏书画，前人每喜用一“读”字，是很有道理的。比起“研究”、“玩索”……这些字眼似乎都要好，它表达的意境要更为丰富而生动，也没有那种“正经气”。不只是专家，就像我这种普通的读者也可以用得。我是不懂草书……一切书道的，但喜欢书法。就如这帖，出于老和尚之手，而且又声明他是在久病之中，但还是写得精神饱满，飞动如意，实在值得佩服。他说，来到长安以后，改食鱼为食肉，这就招来了许多人的非议，弄得很尴尬，以至生了很久的病。怀素是坦率的，他公开承认常常吃肉，白纸黑字，不怕被人抓住小辫子，以触犯佛门清规戒律的罪名揪出来批斗，是很可爱的。在这位老僧看来，和尚戒荤酒这种条条，根本就是骗人的鬼话。殊不值得认真对待。他认为持此种迂见者就是“常流”，也就是习惯势力。他可并不在乎，他表示要扶病参加诸君打算举行的“兴善之会”（也许“兴”字是动词）。这是怎样的会？不得而知。推想不会是什么水陆道场之类的正规仪式，而且必然有肉可吃的吧？不过照此帖看来，食鱼可，食肉则不可。难道吃鱼就不算“杀生”么？我于佛法毫无研究，读来读去也终于不能懂。

此帖原迹藏青岛市博物馆，今用胶版印行，虽然不及珂琊版的精妙，但也可以看得，价钱只要人民币五角，可谓价廉物美。在我们社会主义祖国里，最广大的人民群众都有欣赏艺术珍品的方便，这就是很好的一例。近来各地印行的这种书画名迹日益增多了，真是值得高兴的事。

此帖后有宋人吴喆于宣和甲辰（徽宗，一一二四年）所作之跋，他写得一笔苏字，十分逼肖，比起明代的吴宽来高明得多，完全可以免于“墨猪”之诮，但究竟比起东坡来天差地远。我们因此可以知道，在北宋末，苏轼的书风是怎样地风靡了一世。岳飞也曾写得一笔好苏字，也是受了这风气的影响。岳飞的孙子岳珂就曾对此作过说明，可证今传岳飞书帖确是真迹无疑。

一九七九年九月十日

近读乙之先生文，谈《食鱼帖》，认为印本释文末句误将“会当”二字割裂，实当标作“诸君欲兴善之，会当得扶羸也”，义较长。

一九八三年中秋日重校记

闲　　情

长夏无事，取出《管锥编》来读，在第四册里看到论陶渊明《闲情赋》的一些话，觉得很有意思。锺书先生指出，这篇赋的题意是“闲情”而非“闲情”，这就使我吃了一惊，过去我实在并没有注意到这一节，连陶渊明在赋前所写的那小序也没有仔细读过，一直把这篇赋当做“闲情”的老祖宗。“闲情”有了今天的特殊理解，不知道始于何时，在东晋是否就有了如此明确的涵义，也说不清楚。不论怎么说，陶渊明在序里说得明明白白，他作这篇赋，还是按照前人的办法，要“抑流宕之邪心”，企图“有助于讽谏”的。“‘闲情’之‘闲’，即‘防闲’之‘闲’”，大概是没有问题的了。

不过我也想在这里提醒一下，古今文人在“前言”或“序”里老老实实说话的固然多有，但不老实的也很不少。我们难保陶渊明在这里使用的不是障眼法。

正因为这个问题没有很好地解决，因此围绕着《闲情赋》就掀起了一场不大不小的纠纷。少后于陶潜的南朝萧统叹息道，“白璧微瑕。惟在《闲情》一赋”，认为陶公没有写这篇作品反而倒要好些。这就说明，萧统是老实人，他对陶渊明是信任并爱护的，他从正统的文学批评观点出发，作了上述的与人为善的评论。萧统的这些意见，说明了一个事实，“作者之宗旨非即作词，穷态极妍，淡泊之宗，形绌气短，诤谏不敌摇惑。”换一句话说，陶渊明是好心办了坏事，他的创作意图和客观实际没有达到一致，因而“社会效果”不佳。

这种意见后来受到苏轼以下不少人的反对，他们说萧统是“小儿强作解事”，是腐儒、笨伯。虽然苏轼举出的理由不外什么“国风好色而不淫”，还是用正统的武器作战，但到底不能不说是一种解放、一种进步。

这至少可以提醒我们，文学作品的社会效果问题确是早已存在并提出来了。在今天看，《闲情赋》的社会效果也并不怎样可怕，当然这是时代发展进步以后的结论。当拥抱、接吻……在文艺作品中成为家常便饭的今天，陶渊明的那些描写算得了什么呢？但他确是伟大的作者，他写的那些“大胆”的想象是严肃的、高华的，一点没有轻佻下流的气息，比起今天的某些低劣的作品来实在要好得远。

在《闲情赋》里作者提出了十愿，都是围绕着他所爱的人而生发出来的。他希望化为爱人所穿衣裳的领子、带子，爱人妆台上的化妆品、发蜡、眉黛，爱人使用的席子、鞋子，甚至变成爱人的影子和夜里的烛、手中的扇、制琴用的桐材。值得注意的是，十愿没有一件是现实的、可以达到的想望，它们统统是虚幻的，不可能在人间圆成的。

近来有些作者在创作时运用了一些人们生疏的、外来的手法，引起了不少议论，如所谓“意识流”即是其中之一。我想，引起议论的“理论根据”却是不大靠得住的。生疏，是因为我们多年来闭塞聪明，既不学习自己的古典遗产，也不接触外国的新鲜事物，因而引起了大惊小怪。“难道外国的事物样样都好么？”这也问得没有道理。在我们的古典文学遗产里，可以找出许多这样的好例。如《闲情赋》就是一千六百多年以前的作品，一点都算不得新鲜了。这与崇洋媚外没有什关系，应该算是“数典忘祖”性质的。

我想，一切创作，怕都与意识的活动密切相关，没有了想象，哪里来的创作？人类的思想活动是千差万别、变化不居的，无论是创作家自己还是创作出来的人物，都是如此。作家在设法将这些思想活动捕捉、再现时，也使用着种种不同的手法。我想，在这方面作家应该享有试验的自由，就和科学家在实验室里享有试验的自由一样。也许其间有这样的差别，科学家失败的试验，只有关在房间里的同事知道；而作家的试验品却要交给人民判断成败，一与群众接触，社会效果的问题就出现了，这是有所不同的。即使如此，我觉得还是应该给作家以试验的自由、时间，并允许他们走些弯路、犯点错误。没有创新的试验，就不会有发展、进步，为了避免使文学艺术停滞、僵死，我们需要更多的勇敢与宽容。

为什么我总是怀疑陶潜在小序里说的是言不由衷的话呢？这赋虽然据称是一篇“拟作”，但情感的深挚、心里的委屈、情思的凄苦，都不是单凭作者的才华所可能写出的。换句话说，这一切都是非常非常真实的。我想这应该是陶渊明自己的亲身经验，假造不出来的。我没有本领作《陶潜恋爱事迹考》，但我相信在十卷陶集中这是作者向读者掀开他的生活帷幕或一角落仅有的一次。“陶潜诗喜说荆轲”、“陶潜酷似卧龙豪”这些话早已有人说过了，但却忽略了这一侧面，而少了这一笔，我们就失去了一个完整的陶潜。

锺书先生细致地分析了《闲情赋》中的十愿，并从文献中引述了许多材料，说明这种“意识流”的现象，在我们的古典文学作品中已是一种相当普遍的存在。他有一句结论是很重要的，“顾无论少只一愿或多至六变（按指明人《乐府吴调·挂真儿·变好》中，‘变一只绣鞋儿，在你金莲上套，变一领汗衫儿，与你贴肉相交……’）要皆未下转语，尚不足为陶潜继响也。”什么是“转语”呢？“实事不遂，发无聊之极思，而虚想生焉，然即虚想果遂，仍难长好常圆，世界终归阙陷，十‘愿’适成十‘悲’；更透一层，禅家所谓‘下转语’也。”《管锥编》中所引诸例，始于六朝乐府，下至清人诗词，虽然情操高下各不相同，但都是一厢情愿的白日幻梦，没有谁肯将自己从梦境里拖回现实。同时，这又使我联想到明末清初词人中流行的一种风气。他们喜欢作咏物词，尤其喜欢一些与女人有关的题目，如女性的身体以及用具之类。这也不能说不是一种驰骋想象之作，不过那格调之低，有时是会令人吃惊的。同类的作品还有一种《题〈青溪遗事〉》的“组词”，一组十二阕，每阕各咏一事。我想原本应是一种画册。青溪在秦淮河畔，画册所画大抵是那里妓院中的故事。画手大抵总是什么唐伯虎或仇十洲，内容有些是很不堪的。清初有名的词人如王渔洋等，在别集中大约都有这样的一组词。他们用尽了气力，发挥了想象，但制作出来的是一些情操卑劣、趣味低下的东西。

这应该是更重要的一个区别。

陶渊明说；

愿在衣而为领，承华首之馀芳；悲罗襟之宵离，怨秋夜之未央。

愿在裳而为带，束窈窕之纤身；嗟温凉之异气，或脱故而服新。

……

愿在莞而为席，安弱体于三秋；悲文茵之代御，方经年而见求。

愿在丝而为履，附素足以周旋；悲行止之有节，空委弃于床前。

想象是大胆的，情感是真挚的，思路是细腻而真实的。一切显得那么天真，那么灵巧又那么笨拙。人们在苦恋中真的会产生这许多奇异的念头，有古今普天下读者作证。

大胆突破封建道德的樊笼，在文学创作中接近、深入恋爱的主题，这无疑是一种思想解放。在这里，陶潜是值得尊敬的前辈与先行者。比起千多年后的晚辈来，他依旧是最崇高最朴实的一个。

一九八一年七月十一日

《鞠部丛谈校补》书眉上有樊樊山批注，记为梅兰芳《太真外传》所作诗，诗题《绮怀》：

“六铢衣薄耐春寒，九影花娇就烛看。风里持裙人似燕，月中倚扇女乘鸾。舞馀莲袜凌波湿，歌罢林檎系带干。消得唐宫娘子凭，愿为亭北玉栏干。”又有小注云，“贵妃初入宫，宫中呼为杨娘子。”最后两句也是很好的例，可为“闲情”作注。

一九八二年十二月补记

品　茶

茶是人人都吃的，可是不一定人人都说得出吃茶的道理。茶列为“开门七件事”之一，可见它和人民生活关系之密切。但这七件事中，只有茶曾经有人给它写过一部《茶经》，这也是不平常的。中国有《茶经》，日本却有“茶道”，这正是后来居上了。清雍正中陆廷灿作了一部《续茶经》，是就唐代陆羽的原本重加补辑而成，凡三卷，共分十类，源、具、造、器、煮、饮、事、出、略、图，末附茶法一卷。这是一部内容丰富、编次有法的集大成的撰著。在“九之略”中首先列出了“茶事著述名目”，自唐陆羽《茶经》至清《佩文斋广群芳谱》、《茶谱》，共七十二种，当然还有漏略，但即此也可说是洋洋大观了。照例底下还有诗文略，当然不过只是稍加点缀而已。其实是收不胜收的，古今人诗集中谁没有几首品茗的诗呢？如果今天要就陆氏书续加补辑，只此诗文一略，没有几十百万字怕就收容不下。当然这里不过是说说而已，无此必要也少有可能。不过我觉得一节文字应该是例外，那就是曹雪芹写的《贾宝玉品茶栊翠庵》。这是《红楼梦》的第四十一回，作者总共不过花了一千六百字的篇幅，可是品茶的全过程都细细地写到了，不只是写吃茶，同时还用轻盈准确的笔触点染了人物，一颦一笑都活生生地凸现出来。语言中充满了机锋，没有一字是可有可无的。表面看去，不过是闲闲写来，细加琢磨，知道实在是精心结撰的。《红楼梦》中这一类精妙的片段是很多的，它们都可以独立成章，但又是整体的不可分割的有机组成部分，这就有些像戏曲里的折子戏，随便什么时候都可以抽出来独立欣赏的。

栊翠庵的一幕出现在贾母带了刘姥姥游园火炽热闹大段故事的结尾处，

于浓墨重彩如火如荼的描绘中忽然插入清幽淡远的一笔，不但增加了文情的跌宕，也协调了全篇的节奏。正如盛筵之后端上来的一碟泡菜，是可以起清口的作用的。

贾母带了刘姥姥与众人到了栊翠庵中，提出要吃茶。这以后妙玉的语言动作，就都从宝玉的眼中写出。妙玉亲自捧了一个海棠花式雕漆填金云龙献寿的小茶盘，里面放一个成窑五彩泥金小盖钟，奉与贾母。贾母道："我不吃六安茶。"妙玉笑说："知道，这是老君眉。"贾母又问是什么水，妙玉笑回，"是旧年蠲的雨水。"

从这简单的回答中，就点出了主客都是品茶的行家，涉及了茶的品种与烹茶用水，这两者在《茶经》中都列入重要的项目，各用专章加以论述。此外就还有"茶之器"，妙玉给贾母专用的成窑五彩盖钟，给众人用的一色官窑脱胎填白盖碗，还有拉了宝钗、黛玉吃体己茶时所用的茶器，都是为茶人所重视的，难怪作者要花力气来细细描写。宋江在浔阳楼称赞说"美食不如美器"，在这里道理也是一样的。

妙玉给贾母和众人所用的茶器是实写，给宝钗、黛玉、宝玉所用的可就有些玄虚了。给宝钗的一只，杯旁有一耳，杯上镌着"𤫩爮斝"三个隶字，后有一行小真字是"晋王恺珍玩"，又有"宋元丰五年四月眉山苏轼见于秘府"一行小字。另一只形似钵而小，也有三个垂珠篆字，镌着"点犀䀉"，则奉与黛玉。这些随笔点染，不能不使人想起秦可卿卧室里的古董陈设。这当然都出于作者的虚拟，两者用意也并不相同。栊翠庵中品茶与可卿房中午睡，到底写的不是同一类的故事。

《红楼梦》中写妙玉，笔墨不多，可是大都与宝玉有牵连，算来只有宝玉向她乞红梅；宝玉生日，她投了"槛外人妙玉恭叩芳辰"的帖子，都是虚写，妙玉本人并未出场。还有就是凹晶馆联句由她出来收场，那是与黛玉、湘云有关的。从前面两幕虚写中，也已暗点了妙玉对宝玉的感情、态度，这一回栊翠庵品茶，才是正面的妙玉本传。她因刘姥姥吃过一口就嫌脏不要了成窑茶杯，但却用自己常日吃茶的绿玉斗斟茶给宝玉。来吃体己茶的三人中，宝钗、黛玉是客，宝玉的关系又自不同。写得自然，但又刻露。宝玉却不知足，说什么“世法平等”，“他两个就用那样古玩奇珍，我就是个俗器了”。不知道宝玉是不是真的不理会妙玉拿他当做“自己人”，才拿自己日常用的茶斗给他使，因此而引来了妙玉的反驳，“这是俗器？不是我说狂话，只怕你家里未必找得出这么一个俗器来呢！”难道这只是谈论茶具么？

在这一节文字中，妙玉对宝玉时时加以调侃、讥嘲，毫不假借，但口气中又处处露出非比寻常的亲昵，这与对待宝钗、黛玉的态度是有分明的差异的。她笑宝玉要吃一海，说：“你虽吃的了，也没这些茶糟蹋。岂不闻一杯为品，二杯即是解渴的蠢物，三杯便是饮驴饮骡了？你吃这一海，便成什么？”这里所说，正是品茶的精髓，宝玉“细细吃了，果觉清淳无比”。轻轻一笔，却将品茶的趣味全然写出了。

妙玉心中的宝玉，在六十三回中曾借邢岫烟之口点了出来，宝玉因接到妙玉“遥叩芳辰”的帖子，想不出怎样回复，正巧遇见并告诉了岫烟，“岫烟听了宝玉这话，且只顾用眼上下细细打量了半日，方笑道：‘怪道俗话说的闻名不如见面，又怪不得妙玉竟下这帖子给你，又怪不得上年竟给你那些梅花，……’”“细细打量”，写得入神而突兀，难道她是初见宝玉么？岫烟是妙玉的旧交知己，从她口中的一番话，可不就说出了妙玉心目中的宝玉么？至于在栊翠庵中妙玉正色对宝玉说，“你这遭吃的茶，是托她两个的福。独你来了，我是不能给你吃的。”实在说得极妙，也正经得好。试想，宝玉又哪能有机会自己一个人闯进栊翠庵来讨茶吃，妙玉又哪里有机会亲手给宝玉烹茶？说来说去，实在只有感谢宝钗和黛玉，当然也就不能不领她俩的情。不只宝玉这样说，妙玉也是赞成的，“这话明白”。文章写到这里，一泻而下，入情入理，但不细读恐怕就很难领略隐含在小儿女口角中的微妙涵义。

这一节品茶文字，是以论烹茶用水而结束的。黛玉随口问，“这水也是旧年的雨水？”却引来妙玉的一大段议论：

妙玉冷笑道：“你这么个人，竟是大俗人，连水也尝不出来。

这是五年前我在玄墓蟠香寺住着，收的梅花上的雪，共得了那鬼脸青的花瓷瓮一瓮，总舍不得吃，埋在地下。今年夏天才开了，我只吃过一回，这是第二回了。你怎么尝不出来？隔年蠲的雨水，哪有这样清淳，如何吃得？”

《续茶经》“五之煮”部分几乎都说的是煮茶用水，可见正是茶人极为重视的。中国有那许多名泉，也都是因烹茶而得名的。也间有说到用伏中的雨水，用缸贮西湖水的。谢在杭说，“堆雪水冬月藏之，入夏用乃绝佳。”是仅有的使用雪水的记录。不过只是一句话，远不及《红楼梦》的尽兴一写，来得笔酣墨饱。尤其值得注意的是妙玉对黛玉的批评，竟自如此不留余地。《红楼梦》写黛玉，是连一言半句奚落的话也经不起的，这里却用“黛玉知他天性怪僻，不好多话，亦不好多坐”一句话收束，这和前面妙玉的“冷笑”，都是少见的特笔。难怪有人说妙玉是黛玉的影子，甚至说黛玉本是妙玉，这中间是有消息可寻的。

《红楼梦》是小说，书中保留了大量封建社会晚期风俗习惯的真实记录，其价值不下于正史或野史，也许更加翔实而生动，这品茶的一章就是好例。又因为它是伟大的小说，在事实的铺陈中处处不离人物的刻画，因之也就更为可贵。这就是我觉得续写《茶经》时千万不可遗漏了这一节好文字的理由。

中 秋 随 笔

斗蟋蟀的书

近来在报上常常看到蟋蟀的消息，说是什么花鸟市场出现了蟋蟀摊，每头有值百元的。又说沪杭线上因捉蟋蟀的人大量出现，对铁路造成了损害。因此想到过去看到过的有关蟋蟀的一两种书，找出旧笔记来，因摘记如下。

二十多年前在图书馆看到一册怪书，是讲斗蟋蟀的，很有趣，也是很难得的本子。书是明刻本，但并非什么家刻、官刻，而是所谓“坊本”，也就是说是当时杭州书坊出版的一种通俗书，对象是一般市民，而非什么大人先生。自然，这和一些牛经、马经或医病便方之类的小册子又不同，它的对象总是有闲阶级，玩得起蟋蟀，有闲而又有钱，可以利用这种小虫进行赌博的人物。因此，从这种出版物的出现可以看出当时社会上有着这样的市民阶层，也是很有意思的。

书名先就很怪：《鼎新图象虫经》，共二卷。看版式，大约是万历或较后杭州地区的书坊所刻。卷首署名也是出人意料的：“宋平章贾秋壑辑，明居士王淇竹校。”

正像木匠祖师是鲁班，优伶祖师是唐明皇一样，斗蟋蟀者也找到了他们鼎鼎大名的“当然祖师”。尤妙的是把“平章”的官衔也抬了出来，而且不用“似道”原名，这都可以看出书坊编辑先生的并不高明，看来他是熟读了《红梅记》的。至于用“居士”对“平章”，那自然也是很妙的。

但这却还是翻版。那祖本是明代徽藩所刻，卷首还有“嘉靖丙戌（一五二六）仲春下浣吉旦”徽藩芸窗道人的序。提起明代的许多藩王，他们在疯狂的享乐之余，也喜欢刻点书。不同藩王也都有不同的好尚，有的刻曲子，有的刻医方，有的刻乐律舞谱，有的就刻诗文类书……自然也刻道家、释家的书。这本“虫经”，不用说是王爷闲暇无事，斗蟋蟀耍子，积累了经验，编了起来的。贾秋壑之名，我怀疑只是书坊的假托，这位贾平章未必会有兴致写这样一本著作。

这书是巾箱本。七行，十六字。版心上有“凤梧堂板”四字，下面是“虎林元板”四字。有图，刻的是种种不同的蟋蟀和养虫所用的盆罐。前有扉叶，大题“促织经”三字，当中是图案，两边有一副对联：“石岩调舌，金风不住催人织；□□□□，玉匣争强适主情。”书后还附有一卷《樗蒲谱》，是一种赌经，也有图，则是骨牌的名色。由此可见，这个小册子实在是赌徒的读物，可能还有其他名目，也许是一种小丛书。

明代的蛐蛐罐也是有名的。宣德时苏州制品极精，雕镂人物、妆采，十分精巧。大老官讲究集二十四罐做一桌，每罐养蟋蟀一枚，有的一养就是数十百桌。新制成的罐还要埋在地下，去火气，使不伤虫。这些蟋蟀还要雇专人饲养。后来斗虫发展成为大规模的赌博，那气势就更大，也更豪华。

我另外还藏有一册《功虫录》，是光绪中的木活字本，也很少见。作者是“无闷道人”秦偶僧。他将平生所蓄的“名虫”一一著录，那名望如“真黑青”“侯字青大头”“珠顶白”“青麻头”“金背长衬衣”“值年五色”“铁色红牙青”……不一而足。每名下还记着年份与出处，以及重量，最重的一枚是“杭码九厘”的“大黑黄”，“光绪元年（一八七五）出长安张小和尚”。每虫必详细描写形状，并战斗实况。如记“乾青大头”云：

交肩即胜。如遇名将，辄一口噙住，翘首前行，而敌虫并不能跳跃。比至放下，其虫已僵。宛如两将交锋，照面即生擒活捉，是即传说所称李存孝等类，其勇猛无可比方也。

又记“真黑色白牙”曰：“自庚申乱后二十年，此虫猜放最人，得彩最多，是为功虫第一。”这位心禅居士写到这里真是眉飞色舞，他的所以念念不忘这些小虫。“云台绘像，青史标名”，大概也是因为它们在赌场中给他赢得了不少银子的缘故吧。

《奔月》及其他

梅兰芳曾编有《嫦娥奔月》，是他早年著名的新戏之一，后来就不大演出了。三十年前曾听梅的老朋友回忆，这戏的开始编写，不过是一时酒筵上扯起来的。当时想准备中秋的应节戏，而传统的《天香庆节》又太不像样，恰好梅先生当时正起劲地编排新戏，于是就临时凑了一个提纲，不几天就编好了。临时排演，就借在冯耿光先生京寓的大厅上，拼起了十来张大方桌权作舞台，当时还利用电光照出了一轮圆月。果然上演之日，观众都觉得新奇，大受欢迎。这在当时京剧的装置、切末的改革上，自然也是一件创造性的举动。

但其实在三百年前的明末，就已经有了精彩的月宫戏。那详情记在张宗子的《陶庵梦忆》里，题目是《刘晖吉女戏》，戏目是《唐明皇游月宫》，叶法善作法。张岱写道：

场上一时黑魆地暗，手起剑落，霹历一声，黑幔忽收，露出一月，其圆如规。四下以羊角染五色云气，中坐常仪、桂树、吴刚，白兔捣药，轻纱幔之，内燃赛月明数株，光焰青黎，色如初曙。撒布成梁，遂蹑月窟。境界神奇，忘其为戏也。

这真是极好的戏剧史料，早在三百年前，中国戏剧家就已利用当时可能的条件，如烟火（“赛月明”就是一种烟火品种）、灯彩……演出了精彩的戏，想起来未必比梅先生的新戏有太多的逊色。晚明的士绅也真是会玩，会享受，果然，不用许久就把朱明王朝玩掉了，但在戏剧史上却留下了一条可贵的史料。

一九八七年十月十日

龙堆杂拾

前些日子，做了一件颇为可笑的事。就是想把中国历史上历代的亡国帝后的事迹搜辑一下。虽然孤陋寡闻，又鲜藏书，然而稍稍动手，居然得到不少，同时又发现一件颇为有趣的事，就是中国过去的文人，对于这事的兴趣之大，远非我初料所及。他们其实并不是研究什么历史上存亡兴废的大道理，其实不过是摭取旧闻，发诸吟咏，做一些演义小说上“有诗为证”的事。而这种兴趣又往往是对了女人而发的，因为沧海横流之际，杀戮之惨，当然是不少的了。这种事偶有一二，当然也颇可使麻木已久的神经刺激震动一下，然而花样终于不能多翻，正如吃鸦片找快乐，用春药图补救，屡屡为之所得的结果是更益麻木。然而在这单调之中，也有一样是颇不“枯燥的”，而且无论怎样多来，也不会厌倦，那就是女人在月下的“娇啼宛转”的表演。只要一翻《×国宫词》《咏史诗》之类，就可以知道其量之多，虽不足以汗牛，汗狗总是可以的了。在这里，似乎是又可以得到颇为可以乐观的结论，那就是：屡经先哲所言的人性嗜杀之说大有动摇之势，还是嗜“男女之事”，来得长久而热烈。“饮食男女，人生之大欲存焉”原来是圣人的老话，读经卫道的朋友如闻鄙说似乎是也大可乐观者也。

话说回来，我怎么也对这事留神起来了的呢？这完全是受了对于南唐二主的感情的影响。二主的词是不必说了，就是他们的一生遭际，似乎也大可作一篇上乘的小说读。因为这个，所以就搜集了渭南县伯的《南唐书》来读，而且用了钱叔宝手抄的陆氏《南唐书》来校一下，因为我的秘册汇函本是不大靠得住的。陆氏《南唐书》传世最通行而较好的大概就是毛氏汲古阁的刊本，然而毛氏所刊，原来也就是翻秘册汇函，而《津逮秘书》里的不少种，原来就是利用了胡氏的原版的，《南唐书》世有二本，即陆游与马令两家书。马书在先，因为南唐初为宋灭，而马令是宋人，所以对南唐诸朝，大说坏话。而且对于中主后主诸传，题“书”而不称“纪”，实在小器得要命。陆游生当南宋，见解比较宽大一些了，说的话比较公允宽和，所以后来的人都推为良史。虽然不论怎样，《南唐书》在“廿四史”中是没有位置的。而在《五代史》中，南唐也不被认为正统。关于这事的当否，我们外行人，不必妄加判断。不过李慈铭在《越缦堂日记》里曾经替南唐大抱不平，要给李昇争回正统来。看日记时，是在所谓享福的姿态之下卧读的，懒于摘记，已经忘记了他是怎么说的了。大概总替李昇仔细排了一下家谱，证明他确是唐代龙孙。这种事在我们现代人看来不免要觉得无聊，因为南唐世系自李昇以上，是靠不住的。因为这大都是李氏有国以后，造出来用以装潢门面的结果，其实这种事所在多有，正不必大惊小怪，即唐初李渊，自称是老子李耳的后代，也正是一件无头公案，虽然请来了现代的考据大家，是大概也没有什么办法的。

现在为了免去线索零乱，想就来说说几个亡国的帝后，因不愿占篇幅过多起见，现在只提出几个大大有名的一说，即“花蕊夫人”“冯小怜”和“张丽华”三人。

花蕊夫人世传有二，第一个验明正身的工作，就曾经使昔人纷纭有异说。这里据《诗词杂俎》里毛子晋的按语说：“按蜀主王建，纳徐耕二女。姊为淑妃，妹为贵妃。俱善为诗有藻思。妹生衍，衍即位，册贵妃为顺圣太后。淑妃为翊圣太妃。或即以顺圣为花蕊夫人，如诗话所称小徐妃者是也。及唐庄宗平蜀后，孟知样再有蜀。传孟昶纳青城女费氏，幼能属文，尤长于诗，以才貌事昶得幸。赐号花蕊夫人。然则花蕊夫人果有二邪，但徐妃以污乱失国，孟昶继之，宠溺后宫而犹袭亡国夫人之号，岂大惑者固不知其不祥也。乃陶宗仪以孟昶纳徐匡璋女拜为贵妃，别号花蕊夫人而以费氏为误，盖未详王建之有徐妃，孟昶之有费妃也，意蜀主有前后之异，而世传夫人为蜀主妃，不及考其为王为孟为徐为费为顺圣为花蕊耶？今宫词百首实孟昶妃费氏作，不闻小徐妃云。”这里，到底是怎样，实在也弄不清楚，不过在世上大大有名的，却是为宋太祖平蜀后俘虏入汴的那一位。她曾口占一绝云：“君王城上竖降旗，妾在深宫哪得知？四十万人齐解甲，更无一个是男儿。”实在对她的丈夫不大客气。后来据说又有一首《题葭萌驿壁》云：“初离蜀道心将碎，离恨绵绵，春日如年，马上时时闻杜鹃。”据说当日不曾写完，就为军骑所催，不得毕词，实在也可怜得很，大有“宛转哀啼”之势了。不料后之君子，还不满意，到底替她续成了。其词云：“三千宫女如花貌，妾最婵娟，此去朝天，只恐君王宠爱偏。”我在这里也不能加什么按语，只能证明我前边所说的孔子所云的那句话是千准万确而已。明初靖难之役，铁铉被活活炸死以后，他的女儿还给下了教坊司去转营，结果就有过一首自叹红颜命薄的诗。据考证是曾经后人“润色”过的。总之，中国的君子，是不大看得上平衍无奇的事的。一定弄得它“文采烂然”而后已。说中国人缺乏浪漫性质的人，其难免“有目无珠”之诮乎？

至于花蕊夫人这次一去以后，下文是不得而知的了。不过记得某笔记上说她在宫中私挂蜀后主像，每月供养，为宋太祖所见，问她是什么人，她答说是张仙的像，妇人奉之可以多子云云，足见她到汴以后，实在还不曾忘记了后主的。

冯小怜的有名，大概是因为唐代的几个诗人都颇喜欢用她来做吟咏的对象的原因。记不起是哪一位说过这样的话：“妇人与酒之为好诗料，胜圣君多矣。”（大意）因而一笔评定了李杜的优劣，我向来十分佩服这位先生的绝大手眼。外国人常常以 Wine Women and Waltz 并举，中国古时可惜不大重视音乐，至于其余的两种，大概是无间古今中外一体同风的罢？

唐人诗中咏及冯小怜的，最有名的有以下几首：

李贺有《冯小怜》一首云：“湾头见小怜，请上琵琶弦。破得春风恨，今朝值几钱？裙垂竹叶带，鬓湿杏花烟。王冷红丝重，齐宫妾驾鞍。”

这些诗里当然是说着一些故事的，至于小怜的事迹，存于《北齐书》中的远不如《北史》中来得多。丁福保辑《全汉魏晋三国南北朝诗》中有小怜之作一首，即从原史中辑出者也。诗题是《感琵琶弦》：

“虽蒙今日宠，犹忆昔时怜。欲知心断绝，应看膝上弦。”原有注云：“淑妃侍代王达，弹琵琶，因弦断作诗。”丁氏在冯淑妃下更有小注云：“名小怜，后主大穆后从婢也，穆后爱衰，以五月五日进之，号曰续命。慧黠工歌舞，后主惑之，立为左皇后。周师取平阳，后主以淑妃奔妃奔洪洞戍，复奔青州，为周武所获，以赐代王达，达甚嬖之。”前边所作的诗盖即入代王达府中所写也。

在《北史·列传二》里，所叙淑妃事比较详尽。述后主惑之之状云：“坐则同席，出则并马，愿得生死一处。命淑妃处隆基堂，淑妃恶曹昭仪所常居也，悉令反换其地。”

淑妃的事迹，最有名的，当为李义山诗中所歌咏者：“巧笑知堪敌万机，倾城最在着戎衣。晋阳已陷休回顾，更请君王猎一围。”这诗之有名，至于在数年前由马君武先生活剥一首以赠某将军。本事风流逸宕，更殊不同于南，唐史事，颇带了些大漠风光。到底是北方之强，名马美人，虽然闹到亡国，也还不能不称赞一声是风流得好也。《北史》中记其事云：“周师之取平阳，帝猎于三堆，晋州亟告急，帝将还，淑妃请更杀一围。帝从其言。识者以为后主名纬，杀围官非吉征。”下面还记有一事，更可以显出满不在乎的神情来。陶元亮作自挽歌辞，其坦然之怀抱为人所称。王景文将饮宋明帝所赐鸩酒，说此酒不宜相劝，风神不异，世所同钦。这不过是在个人的生死之际，出以恢弘的度量，所以难得。至于帝王行辈中之以天下作孤注一掷而毫无吝色者，实在不很多见。幽王之于褒姒纣王之子妲己因为是古史了，单靠了《东周列国》《封神演义》之流，不大十分有把握。至于隋炀帝的结末似乎有点豪气，不过还有些怅恨的话与恋恋之态。一派天真，真是满不在乎的，还到底不能不推北齐后主也。《北史》有云：“及帝至晋州，城已欲没矣，作地道攻之。城陷十余步，将士乘势欲入。帝敕且止。召淑妃共观之。淑妃妆点，不获时至。周人以木柜塞城，遂不下。”这实在可以说是中国人的浪漫性的别一表征。虽然这些浪漫的事，是不是全由中国人做出来的，很难确说。然而中国的民族，很难说是纯粹的了，经过几次大的糅合以后，民族的特性渐渐转变，也许这种浪漫性是外族所带入的也不一定。总之，在现在的中国人里，浪漫的成分绝不缺少，似乎可以说是断然的。

南北史号称繁巨而难读，实在是因为世系过于纷繁的原故。不过我觉得中国人的确应当一读，不独可以得到历史知识，而且大可以明了在这一个混乱时代里，有多少异族的特性和习俗是传播到中国来了。这尤其是《北史》，宫闱的淫风之盛，对中国礼俗之不以为法，处处可以看出不同民族糅合的形象来。如果只读史汉三国，就想谈中国文化固然是妄人，即断代取史而读以后的诸史，虽然民族性也有转变，然而经过融化以后是不大看得清楚的了。如果读《北史》而条记其值得注意之点，再在后代的史事中掘发它们的根源，应当是非常好的方法。

《北史》的文字也是很好的。如记后主与冯淑妃的另一事云："旧俗相传，晋州城西石上有圣人迹，淑妃欲往观之。帝恐弩矢及桥，故抽攻城木造远桥。监作舍人以不速成受罚。帝与淑妃渡桥，桥坏，至夜乃还，称妃有功勋，将立为右皇后，即令使驰取祎翟等皇后服御，仍与之并骑观战。东偏少却，淑妃怖曰：'军败矣！'帝遂与淑妃奔还。至洪洞戍，淑妃方以粉镜自玩，后乱声唱贼至，于是复走。内参自晋阳以皇后衣至，帝为按辔命淑妃著之。然后去，帝奔邺，太后后至，帝不出迎，淑妃将至，凿城北门出十里迎之。"这里记淑妃之娇柔好弄，实在是很出色的描写文字。

前面曾引淑妃所作诗，系她在代王达府中所作。殊不知北齐亡后，淑妃并未一直就入代王府，其间还是有一些曲折的。《北史》云："后主至长安，请周武帝请淑妃，帝曰：朕视天下如脱屣，一老妪岂与公惜也，仍以赐之。及帝遇害，以淑妃赐代王达，甚嬖之。"这里所述妃之入代王府前，盖仍送归后主一次，及其死后始尔。周武帝的慷慨词色，《北史》所记极妙。推想淑妃年事正轻，此老妪一语，盖以俗语入词，固无怪其文辞之流利而美富也。

后来淑妃到代王府中，还是不改故态，骄而善谮，至为屏退，有如清代香妃故事云。

李商隐诗还有一首，也曾为千古艳称：“一笑倾城国便亡，何劳荆棘始堪伤；小怜玉体横陈夜，已报周师入晋阳。”又《齐宫词》云：“永寿兵来夜不扃，金莲无复印中庭，梁台歌管三更罢，犹自风摇九子铃。”都是为齐宫而咏者。

清元和顾宗泰（景岳）有《月满楼诗别集》八卷，前六卷皆咏史之作，有《读画斋丛书》本，卷三为《北齐咏史诗》，末一首云：“宫婢新妆媚绮纨，平阳军里并雕鞍。一围更杀大家乐，十步方攻妃子观。入邺劳师犹掩笑，奔陈逼骑自遭残。那肱卖主提婆叛，第一当军宠要官。”归纳事实入律，如果和前面所说的对照来看，可以不用笺注了。

如果冯小怜的行迹可以代表北国的亡国乱后，那么南国的代表，应当以张丽华为最合适。胡曾咏史诗中有《陈宫》一首云：

“陈国机权未可涯，如何后主恣骄奢。不知即入宫前井，犹自听吹玉树花。”下面引《南史》作注云：“后主名叔宝，常耽内宠不治国政。隋开皇九年隋文帝遣高颎等将兵南伐，后主乃命萧摩诃任蛮奴等拒之，战于蒋山之下。陈军大败。后主犹醉于后庭玉树花，侍臣奏云隋军至，君欲何计？后主云：‘我当入井避之。’及高颎等兵至金陵，不获后主云。下先锋将韩擒虎乃登楼，望见一妇人戴盘入后园，隋将乃云，此必是陈主在彼。乃令搜获之。果有一大井，后主在中，隋人呼之不出，即欲投石，后主乃叫，隋人遂牵绳引之。乃曰：何太重乎？乃出。有三人同束一处，后主及张丽华赵贵人，皆后主爱妃也。”（咏史诗据影印景宋抄本，与百衲本《南史》容有不合，非误写也。）

这一段最得要领而写当时情事，逼真如画。因为是在正史里，所以大抵是不会靠不住的。这使我们知道陈后主是这么一位“公子哥”，比南唐李主，恐怕还“不更事”，与何不食肉糜的那一位晋惠帝，似乎很有些相似了。国亡以后，犹视园井如租界，与爱妃俱入其中，输送饮食，大有终老之意，真不能不叹服他的宅心仁厚，殊非常人可比矣。

长沙叶氏观古堂刊宋曾极（景建）《金陵百咏》有《胭脂井》一则，下注云：“陈末后主与张丽华孔贵嫔投景阳井以避隋兵。旧传云栏有石脉，以泉拭之作胭脂痕，一名胭脂井，又名辱井，在法华井或云白莲阁下，有小池而方丈余，或云在保宁寺觉辉阁侧。”诗云：“寒泉玉甃没春芜，不染胭脂润不枯。杏怨桃羞娇欲坠，犹将红泪洒黄奴。”

这里所记一同入井的三个人，赵贵人变成孔贵嫔。而井的所在在宋时即已如此传说纷纭，更不必说现在了。至于说井栏有胭脂痕因名胭脂井云，恐过于附会。这井应当是后宫遗弃剩水残脂的地方。

后庭花的诗句，应当是无人不知的了。不过也只是口头唱唱，在秦淮河上念起来，格外觉得有些飘飘然而已。李商隐有《隋宫》一诗，末二句云：“地下若逢陈后主，岂宜重问后庭花。”而更有《景阳井》一首云：“景阳宫井剩堪悲，不尽龙鸾誓死期。肠断吴王宫外水，浊泥犹得葬西施。”盖于张丽华之入井而终于复出之事，深致惋怅也。

查百衲本《陈书》“纪六”，记当时情景甚悉：“是时韩擒虎率众自新林至于石子冈，任忠出降于擒虎。仍引擒虎经朱雀航趣宫城。自南掖门而入，于是城内文武百司皆遁出。唯尚书仆射袁宪在殿内……后主闻兵至，从宫人十余出后堂景阳殿，将自投于井，袁宪侍侧，苦谏不从，后阁舍人夏侯公韵又以身蔽井，后主与争久之方得入焉，及夜为隋军所执。”

亡国之际，大臣散尽，只随宫人十余出，可谓极尽悲凉矣。而犹有袁宪谏之，试思后主不入井，将有何种作为，恐未可乐观，倒不如一同下井，留得此一段好题目，使后人多作些怀古诗发挥鸟气也。

魏征于是在这后边，大作骈骊的文章批评后主：“危亡弗恤，上下相蒙；众叛亲离，临机不寤；自投于井，冀以苟生。视其以此求全，抑亦民斯下矣。”魏征是唐朝的元勋，对于两代前的亡国君王，痛加贬斥，大说其风凉话，原是当然的。不过这儿又今我想起一件事，就是亡国帝王，如果是天下断送在前代手中，而由他来食恶果，如明末的崇祯帝，是大可哀的。至于自作孽的一群，则往往有一段故事，可以使后人赞叹于他们的浪漫。至多也不过说一句这种人应当去做诗人，错投胎到帝王家去而已。像魏征那样的愤愤，大有得色，我觉得是大可不必的。至于开国的君王，则往往没有不是穷凶极恶，如明太祖和燕王棣（成祖）即是非常好的例子。周武王伐纣，虽然经后代圣贤辩护说是什么伐无道，总也不免有些强夺的气氛，远没有坐在摘星楼上自焚的纣王有人情味了。小时候读熟了《封神演义》，看到纣王自焚的一段，总觉得他是活该。后来细想实在是受了演义小说的影响，不免可笑了。而京戏上把纣王妆成奇怪的花面，戴了短髭，实在更不佳。我觉得纣王应当是非常漂亮，至少风流得很，不下于后代的隋炀帝的。结末的自焚尤其有骨气，而非炀帝所可及了。偶翻《看云集》中《金鱼》一篇有云："因为皇帝压根儿就非俗恶粗暴不可，假如他有点儿懂得风趣，那就得亡国完事。"李后主、殷纣王是都可以归入这一派里去的。

关于张丽华个人的传记，是附在《陈书》"传一（皇后）"，后主沈皇后下边的，题"张贵妃"："后主张贵妃名丽华，兵家女也。家贫，父兄以织席为事，后主为太子，以选入宫。是时龚贵嫔为良娣，贵妃年十岁为之给使，后主见而说焉。因得幸，遂有娠，生太子深。后主即位，拜为贵妃，性聪慧，甚被宠遇。后主每引贵妃与宾客游宴，贵妃荐诸宫女预焉。后宫等咸德之。竞言贵妃之善，由是爱倾后宫。又好厌魅之术，假鬼道以惑后主，置淫祀于宫中。聚诸妖巫使之鼓舞。因参访外事，人间有一言一事，妃必先知之，以白后主，由是益重妃，内外宗族，多被引用。及隋军陷台城，妃与后主俱入于井，隋军出之。晋王广命斩贵妃，榜于青溪中桥。"

观所记，张丽华似乎不专是以色动后主，而且也颇用权术，能倾后宫，如果不是韩擒虎来得太快，也许还有什么好戏演出也不一定。魏征在按语中也颇有纪事，其关于贵妃者有："其曲有《玉树后庭花》、《临春乐》等，大旨所归皆美张贵妃孔贵嫔之容色也。其略曰：'璧月夜夜满，琼林朝朝新。'而张贵妃发长七尺，鬒黑如漆，其光可鉴，特聪慧，有神采，进止闲暇，容色端丽，每瞻视盼睐，光彩溢目，照映左右。常于阁上靓妆，临于轩栏。宫中遥望，飘若神仙。才辩强记，善候人主颜色。是时后主怠于政事，百司启奏，并因宦者蔡脱儿、李善度进请，后主置张贵妃于膝上共决之。李蔡所不能记者贵妃并为条疏无所遗脱，由是益加宠异，冠绝后庭。而后宫之家，不遵法度有挂于理者，但求哀于贵妃，贵妃则令李蔡先启其事，而后从容为言之。大臣有不从者亦因而谮之，所言无不听，于是张孔之势，熏灼四方，大臣执政，亦从风而靡，阉宦便佞之徒，内外交结，转相引进，贿赂公行，赏罚更常，纲纪瞀乱矣。”如果陈不是那么快就亡掉，谁能况不会再有一个武曌出来呢？

五代十国之际，一般归降的君主，多半被宋太祖养在一处，好像在集中营里一般。无事时就请来开开玩笑，其中也正有工于吹拍的人物，如南汉的后主刘𬬮即是。吴任臣《十国春秋》云：

> 一日宋太祖乘肩舆从数十骑幸讲武池，从官未集。后主先至，赐以卮酒，后主疑有毒，泣曰：“臣承祖父基业，违拒朝廷，劳王师致讨，罪固当诛。陛下既待臣以不死，愿为大梁布衣，观太学之盛，臣未敢饮此酒。”太祖曰：“朕推赤心于人腹中，安有此事。”命取其酒自饮，而别酌以赐后主，后主大惭，顿首谢。太宗将讨晋阳，召近臣宴，后主预之。自言朝廷威灵及远，四方僭窃之主，今日尽在坐中，旦夕平太原，刘继元又至。臣率先来朝，愿得执挺为诸国降王长。大宗大笑，赏赐甚厚。其诙谐皆类此也。

观此可以见刘𬬮之为人，而他在未归降以前是怎样的呢？《十国春秋》记有有名的一事，即为后世所艳称的“大体双”是也：“波斯女，失其名氏，黑腯而慧，光艳绝人。性善淫，后主甚嬖之，赐名‘媚猪’。后主荒纵无度，益求方士媚药，为淫亵之戏。又选恶少年配以宫婢，使褫衣露偶，扶波斯女遍览为乐，号大体双，卒以此亡国。”

前引“金鱼”中后面又有两句话，“至于那些俗恶的朋友也会亡国？那是另一回事”，刘𬬮的行事，或可为一例乎？

（《古今》第三期，署名鲁昔达）

龙堆再拾

我写《龙堆杂拾》，在半年以前；那时不过是一时兴到，偶尔涉笔。换一句术语说，即“为艺术而艺术”的写法是也。虽然这种不成样的东西，难得称为“艺术”。不料时至今日，人事已非，阅而执笔的心情也就改变。虽然所写的东西，仍旧是那样的物事，不过这心情大有不同了。也许文字之中，渐渐减去了浮躁之气，而多添了些苍凉的情调罢。辛稼轩词有云：“少年不识愁滋味，爱上层楼，爱上层楼，为赋新词强说愁。”这恐怕也算是少年文人的一般的心情。现在怎样呢，哀乐渐逼于中年，历经忧患，匪可言说。“而今识尽愁滋味，欲说还休，欲说还休，却道天凉好个秋。”这“欲说还休”的滋味，我真是非常痛切地感到了。我绝不愿效法古来多少文人，遇见一些小事，就大发牢骚，好像上下古今中外的委屈都丛集一身，非说出来令普天下才子同声一哭不可。不过今天执笔来草这一篇东西，在我个人的确是一个永远的纪念，值得一记者也。

上次曾说到李后主是个懂得风雅的皇帝，我实在很喜欢他的为人，然而这并不是全部的原因。因为，于此衰世，提到风雅来，往往不禁令人痛心。他还另有一点可爱的地方，就是天性的特别丰富。这里所谓天性，是指忠厚、善良……一些特点。晋惠帝于荒年之际，教人何不食肉糜，大为后世所讪笑。我对这事素来颇为不平。其实这正是他的老实之处，肯说实话，而富于同情心。比起一般饱饫肥甘而对在饥饿线上挣扎的朋友大说风凉话的东西来，实在不知要高明了多少倍。而世人不察，拿来作为笑料，实在是大可悲哀的事。

后主天性宽恕仁孝，陆氏《南唐书》记云：“嗣位初，属保大军兴之后，国削势弱，帑庾空竭。专以爱民为急，蠲赋息役，以裕民力。……宪司章疏有绳纠过讦者皆寝不下。论决死刑，多从末减。有司固争，乃得少正，犹垂涕而后许之。”这些事在“法家”看来，不过是妇人之仁，没有什么道理。不过我却很重视它，因为这是为“人”的一个非常重要的要素。缺少了这个，不论其余有何殊胜，便亦无足观耳。“殂闻至江南，父老有巷哭者”，正是当然的结果。王静安论词别具只眼，他说：“词至李后主而眼界始大，感慨遂深。”这是要用深厚的感情做底子的。其他的词人，或者会作绮语，或者说些俏皮话，其不能伟大，亦正是当然。

后主善书画，记载散见于古今各种书画史的记录中。他写的字是豪放一路。据《砚北杂志》记云：“南唐李后主谓善书法者各得右军之一体，若虞世南得其美韵而失其俊迈，欧阳询得其力而失其温秀……”后面略去者多批评名书家之语，观此可知后主颇知书法。他自己的字现在似乎还有真迹流传，往日曾见影印本，大草类岳武穆草奏。至于《邵氏闻见后录》所引后主所写“撮襟书”宫人庆奴扇云：“风情渐老见春羞，到处销魂感旧游；多谢长绦似相识，强垂烟穗拂人头。”

这一首诗我非常喜欢。可以见后主的深厚的人情味。而一种缠绵之致，尤可爱玩。

苏东坡《仇池笔记》批评后主的书法云：“仆尝论蔡君谟书为本朝第一，议者多以为不然。或谓君谟书为弱，殊非知书者。著江南李主外险而中实无有，此真所谓弱者。以李主为劲，宜以君谟为弱。”看这里所说后主的书法外表总是很奔放而雄劲的了。南唐去晋唐未远，所以内府所藏的钟王墨迹最多，令保仪掌之，国破之日，尽焚无遗，为文献一大劫。

他所自制的文具，更是名重一时，尤其有名的是“澄心堂纸”。《稗史类编》云：“建业澄心堂，即今内桥中兵马司遗址也。李后主时，制纸极光润滑腻，往往书画多藉之。”《七修类稿》云：“陈后山以为肤如卵膜，坚洁如玉。”梅圣俞咏之云：“李主用以藏秘府，外人取次不得窥。城破犹存数千幅，致入百朝谁谓奇。漫堆闲屋任尘土，七十年来人不知。”可见宋时尚存澄心堂旧纸。苏东坡诗云：“诗老囊空一不留，一番曾作百金收。”

则已视为奇货。故宫多存旧高丽纸，以之影印书画，于此差近。

后主知音律，曾自撰《念家山》一曲，既而又广之为《念家山破》，未几国除，当时人以为谶。吴梅村咏董小宛有一句诗，“念家山破定风波”；郁达夫《青岛杂事》诗云，“唱破家山饰太平”皆用此也。

南唐三世只有先祖算是开国的英主，中主也是有名的词人，已经不是守成的人才了。虽然几次想扩充地盘，结果往往是弄了个大败而回，不但没有结果，反而丧失了国民的自信心，以致裨将也有反叛的了，弄得旧地尽失。后来又开罪于后周，保大十四年正月周世宗亲征南唐，破滁州，中主求和，愿以兄事周，结果不理，甚至削去帝号请为外臣都不许，还是努力打了一仗，把周世宗赶回去。不料明年周师又来，南唐还是不行，降将甚多，那原因当然是因为中主根本不是治军的人，后来纳贡称臣，失尽了体面。现在先抄一段降表里的话来看一下：“八月辛丑（中兴元年），太府卿冯延鲁、卫尉少卿钟谟自江南使回李璟手表来上。手表者盖李璟亲书，以表其虔恳也。表云：皇帝陛下赐异常之顾，垂不世之私，外虽君臣，内若父子，然天地之功厚，实父母之恩深，然而子不谢恩于父，人且何报于天。”（周世宗实录）这实在已经很不像样子了，这里有一段非常有趣的故事：

> 陶穀学士（周兵部侍郎）奉使，恃上国势，下视江左，辞色毅然，不可犯。韩熙载命妓秦弱兰作为驿卒女，每日敝衣持帚扫地，陶悦之，与狎，因赠一词名《风光好》云云。明日，后主设宴，陶辞色如前。乃命弱兰歌此词劝酒。陶大沮，即日北归。（《南唐近事》）

这可以说是外交上的新手腕，为别国人所不曾运用过的也。

建隆二年中主迁都洪州。那理由是：“建康与敌隔江而已，又在下流，敌兵若至，闭门自守。借使外诸侯能救国难，即为刘裕陈霸先尔，今吾徙豫章，据上流而制根本，上策也。”其实还是畏敌势逼而出此。这种举动在一般有识的国人，却并不赞成。《江南野史》记：“嗣主击南昌，既至星子渚，复召（史虚白）至问曰：处士隐居，必有所得乎？对曰：近得渔父一联。乃命诵之，虚白曰：风雨揭却屋，浑家醉不知。嗣主闻之为之变色。赐粟帛遣还。”中主自己也常郁郁不乐。《江表志》引中主诗二断句云：“灵槎思浩渺，老鹤忆空同。”盖即表示此一种意思也。结果还没有来得及迁回，即已病死。

这时宋太祖的事业已经很成功了，差不多中原已经鼎定，只差四边的一些小国还来不及收拾罢了。后主即位以后，对宋是执臣子礼的。不过自己却还是关起门来做皇帝。宋太祖在鞭长莫及之际，也只好眼开眼闭地假作看不见。《五国故事》记有笑话一则：

> 初，煜建隆二年七月廿九日袭伪位于金陵，因登楼建金鸡以肆赦。太祖闻之大怒，因问其进奏使陆昭符。符素辩给，上颇怜之，是日对曰：此非金鸡，乃怪鸟耳。上大笑，因而不问。

后主见宋使穿紫袍，等到回来以后，还是穿他的皇帝衣服，这许多掩耳盗铃的办法，实在不免可笑。

后主的风流韵事，多见于所作小词中。他与小周后幽会调情诸作，都异常有趣，知者尚多，所以这里不多引用。他描写少女的姿态，真是活生生地呼之欲出。如“眼色暗相钩，娇波横欲流”。“刬袜步香阶，手提金缕鞋”。这些都是白描的好句子，而他的另外一首《玉楼春》，是写他少年行乐的光景的。末两句是“归时休放烛花红，待踏马蹄清夜月”，我读了颇得到了一种感兴，和徐志摩作的那一篇记康桥的文字颇为相近。

大周后是懂音乐的。于是与后主每天在红梅花丛中的小亭子里面行乐。唐时杨玉环的那有名的一曲《霓裳羽衣曲》，自从天宝乱后，就已经散佚不传了，后主得到了原谱，不过还未尽善，“后辄变易讹谬，颇去洼淫，繁手新声，清越可听。……中书舍人徐铉闻霓裳羽衣曰：法曲终慢，而此声太急何耶？曹生曰：其本实慢，而宫中有人易之，然非吉征也。”

乾德二年，因为国用匮乏，所以铸铁钱，实行通货膨胀，结果物价大高，民不聊生。

小周后在大周后寝疾之时，就已经入宫了。陆氏《南唐书》记云：“初后（大周后也）寝疾，小周后已入宫。后偶褰幔见之，惊曰：汝何日来？小周后尚幼，未知嫌疑，对曰：既数日矣。后恚，至死面不外向。后主过哀以掩其迹云。”这事的真确与否，不可得知，然陆放翁作《南唐书》在南宋，相去未远，足见当时传说之盛。而前所引的两首词，后人皆指为小周后作，当亦不为无因。

南唐当时对宋的态度，一方面是畏惧，而另一方面却是看不起。自己以为是文化高的所在，而居于黄河流域的宋朝，则是野蛮的人种。所以常想在文词上占些小便宜，卖弄一下，阿Q的神气十足。这里有两件事可引：

陆游《入蜀记》：“戒坛寺古谓之瓦棺寺，……南唐后主时，朝廷遣武人魏丕来使。南唐意其不能文，即宴于是阁，因求赋诗。丕揽笔成篇，末句云：莫教雷雨损基扃。后主君臣皆失色。”

这一段事颇可信。因为那令人失色的一句诗，的确作得声势异常雄浑，无怪后主君臣吃吓也。这种取笑反得辱的做法，恐怕比那要显弄女婿的文才而要求作滕王阁序的某公更要不及了。

另一事见岳珂的《桯史》：

> 二徐名著江左，皆以博洽闻中朝，而骑省铉又其白眉也。会修述职之贡，骑省实来。未及境，例差官押伴，朝臣皆以辞令不及为惮，宰相亦艰其选。请于艺祖，玉音曰：姑退朝，朕自择之。有顷，左珰传宣殿前司，具殿侍中不识字者十人以名入，宸笔点其中一人曰：此人可。在廷皆惊，中书不敢请，趣使行。殿侍者慌不知所由，不获已，径往渡江。始宴，骑省词锋如云，旁观骇愕。其人不能答，徒唯唯。骑省叵测，强聒而与之言。居数日，既无与之酬，骑省亦倦且默矣。其不战而屈人之上策欤。

这个做法颇似武侠小说中所称赏的那一套软功的形意拳，无论对方用了怎样大的力气，却不过是打在运了气的肚皮上面，结果是白费，太祖盖亦深知此中奥秘者乎？

南京是中国的古代名都，也可以说是佛教的胜地。自梁武帝饿死台城，而犹诵佛号不绝以来，盖已久矣。南唐后主亡国的原因，一部分也就是吃了佞佛的亏，因留下了不少惨痛的遗迹。最著名的自然是“小长老”。陆书《浮屠传》记云：

> 开宝初，有北僧号小长老者，自言慕化而至，多持珍宝怪物，赂贵要为奥助，朝夕入论天宫地狱果报之说。后主大悦，谓之一佛出世。服饰皆缕金绛罗，后主疑其非法，答曰，陛下不读《华严经》，安知佛富贵？因说后主多造塔像，以耗其帑庾。又请于牛头山造寺千余间，聚徒千人，日给盛馔。有食不尽者，明旦再具，谓之折倒。盖欲造不祥语以摇人心。及宋师渡江，即其寺为营。又有北僧立石塔于采石矶，草衣藿食，后主及国人施遗之，皆拒不取。及宋师下池州，系浮桥于石塔，然后知其为间者？

这种利用和尚做第五纵队的战略，也已经是古已有之的了。战前曾有外国异僧来华挂单，惹起国际警界的注意。观此当益信其有来由矣。

据《江南野史》所说，这小长老还是与出卖李后主的樊若水勾通了的。“李煜有国日，樊若水与江氏子共谋，江年少而黠，时李后主重佛法，即削发投法眼禅师为弟子，随逐出入禁苑，因遂得幸。法眼示寂，代其住持建康清凉寺，号曰小长老，眷渥无间，凡国中虚实尽得之。先令若水走阙下献下江南之策，江为内应。”

至于兵临城下以后，后主请小长老发挥法力，则更令人忆起清末庚子时之求救于大师兄来。

金陵受围，后主召小长老求助。对曰：“北兵虽强，岂能当我佛力？”

登城一麾，围城之师为之小却。后主真以为佛力，合掌叹异，厚赐之。这里小长老与北兵之有联系，似乎已经十分明白的了，然而后主并不了悟，还“下令军民，皆诵救苦菩萨，声如江涛”。这种描写虽然过分一些，然当时的情形之糟也可见一斑了。后“未几梯冲坏城，矢石乱下如雨，仓皇复召小长老，称疾不至。始悟其奸，杀之”。这么一说，似乎小长老的法力不行了，不过也还有异说，《挥麈后录》说小长老“又以计免而归”。我看这才像近代的间谍行径咧！

陆书又记一事，颇足资笑噱。“僧尼犯奸淫，狱成。后主每曰，此等毁戒，本图婚嫁，若冠笄之，是中其所欲，命礼佛百而舍之。”这不免大杀风景，不能使善男信女结香火因缘，实可惜之甚矣，至于《墨庄漫录》所记：“王师攻金陵垂破，后主仓皇中作一疏，祷于释氏，愿兵退后许造佛像若干身，菩萨若干身，斋僧若干万员，建殿宇若干所，数多而字草，盖危窘中所书也。”则与相传后主作《临江仙》未就而城破之事相类了。这未完的词就是“樱桃落尽春归去，蝶翻轻粉双飞。子规啼月小楼西，玉钩罗幕，惆怅暮烟垂。别巷寂寥人散后，望残烟草低迷……”也。

后主既失国，遂与子弟及宫属四十五人归宋，除了临别宗国，吟了那一阕“挥泪对宫娥”之外，还有如下这么一首诗：“江南江北旧家乡，三十年来梦一场。吴苑宫闱今冷落，广陵台殿已荒凉。云笼远岫愁千片，雨打归舟泪万行。兄弟四人三百口，不堪闲坐细思量。”到汴梁后，白衣纱帽，待罪于明德楼下，封为违命侯。

这以后，后主所遇的就是“以眼泪洗面”的日子，而他的几首不朽的词，也多作于此时，直到作了那首“小楼昨夜又东风”的词以后，为太宗赐牵机药毒毙，结束了他的悲剧的生涯。这许多事一向为大家所熟知，所以不多说。不过对于小周后的结束，我曾经略作调查，作过一篇杂记，现在拿来作为本文的结束：

“据说崇祯帝自杀以前，用剑要刺死他自己的女儿。女儿说，我没有该死的罪。崇祯帝说你生在我家就是罪。我们同样可以说李后主做个词人倒是满出色的，可是，‘可怜薄命做君王’，于是就倒了霉了。

“南唐在未亡国以前，就很不像样子了，后主自去帝号，纳贡，还得遣弟从善到汴梁为使，被留不返。于是从善妃屡诣后主泣，后主闻其至辄避之。因而后之好事者把从善妃改为小周后，就有了默记的传说：‘小周后随后主归朝，封郑国夫人，例随命妇入宫，每一入辄数日而出，必大泣骂，后主多宛转避之。’

“现在姑不论这是否小周后，‘命妇入宫’的事总是可信的了，于此可见宋太宗也并不比明太祖高明，与当时臣虏的苦状。男人为奴，女的献身。太平盛世的代价真也不小。元朝人还画了一幅春宫，曰《宋太宗强（或作逼）幸小周后图》。《野获编》与《见只编》都对原图有详细的记载，迹近性史，所以不抄了。有诗一首云：‘江南剩得李花开，也被君王强折来。怪底金风从地起，御园红叶满龙堆。’这里说宋太宗作的孽要由金人来报复，如同德伯家武士的祖先作了孽须苔丝来遭殃相同。一种定命论的思想。然而事实也未必不然。我们睁了眼睛一看，就可以知道历史的可怕也。”

三十一年六月二十七日

附　记

前所引我自己的笔记，系两月前所记。现在因为尚有余纸，所以将未收的记载仍附于下：

张宗楠题《小周后提鞋图》云：“北征他日记匆匆，无复珠翘鬓朵工。一自宫门随例入，为渠宛转避房栊。”

《见只编》：“余尝见吾盐名手张纪临元人《宋太宗强幸小周后》粉本。后戴花冠，两足穿红袜，袜仅至半胫耳，裸身凭五侍女，两人承腋，两人承股，一人拥臂后，身在空际。太宗以身当后，后闭目转头，以手拒太宗颊。”

《野获编》：“偶于友人处见宋人画昭陵幸小周后图，太宗头戴幞头，面黟色而体肥。周后肢体纤弱，数宫人抱持之，周后做蹙额不能胜之状。”

按上二记所言悉合，足见当日果有此图。宋太宗逼幸降王国后，还令人图之，以垂久远，可谓韵事。即使该图为“艺术家”想象之作，也可以看出他们对这事发生的兴趣，是多么浓厚。如不称之为艺林佳话，不可得也。

（《古今》第七期，署名鲁昔达）

四库琐话

《四库全书》是清代文化政策上一大表现。在当时自然是众口同声的称道不已，这声势一直不衰者总有数十百年。一直到清末，才渐渐听到别人不满的微词，直到最近，骂者辈出，对证祖本，校出破绽，真相总算大白于天下了。然而我们所看见的，不过是一鳞一爪，绝少缜密的叙述。我深信这题目值得一赋，如果钩稽史事，旁及遗文，再看那些工作人员的作风，乾隆皇帝的手腕，实在有趣得很，而且也并非无益的。

数年前曾读过一篇《关于命运》的文章，有几句话，使我非常佩服："好几年前我就劝人关门读史，觉得比读经还有用，因为经至多不过是一套准提咒罢了，史却是一座孽镜台，他能给我们照出前因后果来也。"

我自己是个非常"浪漫"的人，对于天下古今一切经典全都望望然去之，不想触手。史呢，也不曾读过多少。兴趣倒是有一些儿的。说起来不敬得很，我读史是抱了读小说的态度的。对于那来龙去脉，人物衣冠很有兴趣，并无想在这中间发现什么大道理的野心。不过有一点很令我肃然，就是前面那孽镜台之说。往往有多少事，看来看去总像真事，再也保持不住读小说的闲情逸致，实在是太悲哀的事。

话说"纷纷五代乱离间，一旦云开复见天。草木百年新雨露，车书万里旧江山。寻常巷陌陈罗绮，几处楼台奏管弦。天下太平无事日，莺花无限日高眠。"每逢干戈扰攘，群雄竞起，弄得民不聊生，大家连做一头太平之犬都不可得，哪里还有吟诗作赋的兴致？所以无疑的，人才辈出，而且都是马上的英雄，一旦这些英雄之间分出了高下，一个无赖一朝得志，做了皇帝，天下大定。然而他心里到底放心不下，因为他出身于草泽之间，十分明白这种地方情形是多么不稳；无已，只好想法子把他们引上正途，不要再做亡命的勾当。然而，不为无益之事，何以遣有涯之生呢？于是苦心焦思，想出了一种无上法宝来，那就是文绉绉的书本儿。

语云："皓首穷经。"而且这不过是一经而已。如果收集了全国的纯正典籍，使一般无知小子们去穷起来，岂不大妙？试想，古往今来可有读了《金瓶梅》要解放，看了《红楼梦》要革命的人？那么，这策略之妙极当可无疑义耳。

且说这种事业，是古已有之的。宋版的《文苑英华》，我们还可以看到三两本，荣宝斋并且把它复刻为笺纸。宋亡以后，马端临隐居不仕，成《文献通考》。这后者还不过是社会史文化史的著作，至多在目录学上稍有规制而已。直至明代，朱棣靖难以后，想修文治了，召解缙等作《永乐大典》，上承《太平御览》《太平广记》《文苑英华》之遗规，把古今的典籍，分拆零散，依韵排列，化整为零，实在是极伟大的工作。《四库全书》办法则正相反，有许多书反而是从大典的零零碎碎之中辑成全本。不过，它的受了《永乐大典》的影响，是不可否认的事。

乾隆皇帝的诏修《四库全书》的起因，另一个极重要的原因是由文字狱所引起的。他看见明亡以后竟有如许不法之辈送眷怀故国，时时露诸笔墨，得到了一个极刺激的启示。于是想彻底地来一次清除。第一步就是向民间征求遗书。

在雍正八年（一七三〇）吕留良晚村的文字狱后之十一年，乾隆六年（一七四一）已经出过这样的上谕："从古右文之治，务访遗编。目下内库藏书，已称大备，但近世以来，著述日繁。如元明诸贤，以及国朝儒学，研究六经，阐明性理，潜心正学，纯粹无疵者当不乏人。虽业在名山而未登天府。着直省督抚学政，留心采访。不拘刻本钞本，随时进呈，以广石渠天禄之储。"

如果要明了十全老人为什么对这些事忽然如此热心，清初的几个文字狱的始末，似乎应当稍微知道一些。这些文字狱，比较重要的当然是易代之际的历史案件。至于其余的小小的事件不知凡几，而大半倒是莫须有的罪过，尤可痛心的是这已经成为当时人的告讦的目标，为报私仇，就不惜摘了别人文字间的一二不相干处所，横加附会，弄得别人家破人亡而后已。这种手段，大概也真是禽兽间之所无者。这些小事件，为大家所熟悉的如“清风不识字，何事乱翻书”，在性灵文学家看来，真是十足的天籁的流露，不料作者却因此而身首异处了。

乾隆二十六年胡宝瑔奏余腾蛟诗语狂悖，请即正法。这事例还是乾隆稍稍细心，一加检阅原诗，不过是蹈袭前人，十足的恶诗。结果意在拍马的胡宝瑔，是碰了一鼻灰而去了。

后来又有人批评王尔扬在墓志上用了“皇考”字样，罪当大逆，也被乾隆置之不问。

庄廷珑是有钱的人，明相国乌程朱国桢所作明史稿本，因后人乏食，质于庄氏。庄氏就另招集名士，补上了崇祯一朝的史事，刻为《明书》。结果为破家县令吴之荣告发了。

那罪名是奉隆武永历为正朔而不书清代年号，和一二悖逆文句。结果除庄廷珑因已死只戮尸外，其余子孙朋友刻工贩者校对的人一共杀掉二百二十一人之多，真是洋洋大观。妇女则给边人为奴。现在只录一段小事算是画龙点睛罢：“凡刻书送板钉书者，一应俱斩。一刻字匠临刑哭曰：‘上有八十之母，下有十八之妻。我死妻必嫁，母其谁养！’言毕就刑。首滚至门忽然自竖，盖行刑之所，去家不远也。”

这一下禁得十分彻底，直至现在虽在易代之后，庄氏的《明史》还是不得看见。只有商务印书馆的《四部丛刊续编》里，印行了两册零落的抄本，翻了一过，了无生气，也真看不出有什么值得那么大举杀戮的地方。

这样雷厉风行的查办，自然在产生两个结果：第一个是人家家里藏有这种书的，不是私行销毁，就是深藏密锁，不敢令人看见了；第二，当然是禁书的效果，只不过刺激起别人的好奇心，反而都想看看也不一定。

这又使皇帝的心里大大不安，不得已，只能在本来的面目上加了一层假面：康熙四年八月谕礼部云：“前于顺治五年九月内，有旨纂修明史。因缺少天启甲子丁卯两年实录，及戊辰年以后事迹。令内外衙门，速查开送，至今尚未查送。……其官民之家，如有开载明季时事之书，虽有忌讳之语，亦不治罪。尔部即从速传谕行。”这显然有些发急了。可是成绩也终于不大佳，因为很少有人敢做这没有好处的投机生意的了。

从这以后直到前引的乾隆六年的上谕，征书的工作始终不曾终止。而在前也早有人提出应当修《四库全书》的暗示，谢在杭《五杂俎》云：“余尝获观中秘之藏，其不及外人藏书家者远甚，但有宋刻五十余种，精工完美，而日月不及，日就浥腐。恐百年之外，尽成乌有矣。胡元瑞欲以三年之功，尽括四海之藏，而后大出秘书，分命儒臣编摩论次。噫！谈何容易！不惟右文之主不可得，即知重文史者，在朝之臣，能有几人？而欲成万世之不刊之典乎？”

这就很有代表民意资格的了。而乾隆中历城周永年提倡“儒藏”，与“释藏”“道藏”鼎足而三，也是这一派的意思。而康熙年间所修的那一部杂乱无章的大杂拌儿——《图书集成》，更是这事的先声。直至乾隆三十七年大兴朱笥河（筠）上条陈开馆校书，这事才算是有了相当的眉目。

至于皇帝的心理，倒也有研究的必要。他看穿了人性，如果你说某书不好，不许看，那结果是偷看的人反而更多。倒不如经过一番审定之后说：“这些全是纯正无瑕的好书，大家快来看呀！”这样一来，大家或者不想看也不一定。就是看，也已经经过检定，毫无妨碍的了。

朱筠是当时大大有名的爱好风雅的大官，门下士多如过江之鲫。如洪稚存、黄仲则都曾经做过他的座上客。当时他正做安徽学政，因为看高宗征书的结果不大佳妙，竟至“迄今几近匝岁，曾未见一人将书名录奏”。只剩下高宗一个人在上面吹胡瞪眼，大发雷霆，有些看不下去。觉得这是自己的造化来了，于是条陈说：“窃维载籍重于左史，目录著于历代，典至巨也，制至详也。我皇上念典勤求，访求遗书，不惮再三。凡在鼓箧怀椠之伦，莫不蒸蒸然思奋，勉献一得。矧臣蒙恩，职厕文学？敢竭闻见知识一二，为我皇上陈之。”

他也真不愧为文学侍从之臣，深知个中秘妙，所以出起主意来非常周密。当时他就有四点条陈：

一、旧本抄本尤当急搜也。

二、中秘书籍当标举现有者以补其余也。

三、著录校雠当并重也。

四、金石之学图谱之学在所必录也。

封事一上，高宗就要“原议大臣议奏”。大学士刘延清说这“非政之要而徒为烦”，欲议寝之，幸得于敏中的力争，复奏了：

> 伏查《永乐大典》一书，成自前明，但夸据拾之繁，未协编摩之式，虽善本之流存不少，而遗编之丛杂尤多。仰蒙论断精微，折衷至当，钦承训谕，获奉准绳。窃维采录固在无遗，而别择尤宜加审；……再查翰林院衙门内，现有迤西房屋一区，从前修辑《皇清文颖》及《功臣传》各书，皆在此纂办，今奉旨校核《永乐大典》，应请即将此项房屋作为办事之所，于检查较为近便。惟是此项书籍，几及万本，篇帙浩大，头绪纷繁，所有查校人员，必须多为派出，分头赶办，方能迅速排纂，克期集事。臣等谨遵旨于翰林等官内，择其堪预分校之任者，酌选三十员，专司查办，仍即令办事翰林院。并酌派军机司员一二员，作为提调；典簿厅等官，作为收掌，常川在署，经理催趱，毋致稍有作辍。……

这一个奏折颇关重要，可以说是《四库全书》的一块基石。而全书规制的宏大，动员臣工的众多，也都可以在这个奏折里看出。从此翰林院迤西一带房屋里正式成立了“四库全书馆”，自总裁总纂以次三百多名文化人就开始了伟大的工作，在乾隆的指挥之下，把数千年来所遗留下来的古籍实行阉割变质的手术了。

前边曾经略略提起开始征书以后的成绩不大佳妙，这就使乾隆皇帝大为着急，下了一个软硬兼施的上谕：

> 前曾降旨令各该督抚等访求遗书，汇登册府，……乃各省奏

到书单，寥寥无几，且不过近人解经论学，诗文私集数种，聊以塞白。其实唐宋以来名家著作，或旧板仅存，或副稿略具，卓然可传者，竟不概见。当此文治光明之日，名山藏弆，何可使之隐而弗彰？此必督抚等视为具文，地方官亦第奉行故习，所谓上以实求，而下以名应，殊宋体朕殷殷咨访之意，且此事并非难办，尚尔率略若此，其他尚可问乎？

这里先来一下恫吓，使该督抚等心里惴惴，然后就来了较为和缓的转圜的话：

必系督抚等因遗编著述非出一人，疑其中或有违背面在，恐涉乎干碍，预存宁缺勿滥之见；藏书家因而窥其意旨，一切秘而不宣，甚无谓也。文人著书立说，各抒所长，或传闻互异，或纪载失实，固所不免，果其略有可观，原不妨兼收并蓄；即或字义触碍，如南北史之互相诋毁，此乃前人偏见，与近时无涉，又何必过于畏首畏尾耶？朕办事光明正大，可以共信于天下，岂有下诏访求遗籍，顾于书中寻摘瑕疵，罪及藏书之人乎？若此番明切宣谕后，仍似从前疑畏，不肯将所藏书名开报，听地方官购借，将来或别有破露违碍之处，则是其人有意隐匿收存，其取戾转不小矣！

宽严交施，恩威并用，正是“英主”驾驭臣下的唯一妙诀，结果是宽了半年的限期，并且令地方官不必检阅，凡有所得，即送呈进京。假使还是那样麻木不仁，就“惟该督抚是问”！

高宗不但熟悉江南藏书家流传授受之原委，并且对于书贾的贩卖情形也了若指掌。我们推想他深居宫中，怎样会知道这些事呢？那时皇帝在江宁有一个亲信的奴才，就是江宁织造，他的职务是替皇帝打探一应民间的风俗，官吏的动静，收成的良窳。总之，织造是有一切“情报处”职责和权力，为皇帝引为左右手的。《红楼梦》作者曹雪芹的祖父曹寅就以藏书著名，家多宋元秘本，而且还刻过奇秘的《楝亭十二种》，并且在北京的怡府乐善堂，也正因何义门的介绍，买得徐乾学季沧苇两家的藏书。由这些地方，大可以使我们明了乾隆对于藏书事迹的熟悉，正是并非偶然的了。他的诏书上说：

> 闻东南从前藏书最富之家，如昆山徐氏之传是楼，常熟钱氏之述古堂，嘉兴项氏之天籁阁，朱氏之曝书亭，杭州赵氏之小山堂，宁波范氏之天一阁皆其著名者，余亦指不胜屈，并有原藏书目，至今尚为人传录者。即其子孙不能保守，而辗转流播，仍为他姓所有，第须寻源竟委，自不至湮没人间；纵或散落他方，为之随处踪求，亦不难于荟萃。又闻苏州有一种贾客，惟事收买旧书，如山塘开铺之金姓者，乃专门世业。于古书存佚原委颇能语悉。又湖州向多贾客书船，平时在各处州县兑买书籍，与藏书家往来最熟，其于某氏旧有某书，曾购某本，问之无不深知。如能向此等人善为咨询，详加物色，因而四处借抄，仍将原书迅速发还，谅无不踊跃从事。

这不但是指挥，而且是策划。果然成绩大佳。两淮盐政李质颖（与江宁织造负有同等使命的）就在淮扬（当时的上海）商借了马裕家的书。其余的藏家，如鲍士恭范懋柱江启淑等也都陆续进呈，高宗也就凑趣，拟定了奖励规则：

> 一、奖书　进书在五百种以上者，赏《古今图书集成》一部。在一百种以上者，赏《佩文韵府》一部。
>
> 二、题咏　进书中有精醇之本，高宗亲为评咏，题识简端。并令书馆录副后，尽先发还。
>
> 三、记名　私人进书在百种以上者，其姓名附载于各书提要

之末。各省采进本在百种以下者，亦将由某省督抚某人采访所得，附载于后。

这种办法果然甚妙。尤佳音在好书善本反而尽先发还，使藏书家无庸担心。不过既经高宗题识，那读书音不免大大可念。照当时的习惯，该书是要供之香案，净手焚香，三跪九叩而读之。这种姿势，不免令人见而生畏，殊非风雅之道耳。

编纂《四库全书》的主要目的，就是在收集了自古迄今的“违禁”书籍后来一个大检阅和大毁灭。上文所说大抵是征书的情形和附带而来的文字狱事件。这里就紧接着来谈一谈删剪的手段和改易的伎俩，那手续是相当周密的。大概先由各省地方官搜集的书籍，陆续交与布政使，由他来汇齐，申详到督抚处去，再交到专门的局里去。在这个局里，再由督抚会同藩臬两司，率同司员详加校阅，他们所做的工作，是订定何者应当全毁，何者应当抽毁，来一个详细的统计，做成报告，奏进中枢，然后再将这些赃物，包封运京，送到军机处。

然而这种汇齐以后再呈进的办法也是有例外的。如果是发现了特别有违碍的书籍，那么该督抚等就要神志昏迷，或者大喜逾望，等不及汇齐，先把它送进去了。

前据高晋奏缴违碍书籍内，有《九十九筹》一书，计四本，系明人颜李亨所撰，其中诋毁之处甚多，较寻常违禁各书，更为狂悖不法，随即销毁。但此书既已流传，必不止此一部，着传谕萨载杨魁于江省再行切实搜查，如有续行查出者，即封固送京，不必俟汇同他书奏缴。并应查此书有无刊刻板片，一并起出解京。并恐各省亦有传布收藏者，著传谕各督抚，一体严查，尽救解京销毁，勿使片纸只字存留。

这是十全老人在乾隆四十三年十二月初九日下的上谕。

这种违碍的书籍，自然以明末清初所有的为最多。当那个天翻地覆的时代，身为读书种子，自然口中笔下会有不少不快活的话发出来，这种不中听的话，不是痛骂就是酸得十分的议论，在“明主”的眼里当然是“大不谓然”的。再溯上去，宋末元初之际，这些东西也不少。虽然清朝与女真的金，并无若何血统上的关系，可是看在“同志”的面上，也不得不勉为尽力。而且“对了和尚骂秃驴”，凡在“人类”，如何可漠不相关呢？这里就有过一个好例，在张元济先生跋宋晁说之《嵩山文集》中，在《且介亭杂文》中，也有所说及。至于再上去就比较保险，到了上古，虽然也有黄帝蚩尤事件，究竟太古了，比较可以安心。虽然蚩君是否赤化之尤，如吴子玉大帅所说，还没有由考古家考证出来，那么上古的书籍，是否也会有违碍，在这里也只好加以保留。

《嵩山文集》中的《负薪对》，用旧抄本和四库本对校之余，就有不少妙处。我们不多重抄，只撷取一二，加以点染，也就够有趣了。

旧抄本有句云：“金贼以我疆场之贼无状，斥堠不明，遂豕突河北，蛇结河东。”四库本则作：“金人扰我疆场之地，边城斥堠不明，遂长驱河北，盘结河东。”加以对勘，就知道“贼”字改为“人”字，“豕突”改为“长驱”，“蛇结”改为“盘结”了。当然，说别人是贼，豕，蛇，自然非“君子”所宜有，大有阿Q气息，这是中国人一向的脾气，也本难怪，可是易贼为人，这种着眼不高的办法，也不免陷于阿Q的作风。殊非初入中原的一个年轻的民族所宜有。我想这些事一定是儒臣们的业绩，如果照了主子的意志，爽爽快快，全部烧毁完事，虽然是同一摧残，那作风之不同就如此！

可是儒臣们也究竟怕烦，遇到了繁复的处所，一一改正，哪里有这样的闲情，于是整段的删去了。准以上所云，这也并非是什么豪爽，不过是属于根性的帮闲的偷懒而已。

至于主子所要全毁的东西呢，那就是明末的贰臣，其最触霉头者，则钱谦益也。

明末诸人书集，词意抵触本朝者，自当在销毁之列。……如钱谦益在明已居大位，又复身仕本朝，而金堡屈大均则又遁迹缁流，均以不能死节，觍颜苟活，乃托名胜国，妄肆狂狺，其人实不足齿，其书岂可复存！自应逐细查明，概行毁弃，以励臣节而正人心。……又汇选各家诗文内，有钱谦益屈大均辈所作，自当删去，其余原可留存，不必因一二匪人，致累及众。（乾隆四十一年十一月十七日上谕）

这里有个侥幸者，则是吴梅村，他是明朝遗臣，入仕清朝，而常作些缅怀故国的诗文，与钱谦益齐名，又是复社的巨子，结果却并无关系。我有一部原刻的《吴诗集览》，在布函的里面就贴了小小的一张纸头，有如前几年《子夜》后边的锌版的“检查证”一般，文云：

江宁布政使奉督抚二宪饬发四库馆查办违碍书籍条款一：吴伟业《梅村集》首奉，有御题其《绥寇纪略》等书，亦并无违碍字句，现在外省一律拟毁。盖缘与钱谦益并称江左三家，曾有合选诗集，是以牵连并及。此类应核定声明，毋庸毁销。其《江左三家诗》、《岭南三家诗》内如吴伟业梁佩兰等诗选，亦并抽出存留。（直隶省于乾隆四十六年四月十七日准咨）

这种文献在我看来是颇足珍贵的。有如马匹屁股上的一块块烙印。历时既久，渐易忘却，但又可常抚旧创也。

还有一种删除的借口，则是摆出了卫道的架子来了。十全老人要管文人吊膀子的诗文闲账，真可谓雅兴不浅。《东华续录》载有谕旨，是针对了清朱存孝的《回文类聚补遗》内所载美人八咏者：“自《玉台新咏》以后，唐人韩偓辈务作绮丽之词，号为‘香奁体’。渐入浮靡，尤而效之者，诗格更为卑下。今美人八咏内所列丽华发等诗，毫无寄托，辄取俗传鄙亵之语，曲为描写，无论诗固不工，即其编造题目，不知何所证据？朕辑

《四库全书》，当采诗文之有关世道人心者。若此等诗句，岂可以体近香奁，概行采录，所有美人八咏诗，着即行撤出。至此外各种诗集内有似此者，亦着该总裁督同总校分校等，详细检查一并撤去。”这里皇帝面孔上又加上了一个道学家的面具，遂益觉其可厌耳。

当日删书盛事，盖犹不止此也。高宗在痛斥钱牧斋之余，又要奖励忠义，敦励臣节。最著名的一事，则当推其大捧关云长之谕旨：“关羽在当时，力扶炎汉，志节凛然，而史书所谥，并非嘉名。爰改其谥为忠义，所有《三国志》抄本，刻本，一律照改。”这里硬作主张，毫不尊重著作法权，是其道德更出今日编辑先生之下矣。

他这样做，在编例上就有过“酌量改易”的话，乾隆四十一年十一月十七日谕云：

> 彼时直臣如杨涟左光斗牵应升周宗建缪昌期赵南星倪元璐等，所有书籍……即有一二句伤触本朝，本属各为其主，亦只须酌改一二语。近复阅江苏应毁书籍内，有朱东观编辑崇祯年间诸臣奏疏一卷，其中多指言明季秕政，渐至瓦解而不可救，亦足取为殷鉴。虽诸疏中多有乖触字，彼皆忠于所事，实不足罪。惟当酌改数字，存其原书。

四十六年十月又谕云：

> 历代名臣奏疏向有流传选刻之本，四库全书内，亦经馆臣编次进呈。其中危言谠论，关系前代得失者，固可援为法戒。因思胜国，去今尤近，三百年中，荩臣节士，风节伟著者，实不乏人。迹其规陈治乱，抗疏批鳞，当亦不亚汉唐宋元诸臣。而奏疏未有专本，使当年绳愆纠缪，忠君爱国之忱，后世无由想见，诚阙典也……则诸人奏疏，不可不亟为辑录，除明史本传外，所有钞入四库全书诸人文集，均当广为搜采，裒集为编。即有违碍字句，

只须略为节润，仍将全文录入，不可删改。此事关系明季之所以亡，与我朝之所以兴，敬怠之分，天人之际，不可不深思远虑，触目警心。

这说得是多么冠冕堂皇，然而实际岂堪问乎？

至于毛奇龄诗话中有“清师下浙”之语。奇龄系康熙鸿博翰林，并非身事前明，未仕本朝者，不应书清师，当改称“大兵”、“主帅”字样，这些小地方看似琐细，然可以见到仔细得很。

前些日子香港的出版物上盛行着一种东西，或谥之曰“开天窗”，总而言之就是那些×××之类的花样，也有用□□□的，倒颇与古书为近。在高宗雷厉风行的大兴文字狱之际，著作家与刻书者真是“苦矣”，疑神疑鬼，惶惶若不可终日，于是版片中挖去一些的就数见不鲜了。或者用同音的字来代替违禁字样，高宗看了就大不高兴？他说：“前日披览四库全书馆所进宗泽集，内将夷字改写为彝字，狄字改写为敌字，昨阅杨继盛集内，改写亦然。而此两集中，又有不改者，殊不可解。‘夷狄’两字，屡见于经书，若有心改避，转为非礼，如论语夷狄之有君，孟子东夷西夷，又岂能改易？亦何必改易？且宗泽集所指系金人，杨继盛所指系谙达，更何所用其避讳耶？因命取原本阅则已改者皆系原本妄易，而不改者，原本皆空格加圈。二书刻于康熙年间，其谬误本毋庸追究，今办理四库全书应抄之本，理应斟酌妥善，在誊录等草野无知，照本抄誊，不足深责，而空格则系分校所填，既知填从原文，何不将其原改者悉为更正？……除此二书改正外，他书有似此书，并着一体查明改正。”前人言明人好刻古书而古书亡，以其好改易行款，分割卷帙也，乾隆却要“代古人立言”，古人有知，宁不痛哭流涕！

经过如此大规模的工作以后，总统计一下，全毁书目有两千四百五十三种之多；抽毁书目四百零二种；销毁书版目五十种；销毁石刻目二十四种。至于每毁一书，可不止几部，有多至数十百部者，销毁总数当在十万部左右。这全是先民的遗迹，而且是一块块刻成版片，一张张付印成页，再一本本订起来的。言念及此，真不禁痛心，其为害之烈，实较秦火蠹鱼为猛烈矣。

如果拿一本旧书店的目录来翻一下，在书名上边如果发见了“禁书”字样，价钱就会吓杀人。在战前，动辄百数十元，现在则动辄数千元了。前些日子在某肆见到一部明刻《眉公秘笈》蓝绫黄封，还是明代原装，价两千元。这就因为它是禁书，不然像那样一种“杂烩”，也实在没有什么大不得了。更有许多明清之际的野史，更多半是禁书，谢刚主著《晚明史籍考》，洋洋数十万言，然而也还不过是一部分，而这些东西，也多是孤本秘笈，还有不少是归诸存目的。其实拿了原书一看，其版刻之劣，书品之糟，甚至内容之蹩脚，大有一言难尽之概。而一登禁目，遂尔身价百倍。现在的旧书店老板，其实大可供起清高宗的长生禄位来，有如梨园行之于李三郎，实在并非玩笑之谈。

像我们这些买不起禁书而又看不到禁书的人们，最大的悦乐，也不过是弄一本禁书目录来翻翻。我有一册《丛书集成》本的“全毁抽毁书目”“禁书总目”“违碍书目”，小小一册，正是旧书店主人的枕中鸿秘。一看那内容，明人集部，几乎无所不包，有多少名称，在我们几乎是没有听到过的样子。在《梅村诗文集》下面，注云：“此种系园子监祭酒吴伟业撰，伟业诗才俊逸，卓然成家。曾蒙皇上御题褒咏，外省只以其与钱谦益并称江左三大家，因而牵连并毁，实无干碍，应请毋庸销毁，惟卷首有钱谦益序一首，书一首，仍应抽毁。”

这儿就说得非常明白。所以有时有同样的两部梅村集，如果有一部是钱序未抽去的，那么价就大贵，非另外一部所可及了。这些道理，真是非书店老板之流不能精通的。

四库馆中的职官也颇多知名之士。除去正总裁官多由皇子充任及勋臣之外，其余像纪昀的总纂官，《永乐大典》纂修分校官的戴震，邵晋涵；校办各省送到遗书纂修官的翁方纲与朱筠；篆隶分校官的王念孙；也都知名一时。戴震还利用他的纂修官资格，有独入中秘观《永乐大典》的权利，在学术工作上大玩花样，窃取赵一清《水经注》的校记，由他的弟子段玉裁揭开了一幕大论战。直至最近大典《水经注》已经影印行世，事实才得大明。而且有某君在《燕京学报》上作了一个总批判，判决戴震的抄袭是实，真让这位名震一时的朴学大师丢尽了面子。这也算是四库馆中一件逸闻。

还有一件事值得一述的，则是四库馆的正总裁官于敏中与清高宗的关系，于《四库全书》有奠基之功。乾隆廿五年以户部侍郎入军机，官至太子太保，文华殿大学士兼户部尚书，为军机大臣者二十年，后数年且为枢臣领袖，然李岳端《春冰室野乘》记云：

> 金坛于文襄，在高宗朝为汉首揆，执政最久，恩礼优渥。辅臣不由军功而赐世爵者，桐城张文和廷玉而外，文襄一人而已（新疆底定时，文襄以帷幄赞襄之劳，赐一等轻骑都尉世职）。然世颇传其非考终者，云文襄晚年偶有小疾，请假数日，上遽赐以陀罗经被，文襄悟旨，即饮鸩死。往者闻萍乡文道希学士谈此，方以为传闻之辞，绝无依据。比者读武进管缄若侍御韫山堂集，有代九卿祭文襄文，中四语云："欲其速愈，载锡之参；欲其目睹，载帽之衾。"乃知陀罗经被之赏，固当时实录也。经被之为物，凡一二品大员卒于京邸者，例皆有之，并非殊恩异数，以文襄眷膺之隆，身后奚虑不能得此，而必及其未死以前，冒豫凶事之戒，使其目睹以为快耶？此中殆必别有不可宣布之隐，故特藉两汉灾异策免三公故事，以曲全恩礼，如孝成之于翟方进耳。国朝雍正以前，汉大臣居政地者，虽无赫赫之功，然大抵硁硁自守，不肯以权势自肆。洎张文和当国，风气始一变，而文襄实承其衣钵，士大夫之浮薄者，纷纷趋其门下，权势赫弈，炙手可热，国初诸老刚正谨厚之风，至是乃如阙文乘马矣。裕陵之聪察，岂有不烛其隐者？文襄之祸实由自取。昔文和晚年，以致仕归里，陛辞日要请宣布配享世宗庙廷之旨，致触圣怒，下诏谴责，撤其配享。及其薨也，以配享为先朝所许，复下诏还之。其用意殆与此举同，英主之驾驭臣工，真有非常情所能测度者矣。

李君这里说得很是幽默，其实由我看来，十全老人的为人也的确十分小气，有许多恩遇，常常是给了人家，又复收回，大有七擒七纵之势。乾隆三十九年因为内监高云从泄漏记名人员朱批记载事，牵及敏中，上谕谓："自川省用兵以来，于敏中书旨查办，始终是其经手，大功告竣在即，朕正欲加恩优叙，如大学士张廷玉之例，给以世职，乃事属垂成，而于敏中适有此事，实伊福泽有限，不能承受朕恩，于敏中宁不知痛自愧悔耶？因有此事相抵，于敏中着从宽免其治罪，仍交部严加议处。"

高宗拿了一些恩遇，与臣下斤斤论价，其态可掬，后来又赏他轻骑都尉世袭，死后使入贤良祠。后来就又因原籍财产发生争执一案，借题骂之。然而还说"今既完名而没，朕亦惟始终保全，以存大体，本毋庸治其生前之罪"。到了五十一年三月就撤出贤良祠，降谕历数其罪，末了有一段妙文：

> 若贤良祠，为国家风励有位，昭示来兹，盛典攸关，岂可以不慎廉隅之人，滥行列入，朕久有此心，兹因览严嵩传，触动鉴戒，恐无知之人，将以嘉靖为比，朕不受也。于敏中著撤出贤良祠，以昭儆戒。朕用人行政，一秉至正大公，从不稍涉偏私，亦岂可意存回护。前明严嵩之营私植党，嘉靖非无闻见，第已用于前，不免回护，遂以酿成其恶。朕宁受乏知人之鉴，断不使天下后世谓朕有为于敏中始终蒙蔽之名！刑赏黜陟，彰瘅所系，赏一人而天下知劝，罚一人而天下知惩，是以不得不明白训谕，传天下后世，咸知朕意，将此通谕知之。

这可以做皇帝文的标本来看。指桑骂槐的骂人，还要给自己留一些地步。后来又夺其轻车都尉，五十二年因陆费墀的校对《四库全书》不力，迁怒于原奏保人的于敏中，降旨大骂。就连生前所荐的人所校的《四库全书》，也要由他来负责。因此一端，附记于敏中氏遗事数则，亦可见十全老人之不可测也。

四库余话

谈中国书的版本的，于抄本和刻本之外，更有活字本一种。说起来这种活字本的源流或许最早也不一定，因为历代的刻印实在即是活字的先声，不过数量较小而已，北京大学曾经印过《封泥存真》。这种运用于公文书缄上的“封泥”，实在就是活字的先导者。近代长沙叶氏观古堂曾藏有北宋胶泥活字印本书。沈括《梦溪笔谈》记其法云：

> 庆历中，有布衣毕升又为活板。其法用胶泥刻字，薄如钱唇。每字为一印，火烧令坚。先设一铁板，其上以松脂、蜡和纸灰之类冒之。欲印，则以一铁范置铁板上，乃密布字印满铁范为一板，持就火炀之。药稍熔，则以一平板按其面，则字平如砥。若只印一二本，未为简易。若印数十百千本，则极为神速。

沈存中的确不愧为中国的科学家，他所记的这种北宋胶泥字法，详确而扼要。那种办法直与近代的铅印法不谋而同，是不得不令洋鬼子黯然失色矣。不过这种印本流传至今，简直是绝无而仅有，即前述的那一部叶德辉的藏书，后来归了周越然君，据说不过明刻而已。以非目睹，未敢臆断。不过大内的《天禄琳琅》曾记：“宋本毛诗唐风内，‘自’字横置，可证其为活字板。”

这自然是最明显的证据。

元王桢有《活字印书法》，附于武英殿聚珍版《农书》后。说得更为详尽，不过元代的活字本，更未见过，所以这里姑且略之。

陶兰泉虽然以多藏明版书著名，其实他的买书，不过是为了“转鬻”而已。听与陶氏相熟的友人说起，他曾说过这样的话：“我买书多年，并不曾亏了本。”观此可知其意向矣。晚年藏书尽出，曾有一部明会通馆活字本《诸臣奏议》卖掉，当时陶氏曾挥泪向友人说：“可惜南方没有人能识这书的。”这并不是惜书，盖惜不能得善价耳。果然，识者北方是有的。郑振铎记云：

> 初，有明会通馆活字本诸臣奏议者，由传薪书店售予平贾，得九百金。而平贾载之北去，得利几三数倍。以是南来者日众，日搜括市上。

这会通馆是什么人呢？邵宝《容春堂集·会通君传》记云：

> 会通君姓华氏，讳燧，字文辉，无锡人。少于经史多涉猎。中岁好校阅同异，辄为辨证，手录成帙。遇老儒先生，即持以质焉。既而为铜字板以继之。曰：“吾能会而通之矣。”乃名其所居曰会通馆。人遂以会通称。或丈之，或君之，或伯仲之，皆曰会通云。

这也不免有趣。商务《四部丛刊》三编中有一部精彩的书，即洪氏《容斋五笔》是也。这书凑自宋刊及会通馆活字本，可谓天壤间《容斋五笔》最善本矣。毕燧有子埕、坚等，更继先人遗业，创为兰雪堂，所印活字版书有《白氏长庆集》《天禄琳琅》著录，《蔡中郎集》（叶昌炽所见）等，皆为世所珍重。

明代其他有名的活字印者有桂坡馆安氏，吴郡孙凤，五云溪馆，金兰馆，建业张氏等。掘孙毓修氏说：“按安氏（作者按：系安桂坡）所印颜鲁公集，又有雕本，盖先摆后雕也。”

这就很令我想起为周越然君所断为明刻的那部书来了。明初复刻宋本之风极盛，而且那时的视宋本，并不若今日之珍异。往往有拿了一部宋本，拆成散页，贴在版上，从而刻之的。如此一来，和原本往往就会“不差累黍”。周君得了一部后印本，加上明人序，就断定那一部也是明刻，由书贾作伪去序而充北宋胶泥字本的，否定了叶氏的定论。其实除此以外，用纸，墨色，装订的风气，是都可以帮助我们鉴定的。周氏断定其非宋本，这自然是有他的眼光。在吾辈无缘目睹原本的人们，只好“承认”他的“定说”了。

以上既然稍为提到了宋元明的活字本，清代的活字本的推行，则不能不推《四库全书》编纂的功劳了。

最初提起要办活字版的金简，他是特蒙圣旨，“所有武英殿承办纸绢装潢饭食及监刻各事，宜着添派金简一同经管”的人物。他的奏折里说：

> 但将来发刊，不惟所用板片浩繁，且逐步刊刻，亦需时日。臣详细思维，莫若刻做枣木活字套板一份，刷印各种书籍，比较刊板工料省简悬殊。臣谨案钦定佩文诗韵，详加选择，除生僻字不常见于经传者不均集外，计应刊刻者约六千数百余字；此内虚字以及常用之熟字，每一字加至十字或百字不等，约共需十万余字。……遇有发刻一切书籍，只须将槽板照底本一摆，即可刷印成卷。

这里所说是初创的大略情形。结果奉到御批：“甚好，照此办理！”后来因为“活字版”的名字不大雅驯，就改称“武英殿聚珍版”。这种聚珍版书籍，现在也已经成为古董了。不过由我看来，实在并不好看，扁体的字形，有如后来在讣闻上面所用的那一种样子，看起来疾首蹙额，非常之不愉快。清代木活字版不少，我有一册《香叶草堂诗》，是画《鬼趣图》的那一位罗两峰所著，似即木活字印，清疏而别具风致，实在是颇妙的版子。这一种聚珍版大概一共印行了一百四十八种。被董康讥为“谬甚”的那一位缪艺风，曾竭毕生之力，搜到了一百三十八种。人各有癖，缪君所搜集的这武英殿聚珍版书，比了陶兰泉的专搜初印殿本开花纸书来是要相差一筹的了。

《四库全书》缮成七部分置大内之文渊阁，奉天之文溯阁，圆明园之文源阁，热河之文津阁，江苏扬州大观堂之文汇阁，镇江金山寺之文宗阁，杭州圣因寺之文澜阁，这几阁的建筑形式，大概全仿天一阁。实在不能说不是一段因缘。

宁波范氏天一阁是明范东明司马所手创，直至现在，犹能“世守勿失”。在中国的藏书家中，可以称得一声“奇迹”。虽然现在如何，是不得而知了。就是我上面所用的那一句套头话“世守勿失”，也大有问题。因为天一阁虽然有着“不准子孙无故开门入内，罚不与祭”的戒条，到底还是没有用，阁书在范氏子孙缺少钱用的时候，往往就会拿来派了用场。这不过是最易料到的一个因素，整个的分析起来，真够得上一句“一言难尽”的话了。民国二十二年赵斐云（万里）先生曾去天一阁访书。作有《重整范氏天一阁藏书记略》。他曾经记过天一阁书籍亡失的原因，第一个就是因四库征书的关系所诱导而成的：

> 乾隆三十八年浙江巡抚三宝，从范懋柱手里，提去了不少的书。据四库提要及浙江采集遗书总录计算起来，共有六百三十八部。这一类的书上，有一个客观的标识。封皮下方正中，有一长方形朱记，文曰：“乾隆三十八年十一月，浙江巡抚三宝，送到范懋柱家藏书某某书一部，计书几本。”开卷又有翰林院大方印。封皮上的朱记，有时为妄人割去，至大方印，则时时遇到。四库全书完成后，库本所据之底本，并未发还范氏，仍旧藏在翰林院里。日久为翰林学士拿还家去的，为数不少。前有法梧门，后有钱希庵，都是不告而取的健者。辗转流入厂肆，为公私藏家收得，我见过的此类天一阁书，约有五十余种。

《四库琐话》中提到的征进遗书，尽先发还的话，在这里算是露了马脚。范家损失了这一批书，只不过得到一部御赐毛装的《图书集成》，可是现在也已经残缺不全了，不过却还摆在正中的五个柜子里。

赵先生还提出阁书散出的两个原因：

> 由于乾隆后当地散落出去的，阁书在乾隆以后，虽有阮芸台学使出来编目，替他捧场，然同时阁书颇有流落阁外者。卢氏抱经楼，为前清一代四明藏书家后起之秀。他的藏书里最著名的一批抄本明实录，就是天一阁的旧物。此外宁波二三等的藏书家，如徐时栋，姚梅伯之流，以及到过宁波做过官的，如吴引孙有福读书堂，沈德寿抱经楼，都有天一阁的细胞在他们的藏书里称霸着。就是现在几位宁波本地的藏书家，也都有少数天一阁的种子分布着，我可以说凡是宁波旧书肆里遇着皙白干净的明刻白绵纸书，十之八九，都是天一阁的遗产。天一阁的书，很少有印记的。但是无论它改了装，我也能认得这本书是不是天一阁的故物。……
>
> 由于民国初年为巨盗薛某窃去的，这一次是天一阁空前的损失，至少总有一千种书散落到阁外。阁中集部书，无论宋元明，损失最多。即明季杂史一项，所失亦不在少。登科录和地方志，去了约有一百余部。辗转的由上海几个旧书店，陆续售归南方藏书家。当时以吴兴蒋氏收得最多，号称孤本的明抄宋刑统，就在里头。现在蒋氏书散，整批明别集，流归北平图书馆。……在"一·二八"沪战起时，做了牺牲品。此外我所认识的上海苏州几位藏书家，也都有少数天一阁的遗藏分布着。在我日记簿里载下来的，此类书已经超过了五百种。

四明范氏在海内藏家中，总算能保持最久的了。然而也究竟不无可歌可泣的流散。《蠹鱼篇》中曾谈到海源阁的浩劫，现在这里因谈四库之便，顺手提及，亦所以留存此书林一段掌故耳。

天一阁的藏书与别家独异的是不大收宋元本书，而广搜明本。作一个譬喻，有如现在的藏书家，不致力于明清版刻而专求商务中华的东西一般。等到明取暗偷的劫后，现在却以明代方志，登科乡试录之类称雄了。这完全因为十多年前这些东西还不受欢迎之故。在旧书店老板的心目中，“经”是最最可贵的东西，“史”和“子”次之，“集”部已经不大看得起了。所以偷起来，当然也是经部先偷光。我曾见杭州某肆的旧书目录（约民国十三四年间），明版白绵（皮）纸的志书，虽然是大部头的，每部也不过三四十元而已。到了现在，屡经东西各国的搜求，这些东西就成了最香的货色。而天一阁的这一点“劫余”，也就要使大家震惊了。

在中国，无论什么东西，只要一古起来，就会使人另眼相看的。天一阁的长久的历史，就是乾隆皇帝也觉得颇可艳羡的了。在乾隆三十九年，有上谕云：

> 浙江宁波府范懋柱家，所进之书最多，因加恩赏古今图书集成一部，以示嘉奖。闻其家藏书处曰天一阁，纯用砖瓦，不畏火烛。自前明相传至今，并无损坏，其法甚精。著传谕寅著亲往该处，看其房间制造之法若何，是否专用砖石，不用木植。并其书架款式若何，详细讯查，烫成准样，开明丈尺呈览。

下面并且嘱咐寅著前去查看之时，宣明旨意，就是《四库全书》的藏书，要向该阁学样。“使其晓然，勿稍惊疑”。寅著在查明以后，有详细的复奏，对天一阁的建筑说明颇详（《东华续录·乾隆七十九》）：

> 天一阁在范氏宅东，坐北向南。左右砖瓦为垣，前后檐。上下俱没窗门。其梁柱俱用松杉等木。共六间：西偏一间安设楼梯，东偏一间，以近墙壁，恐受湿气，并不贮书。惟居中三间，排列大橱十口；内六橱，前后有门，两面贮书，取其透风。后列中橱二口，小橱二口。又西一间，排列中橱十二口。橱下各置英石一

块，以收潮湿。阁前凿池。其东北隅又为曲池，传闻凿池之始，土中隐有字形，如“天一”二字，因悟“天一生水”之义，即以名阁。阁用六间，取“地六成之”之义，是以高下深广及书橱数目尺寸俱含六数。特绘图具奏。

这种一百六十年前的实地探察记录，颇为有趣。而建造书室，也要利用青乌术来防灾，也是大有意思的事。高宗觉得这种“厌胜之术”是“其式可法”的了。于是内廷四阁（文津文源文渊文溯）的建造，完全模仿了天一阁式。

不过一百六十年后，沧桑愈更，天一阁早已非原式了。

赵斐云记云：

细查阁的建筑方式，和其他的宁波住宅，并无多少不同之点。所用材料，简陋非凡。消防设备，简直等于零。和藏四库全书的文渊阁规模相比，真有天渊之别了。我不信文渊阁是模仿着天一阁盖的。

至于那些英石呢，更成了笑话：

我们发现好几个柜子里都有蠹虫，因此对于传统的保存阁书的秘诀，发生疑问。故老相传阁里的书全都夹着芸草，可以防蠹；柜子下锁着浮石，可以吸收水分。这完全是神话。其实天一阁所谓芸草，乃是白花除虫菊的别名，是一种菊科植物，早已失去了它的除虫的作用。浮石不知从郭外哪个山里搬来的一种水成岩的碎块，并无什么吸收空中水分的能力。

这真是多么好玩而又可悲的事！

经过了几次的检查，删改销毁以后所缮成的四阁书，应该是毫无遗憾的了。然而在高宗几次抽查之后，竟而屡有违碍之处发现。实是所谓“校书如扫落叶”，在这种严刑峻法、人手众多的条件之下，居然也还是不能满意。最初出了毛病的书是李清的《诸史同异录》，那罪名是：

因书内妄称世祖章皇帝，有与明崇祯相同四事，悖诞不经。续办三分书缮进之一分内，未照底本删去，当蒙指示，前经奉旨，将全书销毁，并将李清所撰各书，概行查毁。此系文渊阁缮进之本，其悖妄语句，已经原办之总校删去，全书应毁！

这在我们看来，不过是腐儒的一种无聊的拉扯而已，丝毫不奇怪的。然而悖逆不道了。从这里可以悟出，就是多么恭敬的奉承，也还是不行，即使说崇祯的面孔有如世祖章皇帝的御臀！

撤毁的书还不止此。如《千顷堂书目》因为还载有许多已禁毁的书，为灭迹起见，一律删削。《国史考异》与《元明事类考》、《杜诗详注》都因为曾引钱谦益之说而未著其名，所以也一律撤毁。最可怜的是朱鹤龄，他在《书元好问集后》一文中痛诋钱谦益，理应为官方所嘉奖了；却不料在他未与谦益绝交之先，曾有过诗文往来，如《赠某先生之诗》等，在他的李义山诗笺注序内的红豆庄主人也就是钱谦益，所以也一律删削。

王贻上著名的《秋柳诗》中，用了些“白门”“梁园”“琅琊”“洛阳”“灵和殿”“永丰坊”的典故，不料也为人所指责，幸亏后来查得这些全是“咏柳习用故典，似无所指，仍应拟存了”。究竟在集中剔去了“赠一灵道人绝句”，因为该道人即作《广东新语》的屈大均也。

也还有因为维护风化而剔去的。如吴其贞的《书画记》，因为“书内所载春宵秘戏图，语涉猥亵，奏明应毁”。如此说来，《见只编》中曾著录《宋太宗强幸小周后图》，是也应当禁毁的了。周亮工因所撰《读画录》中有两句诗，“人皆汉魏上，花亦义熙余”，被文源阁详校签出了。结果是连《印人传》《因树屋书影》与专谈饮食男女的《闽小记》一律毁掉。天下莫须有的事件，岂尚有逾于此者乎？

四库七阁修成迄今不过百五十年，可是已经亡佚大半了。文渊阁书早已迁出北平。文源阁在圆明园内，也一炬于英法联军之役，至今只高宗御制文渊阁记碣在北平图书馆内，为遗迹之仅存者。热河文津阁本民国四年移平，转交北平图书馆保存。文溯阁书则不复可睹。文汇文宗则毁于太平军之役。文澜阁也因太平军而受损，后经“八千卷楼”丁氏补抄完竣。市上时时可见四库抄本，小册而抄工亦劣，远不及内庭四阁之壮观，则是杭州流来之丁氏补抄本也。

《四库全书》虽名为“全”，其实所收的书比起存目中的书来还要少，而古逸书及故意漏列的还不在内。当然是不为人所满意的了。嘉道间阮元曾进四库未收书一百七十三种，赐名“宛委别藏”。光绪中翰林院编修王懿荣又倡续修之议。时在光绪十五年：

> 时经百载，开通日广，文物日新。厥有市舶泛来前代流传海外之书；又有乾隆以后通材硕学，网罗散失，采集逸佚，复古再成之书；说经补史，重注重疏，精校精勘之书；以及天文算学与地方志，政书，奏议，私家撰著，卓然经世书，层见迭出，或先得者残而重收者足，或沿称者伪而改者真，考据一门，后来居上，艺术之流，晚出愈精。若此类，上溯旧例，应行著录者，其为粹美，庶几前编！

这自然可以代表一般人士的见解。可是因为在修“会典”，搁下来了。后来朝廷只有请大师兄的心思，哪里还顾到这些“不急之务”，这位王先生也终于在庚子的拳乱中被杀了。

光绪三十四年，翰林院检讨章梫又上“拟请增辑四库全书折”。那要点在于荟萃中外的书籍，翻译外国的法政书籍，“续编《四库全书》，以昌宪治之文明”。可以算是非常时髦的建议。而反对者也大有人在。翰林喻长霖上《敬陈管见疏》云：

乾隆时钦定四库全书，网罗古今一切载籍，洵足以嘉惠艺林。今海宇大通，群言庞乱，后生小子，震于泰西富强之说，卮言日出，大道当歧。非续编书目，易定宗旨，排斥邪说，不足以清群议之嚣嚣，而齐天下之耳目。

虽然同为提倡续修四库，喻君则是极右派的主张者，与章君针锋相对。这在出使外国即被认为二毛子的时代，正是不足怪者也。然而议论虽然大发了一通，究竟还是按了旧习惯，格于吏议而不果行。

民国以来也先后有邵端彭的“征求续编四库全书意见启”，李盛铎更主张将反清的涵有民族思想而被摈的书籍编进去，谒见段祺瑞执政。段氏则想等日本退还庚款商妥后再谈，结果都只是发了几篇空论。

民国十四年，吕思勉更主张改造《四库全书》为《民国全书》，由人民组织一搜集，校理，庋藏，流布书籍的机关，完全由人民负责筹积款项，其意固美矣，可惜国人皆不好古，结果又是废话。

较为具体的倒还是商务印书馆的影印计划。民国八年，金息侯请印《四库全书》，叶玉虎自欧洲归来，也主张此议。九年法总理班乐卫来华，声明将以庚子赔款印书。办法是照原式大小影印百部，需款二三百万元，需时廿载，而本国产纸，更不敷应用。商务印书馆知难而退，一切停顿。民国十三年商务三十周年纪念，又想影印，已经由高梦旦向清室内务府商妥借运办法，交通部也特予便利，而且在文渊阁查点装箱了。不料曹锟的嬖人李彦青索贿六万元不遂，用总统府一纸公文，借故制止了。

章孤桐主教部，又要影印，本想用移存京师图书馆的文津阁本做底本，不过因为馆中舍不得外界委托抄录孤本的生意，暗中力加反对，遂又改定影印文渊阁本。一切预备得差不多以后，又出了花样。这次是清室善后委员会的遗老们在反对了。当时虽然是民国，遗老们也还有一部分势力，结果是不成功。

后来又有奉天地方政府影印文溯阁书之议，由张学良杨宇霆等主持，这不过是卖卖野人头，当然是没有成功之希望的。

综计以上的简述，影印之举，一厄于贿选总统之嬖人，再厄于图书馆，三厄于清室遗老；观此可以知在中国办文化事业之困难矣。

二十二年顷，教育部又要影印了。朱家骅呈请先影印珍本八九百种。先由中央图书馆筹备处拟出《影印四库全书未刑本草目》来，有三百六十六种书。不料最初就挨了一下棒喝。这就是傅增湘董康叶恭绰的批驳：

> 中央馆拟目中所收宋元人著述，如经部之石鼓论语问答，四书管窥；史部之太平治迹统类，大金德运图说，熬波图；子部之资政要览；集部之茗溪集，山房集，本堂集等，皆有同光后单刊本或丛书本，何以悉行列入，殊难索解。应即日延聘通儒，从长考量，否则徒令外人齿冷也。

北平图书馆馆长袁同礼与蔡元培联名具呈教部，主张苟有旧本善本可得，则应用以代替四库本。结果是官商利于速印而省事，本之善否，非所计也。结果印成的就是这现在的《四库珍本》。已经变成古董，同时也是囤积的标的了。

（《古今》第十期，署名庾持）

北京诗话——《竹叶庵文集》

我过去买书杂乱得很，没有什么一定的方针。经部书是不大买的，史部中大部头的书也很少。此外就没有什么限制了。这样收集下来，必然的结果是有许多集部书。在集部中间，像唐宋八大家那样的文集也很少，更多的是不见著录的无名作者的小集，而尤以清人著作为多。这里自然也有客观的原因，一是数量多，可以自由选取；其次则是价钱低，书坊的不看重这些东西也是有理由的，其情形大约与有的编辑部的看待大量群众来稿有点相类。群众的投稿当然不可能篇篇都是杰作，不过也不见得都是毫无价值的。至少，所提供的某些情况，发表的某种见解，也还是值得听取，注意的，也都是有用的资料。

古籍整理已经提上了议事日程，这实在是值得欢欣鼓舞的盛事。这是一件伟大艰巨的工作，需要考虑的问题也极多。我想，像清人别集这种东西，无论从需要与可能哪一面来考虑，都不能不放在次要的地位。但先从某一侧面，揭开这一巨大宝藏的一角，稍稍窥视其内容，也许能为全局的规划提供一点设想的依据，也许不是全然无益的吧。

我现在想谈谈的只是一个小小角落里的一点不大引起人们注意的东西，但我看确是闪烁着星星光彩的。因为时令接近春节，因此就在诗文集里特别留神说到过年种种的所在，看看人们过去这时有一些什么好玩的活动，吃些怎样好吃的东西……而更加注意的则是北京地区的风习。这样，用自己还是孩子时的经验一对照，真是趣味盎然。

我翻到的第一部书是吴县张埙的《竹叶庵文集》。说是文集，其实全部收录的是诗词。全书共三十二卷之多，又是编年的，使读者很易于判断写作的时代与地区。这样的文集我是喜欢的，比分类的编辑法要好得多。

文集卷十一，撰于乾隆四十、四十一年（一七七五——一七七六）。收有《杂咏京师新年诸戏》十首，包括“太平鼓”“钟幡”等十种名色。这中间有些我们是熟悉的，如“高跷”“秧歌”；有些就陌生，即如这“钟幡”就不知道是怎样的事物：“巨竹参天直，风幡正动时”，大约是在广场中竖起了一根长竹竿，上面挂着不知道怎样的旗帜。

“象声”一诗说：“一幔春风秘，声稀渐觉繁。妇姑同夜局，鸡犬共花源。不碍音闻积，乃成世界喧。窃鸣与登木，万窍在乾坤。”这恐怕并非今天的相声，而是一种口技。《聊斋志异》里就有着出色的描写。

“蝴蝶儿”（亦名“蝴蝶闹蛾”）也不知道是什么玩意儿。“图象乾蝴蝶”“一铃初缀处，飞到哪人家”“竿头摇漾似，争逐七香车”，从这些词句里也只能约略知道一些模糊的影子。

“西洋景”诗说“意大利亚国，天西大小洋”，可见当时士大夫对西方的认识。西洋景这东西恐怕至今也还在广大乡村里存在着的吧。有趣的是“火判”，“街头烧火判”。这是用泥塑纸扎的判官，放在街上烧。而“镫戏”诗则说：“软锈前门路，梨园半夜开。一声导丝竹，千火上楼台。霞吐妖童面，珠明神女腮。花瓶共莲座，戏歇总成灰。”看来也是烧灯的一种，并非剧场里在演出夜戏。

烧判官之外，还有“烧秦”（原题注：“京师灯夕，岳庙中作秦桧夫妇泥像，穴其中烧之，曰烧秦也。”卷五）。

文集卷二十四有“走马灯”一题，这是今天还能看到的一种灯彩。

文集卷十“八角鼓”是一首七古，写得细致而生动：“鼓八角，上缀小金铙十四。蒙以蛇皮四寸五，以手挝之不计数。丁丁隆隆技辛苦。夜凉天街月色午，贸贸然来曰有瞽。问瞽所鼓谁流传，瞽言亦不知其祖。瞑臣习此手玲珑，笙磬祝敔弃如土。千人百人俱道好，一家衣食八角鼓。吁嗟乎，灯火楼台夜未央，闻声哀乐感彷徨。空山独奏灵鼍响，风雨高天谁断肠。”这是乾隆乙未（一七七五年）北京八角鼓艺人演奏的真实记录。与后来成为杂要之一的情形已有很大不同，原来仅是一种夜间走街串巷的盲人卖艺形式，可以算得是珍贵的史料了。

这一类的材料，在诗文集里是很有一些的，但比例却很低。通常知识阶层是不大肯记录这些市井琐事的，觉得这是不登大雅之堂的事物。因此偶然发现就不能不使人感到稀罕，认为难得了。这样零碎的材料，收集起来也是不大容易的。以个人的力量，恐怕无论如何也搞不好。我想可以有计划有组织地发动群众的力量。例如大学或研究院里的同志，就可以每人分别承担通读若干部文集的任务，分类做出索引，把资料汇集起来。期以数年，将我们现存的文献资料摸一次底，并非完全是虚幻的设想。

陈援庵在《论学书札》里曾说过这样的意见：学者为了某一专题到书丛里去找材料，如果只注意一点而不及其余，其实是很大的一种浪费。例如诗文集中涉及的方面就很广，五花八门，绝非某几个专题所能包括。如能把眼界放大，则社会生活、文物古迹、山川形势、朋友往还……处处都能发现有用的资料，只除了那些质量低劣、无病呻吟的吟风弄月的篇章，不在此列。因此就需要拟订一个细密而有独特见解的提纲，把一切值得注意记录的材料都收集起来。老一辈的学人，“皓首穷经”，毕生努力得到的成果，实在远远抵不过他们付出的劳动。这种情况今天实在需要加以改变。如果三年、五年，十年、八年，我们的工作有了成效，初步奠定起一个较为坚实丰厚的研究基础，我相信，学会运用新的观点方法的研究者必能据此做出超过前人甚远的成绩。这将是无可置疑的事实。

鲁迅诗笺

在《鲁迅全集》第七卷的《集外集拾遗》中，有一首题为《秋夜有感》的七言律诗。全文如下：

绮罗幕后送飞光，柏栗丛边作道场。望帝终教芳草变，迷阳聊饰大田荒。何来酪果供千佛，难得莲花似郎。中夜鸡鸣风雨集，起燃烟卷觉新凉。

鲁迅先生的旧诗，很少用典，然而这一首却是例外，从前读的时候，只是草率翻过，没有能求甚解。后来曾经翻了几本书，替他找出了一二注脚。记录备忘。现在连缀成文，或者可供读先生诗者的参考。

开头两句看不出有任何出典，不过柏栗丛边的道场，和腹联的“酪果供千佛”一定是有关系的，也一定有出处，不过我却并没有能查出来。

“望帝”是杜鹃，这是大家都知道的。影宋抄本《注胡曾咏史诗》中有一首《成都》：

杜宇曾为蜀帝王，化禽飞去旧城荒。年年来叫桃花月，似向春风诉国亡。

注云：“昔蜀王姓杜名宇。按蜀王羽化为鸟，今杜鹃鸟是也。”

“迷阳”出典是在《庄子》的《人间世》篇。原文：“迷阳迷阳，无伤吾行。”关于这“迷阳”的解释，却有问题。鲁迅先生采用王先谦集解里的说法，“棘刺名。生于山野，践之伤足，今楚语犹然。”是以“迷阳”代替“棘刺”。然而闻一多先生在《庄子内篇校释》（《全集》乙集《古典新义》）中，却释“迷阳”为“近视眼”或“细视”，断定迷阳是迷字的声转。引《朝野金载》：“长孺子视望阳，目为呷醋汉。”描写近视眼的神情，有如呷醋；实在“妙可解颐”。闻先生解释《庄子》原文的意思是“眯目谛视，无令道上荆榛瓦砾之属伤吾足胫也”。如果用这个解释来谈鲁迅诗，就更带了一分尖锐的针刺的意思。

“莲花似六郎”，我在《花鸟争奇》中找到一张图可以作诗句的插绘。

郑西谛《中国版画史自序》参考书目中有“童婉争奇等七种二十卷，邓志谟编，明末刊本”一条，原书未见。北平图书馆有《诗酒争奇》一种也是不全本。我所藏的是《花鸟争奇》残本两卷，题“饶安百拙生编”，每卷前有图三幅。看刻本是崇祯间所刊。在《百花诗》中有丘琼山的《荷花》一首：“出自淤泥不染泥，西池摇动碧涟触。六郎姿貌虽相似，只是馨香不及伊。”诗旁小注“六郎张昌宗也”。又录有邓志谟的一首《四六》，里边有一句：“莲花似六郎，六郎且似莲花。”也是说的这个。那张插图，描写的正是武后和张昌宗在赏莲的情景。

这一首诗和下面的一首《亥年残秋偶作》撰作时期正同，当为民国廿四年秋天时作。其中一定指斥一些时事，直感的想来，是杀人场上做法事，和政客的无耻，与豪门的荒淫。解诗如果没有第一手的材料，还是不太深究的好。像历来笺注杜甫、李义山，就不免有很多笑话。我们读鲁迅先生原诗，只要知道所显示的时代意义，似乎不必一定考证出其中的人物实事，弄得落入笨伯的圈套。

（一九四九年七月十一日《新民报》“夜店”，署名方兰汝）

读知堂文偶记

几年来陆续买读知堂所著书，也常在旧书摊上搜到初版各木。除在东京所印的《城外小说集》始终不曾得到外，其余的如新潮社出版的《雨天的书》《陀螺》，晨报社本《自己的园地》，说部丛书本《红星佚史》等都曾买得。总算起来，大大小小，已经有三十册左右了。每常翻读，觉得有一种乐趣。早年著译以绍介外国文艺作品论文为多，这些劳作在文艺界所得的影响显然可见，不过这里却不想说及。我所喜欢的还是散文。自《看云集》《夜读抄》《苦茶随笔》《苦竹杂记》以次，直到《瓜豆集》《秉烛谈》，都为我所爱读，早年所写《雨天的书》，韵味较清新，似不若后来所作的醇厚，好比陈年的绍兴老酒，年代愈久味道自愈永也。

《泽泻集》可以说是作者早年自选的散文集。《陶庵梦忆序》里含了一种淡淡的忧郁气，或如作者所自云的“伤感”。与《夜读抄》的小引颇相像。作者曾自云：“绍兴是我生长的地方，有好许多山水风物至今还时时记起，如有闲暇很想记述一点下来。”（《北平的好坏》）然而除《乌篷船》等有限几篇以外，我们没有福气多读到。然而乡土的怀念在一个人的笔墨中自然会不时流露出来，而它们又是带了那样的轻微的忧郁味，于是就更令人读了怅然。

《夜读抄》里的《姑恶诗话》，的确可以说是写得异常凄艳的一篇文字。我曾反复地读过十余遍，觉得这是我所读过的最悲恻的一篇文字。并不是说悲壮，那只是一阵感情的奔泻而已；这个则有如一条小河，水纹时时若隐若现，可是郁结的厉害，文中有一段云：

沈园不知早到哪里去了，现在只剩下了一片菜园，禹迹寺还留下一块大匾，题曰“古禹迹寺”。里边只有瓦砾草菜，两株大树，但是桥还存在，虽是四十年前新修的圆洞石桥，大约还是旧址，题曰“春波桥”，即用放翁诗句的典故。民间通称罗汉桥，是时常上下的船步，船“头脑”汤小毛即住在桥侧北岸，正与沈园相对。越城东南一隅原也不少古迹，怪山，唐玉潜墓，季彭山故里，王玄趾投水的柳桥，但最令人惆怅者莫过于沈园遗址。因为有些事情或是悲苦或是壮烈，还不十分难过，唯独这种啼笑不敢之情，深微幽郁，好像有虫在心里蛀似的，最难为怀。数百年后，登石桥，坐石阑上，倚天灯柱，望沈园墙北临河的芦荻萧萧，尤为怅然——是的，这里怅然二字用得正好，我们平常大约有点滥用，多没有那样的贴切了。

这里作者对禹迹寺的景物加以描摹，只是轻轻的一掠即已经抓到悲哀的核心。作者近作有一首云：“禹迹寺前春草生，沈园遗迹欠分明。偶然拄杖桥头望，流水斜阳太有情。”闻新出的《药味集》中也收有《禹迹寺》一篇，而前引的一段，在《老学庵笔记》一文中也曾加以引用，足见作者自己对这一段也是非常喜欢的了。

作者曾写纪念旧友的文章不少。有志摩、半农、隅卿、鲁迅、品青、玄同诸人，在我看来，就中以《钱玄同先生纪念》一文最为沉痛。这沉痛并不是说在表面上如何如何，只是寂寞的记述彼此的友情，于是就更可以看出知己的可贵来，而那悲哀却是力透纸背的。

纪念逝者的文字，向来有两种，一种是痛哭流涕，如韩愈《祭十二郎文》，非不痛切，然其所表现的感情多为表面的，一恸之后，遂尔已矣，不若深郁的一种来得沉痛。作者在挽玄同先生的联语上，附有小注曰：“余识君在戊申岁，其时尚号德潜，共从太炎先生听讲《说文解字》，每星期日集小川町民报社。同学中龚宝铨朱宗莱家树人均先殁，朱希祖许寿裳现在川陕，留北平者唯余与玄同而已。每来谈常及尔时出入民报社之人物，窃有开天遗事之感，今并此绝响矣。”这是多么沉痛的话，有许多地方，真是不敢回忆，好像是一块脱皮的血肉，用火酒搽上去的那种味道一样。我自己常有这种经验，深切地明白为什么一个人独坐空房会突然跳起来，这种情感的激动盖非假事而是的确的。晋阮籍遭父丧饮酒食肉不辍而一恸辄呕血数升，其不为普通人所了解，岂不是当然的么？

《读初谭集》一文中有题记一则，也是关于玄同先生的事："久欲得《初潭集》，畏其价贵不敢出手，去冬书贾携一册来，少敝旧而价不出廿元，颇想留之。会玄同来谈。又有生客倏至，乃属玄同且坐苦雨斋北室，即前此听蛤蟆跳处，今已铺席矣。可随意偃卧，亦良便利也。比客去，玄同手《初潭集》出曰，此书大佳，如不要勿即退还。——盖自欲得之也。未几全书送来，议打一折扣而购得之，尚未及示玄同，而玄同已殁矣。今日重翻此集，不禁想起往事，感慨系之。于今能与不佞赏识卓吾老子者尚有几人乎？廿八年二月四日春夜，知堂记于北平。”可与上述一文参看。

即在同一文中，作者曾提起他所佩服的中国思想界的三贤——汉王充、明李贽、清俞正燮。在别的地方也时常称道。俞正燮痛斥缠足，并重立贞女节妇的定义，被李慈铭讥为"出于周姥"。其实他的思想不过是正直与同情而已。

李卓吾的行径比较怪僻，然而所主张仍旧是出于人情，并不足异，不过戴了各式眼镜看去，就难免都不顺眼。

至于他的思想，受外国哲人的影响实多。他曾自称是唯物论者，在《关于自己》一文中曾提起曾受过影响的几个人——克鲁泡特金，勃兰兑思，弗来则与蔼理斯。他曾解释"虚无主义"道："所谓虚无论的意思实在只是中国所云无征不信，换句话说就是唯物的人生观，重实证而轻理想。"这种思想我想即是作者所一向奉行着的。看一切文艺作品，即以此为判断中心。至于蔼理斯的影响则更是显然。"要正当的生活，我们须得模仿大自然的豪华与其严肃"。作者演其意云："生活之艺术即中庸，即节制，即为纵欲的禁欲。"

至于弗来则，作者从他所得到的是关于文化人类学方面的知识与兴趣，

《夜读抄》中多有介绍。这种研究文化的方法看似迂远，其实乃是最正确的。

这些似乎全是作者自己的意见。可是我觉得最好也还是信奉他的自述。我们所能做的，最多的还是文章的鉴赏方面。论及思想，不免多有谬误，所以就择要抄了作者自己的一些话来作说明。

作者的散文的另外两条路是“草木虫鱼”和谈“社会文化”。前者如《看云集》中的《金色》《虱子》等七篇和后来的《苦茶》《野草》等，他在这里是发挥着对于名物的爱好。文章的内容充实，而又出之以前述的那种明澈的人生观。谈论无不如意，在读者方面所得，除了新知的获得外，更可以赏鉴文字的趣味，如听一位通达人情物理的老先生的絮谈，在聆者自然是一种悦乐。

至于谈一般文化人类的现象的呢，在我就更为喜欢。像《缢女图考释》那样的文章，真可以说是写得生动极了。他从这个现实的事件中看出“尸体赏鉴”的事实来，掘发了中国古今文人的变态心理，至于那结尾的一节，更是值得援引的，不独文字好，思想上似乎也可以作为代表：

> 再想那李姓女子，生前认识了一个男人，旋被遗弃，家里又很顽固，迫得上吊毙命，遗言只愿穿上红袍，死后挂上一天一夜，殓时据报载家里也没有人到，只派两个听差来，这也就够凄惨了。不幸的人，我们对于她不能有什么一点供养，只希望她的苦辛屈辱就此完毕，早早入土为安，身灭名没，归于空虚，不要再被人说以至想起。何苦来再留下一张悬于窗上的照片供千百人的随喜赏玩，此虽或有惬于文人画家之雅鉴，吾们凡人乃终不能解也。审如是也，吾之考释又岂靠得住乎？

这文章是为《论语》所写，所以题名及结尾颇具波俏之致。后来还被选入《幽默文选》中。这自然是一种看法。我觉得如果用来说明作者的“中庸思想”，该是十分合适的。这位李姓女子死后，社会上对她的态度有可能的几种，为当时报馆记者所奉行的一种自然是不高明的了。如果由热心的人们看来，似乎应当拿来作为一桩社会问题议论一番。或者来追根求底作法律上的根究，是法家的办法。作者却只要求她“身灭名没，归于空虚”。这似乎可以拿来做“中庸”的注脚了。其实这正是中国民族数千年来所养成的一种“现实人生观”，看来似乎极不积极，然而却是最实用的。事实上也的确这样正好。其余的办法在理论上虽佳，实际上却不然。这是多么阴暗而悲惨的思想。

在《苦茶随笔》的小引中说及中国对于忍的说法有儒释道三派，而以释家所说为最佳。儒家“小不忍则乱大谋”，是入世者的方法。道家“安莫安于忍辱”，则是遁世的方法也。总之这都是一种手段。独释家拿忍来作为生活的一种，态度庄严而郑重，令人敬爱。而中国人一向看释家为出世者，殊不知他们对于生活态度是那么积极的。反而是“苟全性命于乱世”的道家思想，一向弥漫于全国人的心底，根深蒂固不可动摇。

这两篇文章都写得好，读之如闻说法，令人顿生彻悟，获益匪浅。在领略文章之美以外，更是另一种收获也。

《苦竹杂记》中有“说鬼”与“关于活埋”两文，可以作为另一种文字的标本。前者结尾有几句话，可以拿来说明这类文章的特色：

> 现在如只以中国为限，却将鬼的生活详细的写出，虽然是极浩繁困难的工作，值得当博士学位的论文，但亦极有趣味与实益，盖此等处反可以见中国民族的真心实意，比空口叫喊固有道德如何的好还要可凭信也。

我这里也不是在提倡“功利主义”，说是可以“小题大做”，在一粒沙里来见大千世界，只是觉得这事颇为有趣，试想活人的脑子中却幻出了死人的世界，而花样繁多，并不寂寞，该是多么好玩的事，如果到了心理学家手里分析起来，这许多又是阳世间所希望着而做不到的事，是一种压迫的反应。一句话，这种工作的出发点大都是源于“趣味”，此则在一般读者所不可不知者也。

在前面我曾提出作者文章中的一个特点来，曰“沉痛”。其另一特点则是“诙谐”，而这诙谐又包含了“说反话”与“波俏”两种，“说反话”在写某种文章的场合确是必需的，在我看这种地方日本夏目漱石的影响很是显然。尤其在早期的作品是如此。甚至有时在篇末还要特别注曰：“又上文所说有些是玩话，有些不是，合并声明。”（《死法》）当然这在读惯了洋洋洒洒正面文章的人是理应声明以免误会的。近时所作却具有另外一种诙谐趣味。举例来说。如《家之上下四旁》一文的附记云：“关于汉川县一案，我觉得乾隆皇帝（假如是他）处分得最妙的是那邓老太太，当着她老人家的面把儿子媳妇都剥了皮，剩下她一个孤老，虽是每月领到了藩台衙门的二两银子，也没有家可住，因为这掘成一个茅厕坑了。走上街去，难免遇到黄宅亲家母面上刺着两行金印，在那面看守城门，彼此都很难为情。……甚矣皇帝与道学家之不测也，吾辈以常情推测，殊不能知其万一也。”虽然是诙谐，然而还到底露出“反动”的痕迹来。

另有一篇《谈劝酒》的文章，登在《朔风》上的，作者说明他不喜“豁拳”的第二个理由曰：“豁拳的叫声与姿势有点可畏，对角线的对豁或者还好，有时隔着两座动起手来，中间的人被左右夹攻，拳头直出，离鼻尖不过一公分，不由不感到点威吓。”这里把极平凡的事，加以点染，便成笑料。读之欲不笑，不可得也。

俞平伯《古槐梦遇》中有一则云：“有一联不知贺谁新婚，其词云：‘此冀北生徒中之知礼者，有江南儿女喜曷称诗乎。’一本‘者’作‘者也’，‘乎’作‘云乎’。苦雨斋本‘知’作‘守’。”

这一联可以借来说明苦雨老人是个“守礼者”。何以知之？于写文章的风格中可以觇之，我们似乎常常可以在作者的文字中看见这样的附记，“为行文便利起见，除特别表示敬礼者外，人名一律称姓字，不别加敬称。”（《关于鲁迅之二》）这种地方看似小节，不过很可以看出一种“诚敬之表示”来，闲常推测，这或者就是所谓古之儒家的风度罢？又同文末一节云：“我尝说过，豫才早年的事情大约我要算知道得顶多，晚年的是在上海的我的兄弟懂得顶清楚，所以关于晚年的事我一句话都没有说过，即不知为不知也，早年也且只谈这一部分，差不多都是平淡无奇的事，假如可取，可取当在于此，但或者无可取也就在于此乎。”

这是我喜读的一段文章，却就不出什么地方好来，勉强要说，可以说是那一种空气雍睦得好罢。

还有一卷小文，为我所爱读，即收在《周作人书信》里边的一些小札，由作者寄给俞平伯废名沈启无三人者，或者可以譬作精致的小糕点罢，入口即溶，不留渣滓，每隔若干时，取来重读一过，味道依然，作者自己对这些小札也非常中意，曾在“序言”中提起：“挑选结果仅存此区区，而此区区者又如此无聊，复阅之后不禁叹息。没有办法。这原不是情书，不会有什么好看的。这又不是宣言书，别无什么新鲜话可讲。反正只是几封给朋友的信，现在不过附在这集里再给未知的朋友们看看罢，虽说是附，在这里实在这信的一部分要算是顶好的了，别无好处，总写得比较地诚实点，希望少点丑态。”

这话是真的。我喜欢读题跋简短之类的小品文字，而这种文章近来却少有，新文学品中除琢磨晶莹的一种华美的小品文以外，普通的都不佳，登在《人间世》第一期的刘大杰的《春波楼随笔》，初读时在八年前，觉得甚佳，后来逐渐觉得不行，最近重读更是看不下去了。即刘半农先生的小品文也觉得摇曳太过失去了本来的面目。不知为何，不自然的东西我始终不喜欢，无论本来是想装扮作少艾或是什么。这一卷小札即甚中息，兹抄两三为例：

好久没有见了。虽然已是春天，而花叶尚未茂发，不免有寂寥之感。“愚”年老多病，近来患胁痛，赖学多日，亦不能执笔，或把卷，深觉此日可惜。但实在无可为，只想多饮一杯白兰地，且食蛤蜊耳。绍原走后无消息，想早已到广，匆匆不尽。（与俞平伯信）

昨日叶公打电话来问尊寓地名，想系奉访乎。新制一种信封，

觉尚清疏，但只可自怡悦不堪转赠君耳。平伯看见云似苏字，不为无因。匆匆不备。（与废名信）

昨日巨公光降敝庐，已将人间天上集奉还。据云两三日来住在清燕，故未见足下。咖（此字制作似仿“猏”字）喱饭之约未决定日期，照今晨样子恐还有很热的天气要来，或者以略略展缓为宜乎？但又虑不在大热天吃之，便少安南气味耳。未知何如也。匆匆不悉。（与沈启无信）

以上随便抄录，没有什么取舍的意见，不过有一个共同的特色，即全是很自然的。也或者存有作者的特有风趣的说笑语。即作者所自谦为最缺乏的“闲适”和“流连光景”的处所，这里也有不少留存，是颇值得欣赏的。

作者的文章浩瀚，平日虽然常常翻读，却没有研究的准备，长编也不曾作过，现在不过随便捡拾，附以己见，关于思想方面又没有多触到。只不过是一些文章欣赏的话而已，不过这些久存在心里的意见，得记录一二，倒也是值得高兴的事耳。

（《古今》第六期，署名默庵）

读　画　录

吴骚合编

《吴骚合编》算不上什么罕见书，我就前后在书坊中见到过两三部，但不是残缺就是后印，版画线条断裂，模糊不清，不忍卒睹。大约书版刻于崇祯中，至清初犹存，辗转模印，遂至如此。一九五〇年我在上海温知书店案上，得见此本，初印明丽，夺人目睛，遂携归藏之，迄今五十五年矣。书出杭州九峰旧庐王氏，又有抱经堂朱遂翔印。王绶珊杭人，以业盐起家，巨富，不知书而好聚书，由抱经堂朱氏为之经理，选书论价皆听之。朱氏亦因而致富。王氏身后，所藏精本，多归朱遂翔，藏于小楼上，秘不示人。后转营钢笔业，颇得利。孙助廉说之，请去书增资于新业，书遂渐出。余于温知案上同时见有宋杭州猫儿桥书籍铺刻《文选》残卷，乃取《合编》而弃宋本，盖当时爱赏目光如是也。

《吴骚合编》后由商务印书馆印入《四部丛刊三编》，印亦不恶。唯于插图违碍处模糊处理之，不无遗憾。后商务代印《古本戏曲丛刊》，亦有此种情况，不得已也。

《吴骚合编》四卷，极初印。蓝印扉叶犹存。朱钤双龙圆印及版权朱记皆在。前有丁丑仲春许当世序，手书上版。又崇祯丁丑骚隐居士楚叔父小序。是刊于崇祯十年（一六三七）也。后有丁丑花朝旭初氏跋，《吴骚初集》序（万历甲寅）、“二集”序，“三集”序。骚隐居士“衡曲麈谭”，凡例十二则，其一云，清曲中图像，自吴骚始，非悦俗也。古云，诗中画，画中诗，开卷适情，自饶逸趣。是刻计出相若干幅，奇巧极工，较原本各自创画，以见心思之异。

次魏良辅曲律，总目，目次。卷首大题下属“虎林骚隐居士选辑，半岭道人删订”。

全书共收图像二十四幅，镌者署名有洪国良、项南州（武林）、项仲华（武林）、汪成甫（古歙）。可见明代末期，新安刻手多已移居出版中心的杭州，而当地的刻手也逐渐成长，项南州尤出色，作品多多。曾见他所刻《本草》插图，多至数十百幅，亦署名，时已在清初。他是一位跨时代的艺人，曾亲历版画作风转变的实践者。全书所附诸图，刻工极工致能事，人物眉眼颦笑，神态毕现；衣袂飘举，宛若当风，楼台花树，点缀与情景谐合，宛然苏州庭园景色，可为晚明时代园林留一真相。因知“例言”所言，非夸饰也。回顾万历中富春堂曲插图之粗犷古拙，数十年中，进步何许。更观《人镜阳秋》、王李合评《琵琶》等，人物长身玉立，布景富丽繁缛，而千人一面，虽极工细，亦不耐观。以较《合编》其进境又何限。惜作图者不知谁何，每幅各取曲中断句，以画笔写之，无不情境谐合，画意诗情，展于尺幅，真堪叹赏。于新安诸黄后，推为晚明版画代表作，可无疑也。

我于此书曾作跋尾数通。其一则云，

获此书后五日，偶过市肆，遇为九峰旧庐管理藏书之顾某，谈及王氏后人窘迫之状，令人扼腕。其家共九房，有田万亩，今乃不可更问。房地产售尽，全家大小六十人，赖以为活者，故书两屋耳。尚余地方志两千八百余种，最为巨观。其余宋刊尚有《秦淮海集》、《古灵先生集》等，急迫无受主，仅赖售卖家具举火。藏家下场如此，可慨也。此书出徽郡山中，至沪上后，欲得之者颇不乏人，终为王氏以三百六十元之高值攫去，其底册犹在。

余之获此，亦耗米十许石，然以视王绶珊之以盐起家者，其难易乃不可以道里计矣。书福可傲同人，书痴加人一等。辄书卷耑，以存此一段掌故焉。十月十六夜漫书。

王氏书后陆续散出，沪上诸肆，皆得染指。约三四年始尽。以温知、传薪所得最多。最后徐绍樵收拾余烬，并其家藏书柜及藏书底目俱捆载而来。其藏书底册共三册，后以之赠余。盖得书藏书底目也。详记书名、版本、册数、进价。瞿氏铁琴铜剑楼所售之宋版书诸种赫然俱在。此三册红格底目，实为近代藏书史中重要文献。“文革”中抄去，迄今未遵国家功令发还，渺无踪影。查当时造反派所制抄家书籍细目，后经顾廷龙亲笔签收移交上海图书馆者，此九峰旧庐藏书底目，两次载于目中，文证俱在，无可推诿。此又一事也。

绿窗小史

晚明刻《绿窗小史》，传本甚稀。另有《绿窗女史》十四卷一书，世多有之。《小史》著录甚少，只日本东方文化图书馆目中两本皆在耳。《小史》不分卷，亦不知辑者姓氏，其十四卷本，疑是书坊得《小史》版片，另增序目以行者，晚明书坊此种事多有之，不足怪也。此《小史》前有秦淮墨客序，序尾有印二方，曰“蕙若”，曰“白雪斋”。则与《吴骚合编》为同一书肆刊行者无疑。前有精图四叶刊刻精妙，亦与《合编》风格并同，虽未署名，当亦同出项汪辈手。旧为顾湘舟藏书，有“湘舟过眼”印。此种书籍在当时是流行的畅销书，与今天所见大量以“美女”招徕的书册杂志异曲同工，也要抬出名人来做招牌。如《金陵丽人纪》即直署王稚登撰。其实大是可疑。明代尚无知识产权之说，王百谷也无从干涉，也许欣然默认也说不定。

南宋诗选

陆锺辉以行盐致富，在雍乾中的扬州，是在文场中颇为活跃的人物。他以刻书著名，如《姜白石诗词钞》就有他的水云渔屋刻本，《笠泽丛书》他也刻过。他自己的诗词集《放鸭亭小稿》、《环溪词》，有乾隆中自刻本，诗词都不怎么样，但与扬州名士富商如马氏兄弟等来往甚密，是一位附庸风雅的人物，但在文献流传上不无微功。他最早刻成的书是《南宋诗选》，在雍正中，我买到过一部桃花纸的初印本。十分欢喜。可惜“文革”中抄家，被拖去了四本中的一册，变成残书了。闲时展阅，感慨无端，曾写一跋。

此书为甬上估人林乔梁所旧藏，甲午春日归余。其时买书甚豪，来者不拒，同得者几二十种。大半清刻，又天一阁书数种。此虽清刻，然开花纸印，精雅之至。陆氏刻书多佳本，此所据为江湖小集，虽不言是棚本否，必非恶刻。钱默存作《宋诗选注》出，余以此册校之，以校记寄之，亦可笑也。又十年群书尽丧，而此书独见遗，惟第二册已挟去矣。其事殊不下群盗夜入天一阁也。呜呼！于此记之。

乙酉秋分前五日

读黄永玉画记

壁上有黄永玉作白描荷花一轴，永玉题记云：

余少作白描，偶尔为之，亦不成气候。随作随毁，习以为趣。黄裳兄携旧纸来，乾隆粉色精品也。细腻如春水，如宋磁，余似对庄严法相，手软腿麻，心惶惶焉，有偶一失态即大失面子之感，故凝神运气，白描荷花报命。时在庚申冬日，黄永玉作于丹凤楼。

画轴左下角是我的题记：

今年夏访永玉于京师，盘桓半日而别。又五月，永玉南来，约朋辈同游杭州会稽，凡七日，欢快胜常，三十年来无此乐也。既归沪，命呈旧楮，为治白描荷花一轴。出水亭亭，婀娜夭矫，丰神绝世。永玉爱写芙蕖，七年前曾以风雨荷塘一幅见庚申冬至前四日，黄裳记。寄，引红楼梦黛玉论玉溪诗语为长跋，盖残荷也。然清丽孤拔，不畏风雨，其意可知。以视此幅，情趣境界，大不侔矣。永玉此日豪情胜慨，不异当年年少论交之日，老去云烟胜画师，其为当代作手第一，又无疑也。明日将付装池，琐琐记此，以志岁月。庚申冬至前四日，黄裳记。

庚申是一九八〇年。上推七年，当是七十年代前半。那正是风雨如晦的日子，那幅风雨荷塘，也正是不折不扣的一幅“黑画”。满幅残荷败叶，气氛极为压抑，其间点缀二三花朵，朱红钩金，于一派浓黑中，鲜丽跳出，一扫沉重郁闷的压抑感，时代风云与画家心境尽在此中了。我初展此卷，不禁为之震撼，深感故人情重，也明白画家借画笔传来的消息。如果说花鸟与时代政治并非绝不相关，也许这就是一例吧。

这幅风雨荷塘轴有永玉小字长跋两通，其一云：

然后迎春姐妹等并宝玉上了那只，随后跟来。其余老嬷嬷众丫环俱沿河随行。宝玉道，这些破荷叶可恨，怎么还不叫人来拔去？宝钗笑道，今年这几日何曾饶了这园子。闲了一闲，天天逛，哪里还有叫人来收拾的功夫呢。黛玉道，我最不喜欢李义山的诗，只喜他这一句，留得残荷听雨声，偏你们又不留着残荷了。宝玉道，果然好句，以后咱们别叫拔去了。乙卯冬小雪，为黄裳光耀兄嫂作此图，取义山诗意，信笔腾跶三日。梅溪见之曰，何不书义山此句因缘？余讶然曰何在，梅溪取石头记四十回示之，嘱余书之助兴。此十二月二十七日晚事也。弟黄永玉画于北京京新巷。

玉溪生这句诗，从小读《石头记》，就已默记在心。后来找义山全集来查，却作“留得枯荷听雨声”，不禁大为懊丧。义山诗明刻清刻所见数十种，都作“枯荷”，真是怪事。心想林姑娘必有所本，决非误记。雪芹先祖是大藏书家，必有旧本义山诗，雪芹所见必非俗本。事实上残荷的意境、声调也确比枯荷来得好。

永玉记忆力好，杂览多，那次同游湖上，当徘徊于六桥三竺间时，彼此争相背诵记忆中的诗词旧句，以为笑乐。腹有诗书气自华，永玉画笔中拂拂的书卷气，盖由于此。过了十五年，他又来到上海，借住王丹凤女士的旧居，也就是他称为“丹凤楼”的所在。与我的住所隔楼相望，常拉我过去谈天。他随身带有极品乌龙，煮茗闲话中，他提出要我选取徘徊于心目中的诗词旧句，要为我画十二开册页。这一设想令我惊喜，就随手写下了十二题，仿佛当年湖上“联句”光景。这十二题也正是永玉欢喜的。大约用了两三天，起稿，落笔，一册画本就完成了。这是他在客中抽闲的制作，可见画家的勤奋。他实在不曾一日闲却手中的画笔。

在册页中他有两题，

乙亥冬日，余来沪上，得见裳兄耀嫂，作此小帧十二，以贻大方。右义山句。凤凰黄永玉。

乙亥岁余游沪上，裳兄选题，试为之。黄永玉七十有二。

十二帧分别是：

一、“我是梦中传彩笔，欲书花叶寄朝云。”这是废名所欣赏的义山诗句，有“诗人想象美丽，感情溢露”的评语。我生平爱读义山诗，这两句充分写出了诗人落笔时的愉乐，永玉用飞仙的形象写之，彩云飘拂，执笔人从天际飞来，匆匆就在飘然欲去的浮云上落笔。废名说他很喜欢这两句诗，“你想，红花绿叶，其实在夜里都布置好了——朝云一刹那见。”此画所写正是来不及落笔的匆匆。

二、陆游沈园诗，就是“城上斜阳画角哀”那一首。我们是一起游过沈园的，那还是不曾整修过的废园。不知现在变成什么模样了。城堞自然也早倾圮了，这一切都由画家用炫丽的笔墨补足。旧梦依稀、万般无奈的诗人坐在石桥上的形象使人见了怅然，多么沉重的怅然啊。

三、义山“重过圣女祠”诗。画家不曾在画面上让诗人现身，只写了祠楼一角和白石小径。“一春梦雨常飘瓦”，用满含水气的华滋草木表现。

四、徐俯《春游湖》诗。画家写“春雨断桥人不渡，小舟撑出柳阴来”，实在太美了。如果为这幅画命题，竟可径题之为“春”。因为它真能给人以“无边春色来天地”的感受。画家运用色彩，真不愧林风眠“好色之徒”之称。

五、白傅诗，“绿蚁新醅酒，红泥小火炉。晚来天欲雪，能饮一杯无?”我喜欢此诗，就是喜欢它的意境。友情则于言外得之。能发此问者，必是一个颟顸的老头儿。彤云密布的天色，与人物衣襟恰成对比。老人尚未举杯就已满脸酒红了。

六、梁启超集宋词联，“更能消几番风雨，最可惜一片江山”，作于边患严酷的时会。当时我是留居天津的一名中学生，初见此作，受到极大的震撼。觉得它确是道出了时代的声音、人民的心事。一直不能忘。因拈出请永玉写之。

七、“风急啼乌未了，雨来蚁战方酣。真是真非安在，人间北看成南。”王荆公的这首六言诗如用来题“文化大革命”，真是绝妙的钩魂摄魄之作。王安石在当时正被安排做“法家”的领衔人物，恰在此时我读到此诗，真是大大地舒了一番愤懑。画家把坐在长凳上看蚁阵的诗人画成满脸无奈、侧首而观的样子，写出了他的惶惑，更写出了他的清醒。原诗题是“题西太乙宫壁”，王安石胆子大得很，竟将这样的诗题在这样的地方。荆公诗不是编年本，此际也无暇去翻沈钦韩的注，不知他何以要发这么大的牢骚。

八、曹孟德接见匈奴使，担心自己“形陋，不足雄远国”，找了个替身，自己则“捉刀立床头”。接见既毕，派人打听匈奴使说些什么，得到的回答是“魏王雅望非常，然床头捉刀人，此乃英雄也”。曹操听了，随即派人“追杀此使”。

此则出《世说新语》，是我爱读的篇章。文章实在写得好。想译为语体文，办法不多，要害处还只能引用原文。魏晋南北朝文就是这样干净利落，极简洁却并不枯窘，相反，别有一种逸荡的风神。近来古籍今译之风大盛，不知成就如何，我总怀疑转译的结果不免把活文学译死了。这还是说没有误读原文的话。关于魏武，我是喜欢这个人物的，不管他有这样那样的劣迹。他被艺人涂成大白脸，我也不赞成为了翻案就改成揉脸或干脆俊扮。总之，他不是“雅望非常”那一路，永玉的画说明的也是这个意思。

九、南唐中主《山花子》词，就是“菡萏香消翠叶残，西风愁起绿波间”那一首。永玉喜画荷，我得有三幅，这幅才真正是残荷。零乱枝条，残英犹在，布局别有意趣，正如王静安所说，众芳芜秽、美人迟暮，寥寥数笔，意境自出，我曾两访南唐二陵，那是非常荒秽的地方，陵前是凹凸不平的野地，雨后，汇成了几处小池塘，西风中独立塘畔，感到了无端的孤寂。这时就想起了这首《山花子》。

十、陈与义《临江仙》词，词题是“夜登小阁忆洛中旧游”。“忆昔午桥桥上饮，座中多是豪英。长沟流月去无声，杏花疏影里，吹笛到天明。二十余年如一梦，此身虽在堪惊。闲登小阁看新晴，古今多少事，渔唱起三更。”

陈简斋生当南北宋之交，历经离乱，诗中饱含家国之痛，即小词亦不免。读了使我吃惊的是“二十余年如一梦，此身虽在堪惊”，我想写给永玉的也就是这两句。劫难之余老朋友重见，常以“活下来就好”相慰藉，“虽在堪惊”的“惊”字下得实在好。可见活下来是多么不容易。此词上片写昔年胜赏，画面写的也是这个。永玉放笔写去，给午桥以富丽非常的画面。为杏花簇拥着的午桥，天上的圆月，桥洞的倒影，真是美极了。午桥，在洛中，裴度曾治别墅于东都午桥。画中的桥倒像西南一带有亭的长桥，永玉写的也许是梦中故乡的风景吧。

十一、周美成《玉楼春》词。写景写情，都成绝作。“当时相候赤栏桥，今日独寻黄叶路”是写景，“人如风后入江云，情似雨余粘地絮”是写情。整个画面是婉转的赤栏桥，一女子久久倚栏伫立，候人未至。

十二、又是南唐中主的《山花子》。“手卷真珠上玉钩，依前春恨锁重楼。风里落花谁是主，思悠悠。青鸟不传云外信，丁香空结雨中愁，回首绿波三楚暮，接天流。”

“真珠”，一本作“珠帘”，《苕溪渔隐丛话》引《漫叟诗话》，说是“非所谓遇知音”。画中一女子手卷珠帘，是也。中主词只留下了两首，却都是名作。此词首二句，情调婉转不尽，读之似心中熨过，无比低回。这在别家词余是未能见到的。

我不懂画，这里只是就永玉的画提出了一些读后感。除了外行话之外，多处还说到了题外。这是要请画家和读者原谅的。我能借此回首往事，记起五十年来一些过往的琐屑，并从中体会难忘的友情，不能说不是快心的事。

一九九九年十一月九日

附记

上面的文章写好交出以后，编者来电话说，“风急啼乌未了”那首六言诗，应是黄庭坚和荆公之作，是我当时在筵前随手写下，不及查书，弄得张冠李戴了。其所以留有如此深刻错误印象，实在是因为我觉得这些话太像荆公自道心事的缘故。新法初行，苏轼、黄庭坚都曾站在反对派一边，后来政局几经翻覆，他们的立场观点也有了变化，转而对荆公产生了同情。苏轼过金陵，就曾拜谒荆公，进行过推心置腹的谈话，可以为证。黄庭坚这首和作，可能也作于荆公罢相闲居之后，更刻露地对翻覆的政局发出深深的喟叹，借和诗道出了荆公的心事，言外的同情也灼然可见。这实在是一首政治诗，又写得那么好。何以历来宋诗选本都视而不见，真是咄咄怪事。

十一月二十五日记

《金瓶梅》及其他

《金瓶梅》现存的最古刊本是明万历中刻的《词话》本，据说是四十多年前北京的一家旧书店店员从山西发现的。一般认为山西是以“出产”古本小说出名的地方，因为很久以来，山西的票号就在全国的银钱业中占据了重要地位。商人喜欢看小说，他们的行踪又走得远，因而收藏了大量的古本小说。

这部《金瓶梅词话》后来由北平图书馆买了下来，一些学者用“古佚小说刊行会”（?）的名义影（石）印行世了。这在当时就是很名贵的出版物，记得鲁迅书简中就有函购此书的记事。不久，这重印本就又变成“珍本”，不但价值飞涨，而且不易买到了。解放后人民文学出版社又用这个本子重印了一次，在版本学上可以称之为“孙子本”，当然，仍旧是难得的“珍本”。

这《词话》本其实也并非什么好版本。刻工粗率，错字不少，估计当是较早出现的一种“坊本”，可能就是袁中郎所说“悬之国门”的那种本子，在当时是畅销书。它不但有着全部淫秽的描写，还保留了大量的俗曲，是珍贵的俗文学资料，受到学者的重视。我们也不能断定当时在社会上流行的只有这一种版本。最近有人说最古的《金瓶梅》是“干净”的，一切不能入目的文字都是后来加进去的。这说法固然新奇可喜，可惜论据薄弱，毫无说服力，只能是一种“想当然”。

这个《词话》古本在《金瓶梅》的流传上并没有什么势力。在崇祯中江南出现了另一种刻本，估计可能刊于杭州，版刻较精，还附有一百幅精美的插图。这插图，马隅卿曾选取了几幅重新翻印，这就是“不登大雅之堂”的专用信笺。刻成以后曾分赠友人，数量甚少。我还保存着一张沈尹默先生五十年代寄给我的信，就用的是这笺纸，可惜不能复制。

到了清初，出现了一种张竹坡评本的《金瓶梅》，这才是今天许多不同版本《金瓶梅》的祖本。有清一代的各种木板翻刻本，连同香港、日本……的种种翻印本，都是它的儿孙。

张竹坡本有一种特色，他在书前写了一篇《苦孝说》，对这部小说作出了新的解释与评价。他把《金瓶梅》的作者捧为孝子，根据也还是想用这别出心裁的黄色读物毒死杀父仇人的古老传说。不知道是否这种“文艺批评”发生了效力还是另有别的什么原因，这张评本终于大行其时了。

对于一部作品，批评者作出这样那样的评价，也本是寻常事，属于“百家争鸣”的范畴的。但如果深究一下批评者的动机，就往往会发现种种非常有趣的心思。例如这《金瓶梅》反映现实的深广，写作技巧的精美，篇章之宏伟，在中国小说史上都是划时代的，但也不可否认这是一部黄色书。如果出于经济或其他原因想推销它，就不能不挖空心思想出种种借口来，《苦孝说》就是这样的保票兼广告。在清初，小说还是不登大雅之堂的事物，当然更没有谁来研究它在文艺上的价值，张竹坡自然不可能用向读者推荐文学名著的办法推销，这办法也只有今天才有可能，事实上也确是有人在这样做了。

张竹坡自然不可能逃脱时代的局限，他的“聪明”也只能限于吹嘘自己货色的高明，他还没有发现为了取得经济上的好处，还有更为巧妙的方法在。譬如，他完全可以宣称《金瓶梅》是一部十恶不赦的淫书，把《苦孝说》改为大批判，郑重宣称，为了使读者增强“免疫力”，并提供难得的“反面教材”，予以重印行世。这样，他就可以大大捞上一票，不但避免了推销“毒草”的嫌疑，相反还可以得到卫道士的美称。“兰陵笑笑生”即使活着，也无法向他结算版税的。天底下也确有这种便宜事，张竹坡计不出此，也只能怪他自己没有能挣脱自己深深陷入的“时代局限”。

十多年前，在祖国的大地上曾出现过一种新兴的兴旺行业，那就是五花八门各种名目的战斗小报。不必登记，不必取得发行的许可，随便什么人都可以用随便什么好听的名义来出版、发行。销路也确是好的，大街上到处都可以看到这种“革命”出版物摊在地上，经过吆喝、叫卖，一下子就销光了。

这种小报的特色说来说去只有一条，就是揭露“走资派”和“反革命修正主义分子”的“罪行”与“劣迹”，这是继承并大大发展了旧社会黄色小报“传统”的“新鲜事物”。它的重要意义首先表现在反革命政治方面，但也不可忽视，有些“英雄”也确因此而大大发了一笔财。

为什么会受到读者的欢迎？那原因也是值得仔细分析的。我想，有许多人想从文字的反面看出被掩盖、歪曲了的真相，就是不容忽视的一点。

例如，关于陈老总（毅）的材料就有好几种，或名《自传》，或名《简史》，我至今还好好地珍藏着。我就是从这些小册子里所“示众”的“反动言行”中看到了一位真正的革命者的心，也懂得了应该怎样爱我们可爱的祖国。

这样的社会效果大约是“英雄”们始料不及的，但在另一面说，他们却是成功的。他们到底从像我这样的读者口袋里搜集了很不小的一笔财富，对此我也并无怨言。对商人，就得付给一点“利润”，在“资产阶级法权”还不曾彻底铲除干净之前，这类事原是天公地道的。

一九八一年七月十二日

读《一氓题跋》

这是一本非常美丽的小书，拿到手上引起由衷的欢喜。无论版式、装帧、印刷都是出色的。翻开目录，果然发现了许多极有兴味的旧本书题跋，而且立即读完了。说读完，其实也并不是很仔细，不过是泛览一过而已。吴翌凤有一块藏书印刻着“枚庵流览所及”六个字，我一直很喜欢，觉得他确实说出了一种读书的方式。当然这不是普遍的方式，更不是最好的方式，但却是我自己一贯采用的方式。得到一部文集，总是先挑选“书后”、“跋尾”这一部分看，至于放在卷首的那些大文章，十之八九倒没有通读。这是我的一种坏习惯，多年来一直如此，很难改变。

《一氓题跋》也收入了一些序文，有些过去也曾读过，序比跋一般要长些，内容也不同，因此要放慢一点来读。后来在读这些序文时，心情逐步沉静下来了，最后是肃然地掩卷，读旧书题跋时那种轻松的情绪消失了。这时，我觉得自己最初的印象改变了，这并不是一本“小书”，其实应该如实地说是一本“大书”。

这些写于不同时期、为不同对象所作的序跋，当然并非有意组织的系统论文。不过作者所接触的方面是广阔的，同时对每一方面都认真地说出了自己的意见。意见大致可以分作两个部分，一种是实在的、扎实的探讨与评论，看似平易，其实是积多少年探索玩味所得，因而符合实际，有说服力；另一类则是一些新鲜、独特的意见，与对时弊和某些不良倾向的针砭，而无论是哪一类，都毫无例外地饱含了对人民、国族的挚爱与激情。有些则是美丽的诗，如为《江山如此多娇》摄影集所写的序，就是一篇壮美的诗。

作者讨论的对象，包括了治印、书法、绘画、素描、插图、木刻、摄影、造园、版本、女工、交子等许多方面，不只反映了兴趣之广，也说明了爱恋之深。大革命失败之后，作者曾一度从事左翼文学、社会科学活动，是这方面最早的领导人之一。后来转徙于不同的战斗岗位，但始终没有忘情于此。在国外工作时，曾搜集革命文献；在初解放的东北，还留意收集旧书；对成都的杜甫草堂，也时时关心并为之罗致了许多文献藏品……这一切都是业余的工作，照老话就是"好事者"的行径了。可是我们今天多么希望有更多这样的"好事者"，社会主义新文化的建立，也绝不仅仅是文化领导部门的事情。

作者在《后记》中说，他一九七九年后写的几篇序文，"实在没有多大意思。借此发点议论是有的，自以为好处还不至有'应酬气'。"这是一个发誓不搞唯心论、"违心论"，严重遵守存在是第一性的作者所达到的境界，这其实倒也是很有意思的。写于《〈江山如此多娇〉摄影集序》后十四年的《阿英文集序》依然是一篇壮美的诗，不同的是从壮丽的河山转向了风流的人物，文字也更为深厚、激越，这是增添了十多年新的实践经验的结果。在回顾故友的生平经历时，没有回避什么，但也绝不忽视历经奋斗、牺牲所取得的胜利。"未来不再是作者经历的苦难和忧郁的时代，将只能是绚烂多姿、光华夺目的时代"，这是真实的、科学的因而也是极有说服力的结论与展望，是我们必须十分珍惜并力争得到的。这是一个很突出的特色，出现于作者的许多篇章之中，形成了一种基调。《重读总司令的诗》，实在是一篇重要的新诗话，精确地表述了诗和诗人的关系，既说明了有怎样的作者才能有怎样的诗篇，也说明了读者在读诗的时候往往也正是在读人。同样的主题在过去的诗话中也不是没有人触及，但有谁曾用存在第一的原则把问题讲得这么使人信服、这么好呢？

过去在《花间集校》卷前读过作者对《花间集》版本源流的研究，知道他在这方面下过怎样的功夫，得到了怎样的成果，同时也领略了一种崭新的研究作风。第一，在没有看到实物之前，不下任何疑似的论断；第二，在作者眼中，宋本与明本，甚至是晚期的坊本都是研究的对象，毫不存在重古轻今的势利观点。这是与旧时的版本学者截然不同的，显示的也正是老老实实的、实事求是的作风。《〈邓拓书法选〉序》中关于中国书法的流变、特点与它之成为一种艺术的美学分析，几乎全是作者自己的见解。路是自己走出来的，极少借助于大量的旧有的书法艺术理论，那中间有许多简直是邻于玄妙而不可知的东西。创见并不一定就成为定论，但远远胜过重复神秘的套话则是无疑的。

作者很喜欢在文字中随时发一点议论，也许这些正是最能引人入胜的所在。例如在论工笔画时提出的“提倡工笔，反对繁琐”的意见就是极对的。明朝的家具浑朴而清新，到了清朝，雕了又雕，刻了又刻，就成为讨厌的事物。这情形在晚明版画向清初宫廷版画转化的过程中也是存在的。据说翁方纲到了七八十岁，春节中还能在一粒米上写下工整的“天下太平”四个小字，算做一件“美谈”。可是碰到能刻出整篇《赤壁赋》的名手，也只能一败涂地了。不过实在也不能理解这种东西的艺术性到底在哪里？作者慨叹“可惜的是这些年（在美术上）都不讲基本功了”，这意见曾在几处反复提到，又说“这些年学风不好，要么懒散，要么乱窜，踏实下苦功的学风还没有普遍起来”。这都不仅是只存在于美术上的问题。我们仿佛可以清晰地听到老人焦虑希冀的声音。

从明代前后七子、公安竟陵派在诗坛上的消长变化，看出“事充于极，则适成其反”的迹象；由《瑶华集》而论及清初词风的特色与重要性，以及清中叶、晚季词风的变化脉络，都是很有特色的议论。扩充、深入下去，都将是很好的研究课题。说陈毅同志“写了不少风景诗，但决不是田园诗”，从齐燕铭同志的遭遇总结出“气数就是脱离轨道的历史”，这些深刻、富于哲理的话都不是随便说出来的。作者在《〈避暑山庄图〉序》里更痛切地指出了几乎已成为普遍事物了的风景、文物破坏现象，“我们一方面一口一个劳动人民，但对于劳动人民在建筑上的勤劳和智慧所创造的东西，却不给以应有的尊重。……不能把眼面前的事也完全推到历史上的社会动乱了事。爱护我国过去劳动人民所创造的民族历史的艺术财产，正是社会主义之所以为社会主义。什么封、资、修，说不上。”这些充满激情、掷地作金石声的语言，是非常动人的。当然，作者也在一些地方表现了他的幽默、调侃与欢欣。在跋《玉簪记》时他说：

> 川剧《秋江》一出，驰誉京华，京剧仿之，列入海外演出节目，遂大为欧陆观众所欢迎。《玉簪记》以此翻身，岂不怪哉！

一九七六年下半年，他在用明活字本校嘉靖本的《陈思王集》，大概也和鲁迅当年在绍兴会馆里抄古碑差不多吧，可是在寂寞校书中间，天大的喜事发生了，于是在跋文中写道，“校读中北军已收产、禄，欣喜无量。”我想无论是谁，读到这里都会为之开颜一笑吧。

中国古版画的逐渐变成“宝贝”，大约始于三十年代前后。这以前，当然是公认为不登大雅之堂的东西，不为文人学士所看重。不过，真正的杰作自有其不可淹没的光芒。纯正的版本学者如缪荃孙，也破例在藏书记中著录了一、二种明刻的小说，而且特别指出那图绘的精工。可见学者们嘴里不说心里却实在喜欢的情景，已经存在了许久。版画身价的逐渐抬高终于成为旧书市场中头等的热门货，是由于郑振铎、马隅卿、王孝慈、傅惜华诸位的大力提倡与搜求。价钱飞涨了，仅存的遗物也借此多少逃脱了毁灭的命运，这也是有一弊也有一利的一例吧，归根结蒂还应该算是利多弊少的。掌握了实物就要开始研究，在这方面，鲁迅和郑振铎实在是开山与奠基的重要先行者。他们合作编印了《北平笺谱》，翻刻了《十竹斋笺谱》，鲁迅逝世后西谛主编的《中国版画史图录》，从立意、设计起，鲁迅都有过重要的贡献。《鲁迅书简》中寄给郑振铎的许多通信，就颇为完备地说明了先生关于中国古版画的许多重要意见。这些意见在《一氓题跋》中《陈老莲〈水浒叶子〉跋》中作了归纳。三十年来关于古版画的资料流布和研究工作，也断断续续地作了一些，但论规模、论深度都还没有更多超过西谛先生四十年前达到的水平，这是应该使后继者感到惭愧的。结合实际需要，选择重印一些有代表性的版画名作，认真撰写序文，就原作的版本源流、艺术成就进行探索、分析，这样的工作，是重要的，是填补中国美术史空白的必不可少的工作。

收集资料的工作是辛勤而艰难的，研究、勘对起来也决不轻松。特别是版画艺术风格的分析，画家、刻工分工合作关系的探讨，不同流派的形成与发展的追寻，从社会发展的背景中对一系列问题的解释……这许多，在《一氓题跋》的有关篇章中都已涉及并提示了相应的方法、途径。这一切都将是新的研究的可靠基础。工作必须是踏踏实实的工作，来不得半点空疏。最近看到一篇论文，引用鲁迅、西谛通信，介绍鲁迅有关复印《十竹斋笺谱》的意见，把先生有关《雕版画集》的话也一并抄入，仿佛《笺谱》中曾出现过《浣纱》《焚香》《柳枝》等图像似的了。这样的疏失却是应该力求避免的。

《题跋》中说到的书，以杜诗、词集、版画为多。作者在书前书后随手写下的小跋，读来特有兴味。正如《后记》中所说，这些小跋对作者说是成果，对读者说是参考资料，也不一定每条都要细读。但偶遇自己曾接触过的品种，就更觉得有趣，也随手在书眉记下一点读后感。现在就按原书次序写下，作为一点余兴。

明刻有关西湖的插图书，还有一种《西湖志摘粹补遗奚囊便览》，万历刻本。原书十二卷，我只得残本一册，存卷七之十二，图已不存。但日本的薄井恭一曾藏有全书，在《明清插图本图录》中选印过二叶。《昭庆大佛图》与《岳王坟庙图》，都是风格别具的版画，不知其余诸幅有无十景在内。据说在《湖山一览图》左下方有“武林吴熹写，新安黄尚中镌”字样，因知此亦新安诸黄所刻，尚是早期作品，没有后来的那么繁缛工丽。

《杜诗通》条谈到张綖，其所著《诗余图谱》三卷，我曾有正德、嘉靖间刻一本，刻极古朴。署名作“高邮张綖世文”。又有万历刻一本，赠郑西谛。

丽江木氏所著家集，我在昆明图书馆曾见原刻多种，已在另文中加以记录。据原本，应是《芝山云薖集》，不作“云迈”。

聂先、曾王孙辑，康熙金阊绿荫堂刻的《百名家词钞》，我曾先后买得残本三种，最后始得叶玉虎旧藏全书，共一百家。残本亦存总目，溢出全书外者尚有米汉雯等若干家，估计当日所刻当超出百二十家以上，尤可异者，有一人词而集名、内容完全不同者。如吴秉元词，一本题“摄闲词”，一本则作“慎庵词”，内容全异。

武塘柯氏刻《绝妙好词》，箧中有两本，一康熙乙丑（一六八五）柯氏原刻，一吴枚庵校清吟堂刻。对比之下，二书同是一版。高江村得柯氏旧版，铲去“小幔亭重订”一行改题“清吟堂”，抽去柯崇朴大字序，自增一序，吞吞吐吐，书就算是他刻的了。

《弹指词》有乾隆家刻二卷本。初印，扉叶尚存，题“曾孙顾图河、宗海、安淮、倬汉重镌”，钤“积书岩藏板”朱记。又有雍正姚平山刻三卷本，狭行细字，十行二十一字。遗经堂藏版，有雍正甲辰（一七二四）杜诏、姚廷谦两序。其先当尚有杜氏所刻一本，未见。乾隆本可能是据贞观定稿上板，曾取校清初词选总集诸本，发现改动极多，有全阕只存一句者。

《栖香阁词》二卷，梁豁顾氏文婉著，道光四年（一八二四）山阳李氏闻妙香室校刊。文婉是梁汾的姐姐，嫁侯晋。卷末有无锡孙爕跋。文婉诗已先刊入《梁豁诗钞》，词为家藏抄本，由李宗昉刻成于江西，前有宗昉妹文媛序。此与顾贞立《栖香词》不知是否一书。

《帝京景物略》，崇祯七年（一六三四）刘侗大字序刻本，卷中缺失所见诸本并同。于奕正尚有《天下金石志》，崇祯壬申（一六三二）刻，早于《景物略》两年，亦八行十九字，版式全同，当是一时所刻。前有金铉、于奕正二序，又刘侗“略述”。这是他们合作撰述的第一种，至于继“帝京”之后的金陵一略则因于氏病逝终于未能完成。三十年前曾于嘉业堂得《天下金石志》一本，孙国敉藏书，朱笔校补几满。孙氏于扉页题“同社于司直送，伯观”一行，卷后有葛正笏二跋，翁方纲亦有跋并以绿笔批记数条，甚精。

一九八一年九月十六日

关于“挺经”

年轻时很喜欢看笔记，乱七八糟地很看了不少，今天大抵也忘记得差不多了。除了宣传因果报应或乱发议论以外，以掌故部分最为爱读。当然也不是指记朝章国故、或统计某年某地出了多少状元……的那一类，说得明白点其实就是野史。在过去的书坊里这种书也真不少，不知道怎么一来，现在是很难见到了。我想也并不是读者不要看。新出版的种种回忆录其实也是这一类的作品，煌煌百许册的《文史资料选辑》也正是一部庞大的现代掌故汇编，可见读者还是需要的。只是再早一些，如清代的著作还少有重印的。现在湖南和四川的出版社都注意及此，搜集重印了一大批。岳麓书社出版的《庚子西狩丛谈》就是其中之一。

吴永的这本书过去是读过的。印象不错，不过当时觉得有趣的只是西太后怎样逃难，如何狼狈这些内容。却没有留心后半部记李鸿章事的部分。这是李鸿章逝世时吴永对他的回忆。他记李鸿章的话说，“我老师（曾国藩）的秘传心法，有十八条‘挺经’，这真是精通造化、守身用世的宝诀”。可惜这十八条只传下了一条，吴永当时请问以下各条时，李鸿章含笑挥手曰“够了够了，我不说了”。这很有点神秘，近于卖关子，但我想，是否还有其余的十七条，也很难说，但至少这第一条是精华所在，足够提纲挈领的显示出全体的特色的。曾国藩逝世时，李鸿章送的挽联说，“薪尽火传，筑室忝为门生长”，可见他们之间的关系，这口传心授的“心法”于是也就成为研究晚清湘淮军事集团代表人物的思想的重要依据。

"挺经"的第一条，是用故事形式表述的，那大意是说，一个老翁在家里待客，命儿子上市买菜，久等不归，原来是在水田的田埂上和一个挑百货担子的人僵持住了。老翁想请货担子下田让一下，当然遭到拒绝，这时"老翁见抵说不过，乃挺身就近曰，'来，来，然则如此办理，待我老头儿下了水田，你老哥将货担交付于我，我顶在头上，请你空身从我儿旁边岔过，再将担子奉还，何如?'正在俯身解袜脱鞋之时，那人让了步，挑着货担下田避让了"。李鸿章说，"他只挺了一挺，一场争竞就此消解。这便是'挺经'中开宗明义的第一条"。

从这个故事可以看出，曾文正公实在并非什么纯儒，倒是得心应手地运用黄老之道的高手。儒家的教条有"温良恭俭让"之说，不过原则上说来，都是不该有什么功利主义的目的的。否则就不算是纯正的儒家。后来的儒生所传接的"道统"掺杂了道释思想，已经不是原来儒家的本来面目，只是挂着儒家的招牌，在表面上装样子而已。老翁在挺了一下时，怀着的是感动对方取得让步的企图的。而他之所以估计对方终于会让步，也还是建立在儒家道德强大势力的基础上的。于是才能辗转如意地实施"将欲取之，必固与之"的策略。

诸葛亮在空城之上，饮酒抚琴，还要请司马懿参加，却终于使司马满腹疑团，退兵四十里。这当然是小说，是戏文，但确是提炼了社会道德心理并加以运用的好例。诸葛亮在这里也是挺了一挺就取得了胜利的。试想对方统兵的将帅不是司马懿而是没有饱读儒书、兵法的毛头小伙子司马师之流，那后果恐怕就大两样了。

吴永还记下了李鸿章的另一节话。当李从南洋调往北洋，接替曾国藩时，曾面谒请示外交方略，李鸿章对曾说，"我想，与洋人交涉，不管什么，我只同他打痞子腔（皖中土语，即油腔滑调之意）。"不料碰了一个大大的软钉子。"老师（曾）乃以五指捋须，良久不语，徐徐启口曰，'呵，痞子腔，痞子腔，我不懂得如何打法，你试打与我听听。'"李鸿章看情形不对，只好承认自己胡说，并请指教。曾国藩说出的"心法"，只有一个字，"诚"。也就是老老实实，实事求是。因为他明白，洋鬼子不是儒教徒，耍花腔是没有用的。这时候这场合他已放弃了“挺经”，可见他是非常清醒的，难怪李鸿章对老师佩服得五体投地。

一九八六年八月二十五日

陈圆圆

我最爱读的鲁迅杂文中间，有一篇是“阿金”。回忆在那“史无前例”的日子里，手里什么书都没有了，却意外地还“藏”着一本《且介亭杂文》，破破烂烂的，倒是初版本。记得这是先生逝世后一年左右，我跑到上海四马路的开明书店买来的。这本书前后读了不知道有多少遍了，可是每次一上手，总还是兴味盎然。而且每次总要读一遍“阿金”。后来又忍不住向“硕果仅存”的一两位朋友去推荐。他们不置可否，只是给我一个鬼脸。我想，他们大概都是读过的，不但读过，也许同样读了不止一两遍了。

“阿金”里有一段文字，我一直极佩服，而且这佩服的历史也有了三十年以上了。鲁迅先生说：

> 我一向不相信昭君出塞会安汉，木兰从军就可以保隋；也不信妲己亡殷，西施沼吴，杨妃乱唐的那些古老话。我以为在男权社会里，女人是决不会有这种大力量的，兴亡的责任，都应该男的负。但向来的男性的作者，大抵将败亡的大罪，推在女性身上，这真是一钱不值的没有出息的男人。

鲁迅先生接下去说，不料阿金的出现却动摇了他的“宿信”，使他“连对于人事也从新疑惑起来了”。这是别一个问题。我在这里想说的，只不过是曾经由前面那一节话引出的一些古怪想法。

我曾想，中国历代的诗人、文士，大抵都是很喜欢对历史人物发表各种意见的。这当然不只是诗人才如此。可惜一般老百姓有的只是口头意见，不曾录音，也自然没有文集流传下来，因此只能由文士们逞强。诗文集中有“史论”和“怀古”这样的门类，遇见历史上的名人，人们大抵总是不肯放过的。最近我翻过一些诗集，发现几乎每本都多少有一两首钓台诗，说明着他们对严子陵的意见。而早在明代前期，就已有人搜罗了这样的诗文，汇编了一部《钓台集》了。严子陵是“隐士”，人们对他的兴趣尚且如此浓烈，更何况西子、王嫱这些赫赫的绝代美人。譬如，在明清之际有关西施的《苧萝志》（还不只一种）就早已编印了，而且有厚厚的四大本。当然也有漏略，关于王昭君的专书就至今还没有人来动手编辑，我想这工作还是值得做的。我们现在要开王昭君讨论会，规模搞得大些也许可以邀请一百来位专家作者吧。可是好好编一本《青冢集》（姑妄名之），就等于邀请了两千年来不同时代不同观点的人物来开大型座谈会，七嘴八舌，议论纷纷，成绩将更为可观。

照我想，这样的名单是可以开出一长串来的。

三十多年前住在昆明，无聊得很，也许是偶然记起了鲁迅先生的话吧，忽然想起三百年前一位有名的女人——陈圆圆。她的最终归宿就在昆明。同时起劲地寻访起她的遗迹来，最后还写了一篇杂记。说来可怜，当时手边几乎没有什么参考书，想借也借不到。我知道有人编过一本《畹芬录》的小册子，却是隔了十来年之后才在昆明市上搜到一本。后来又看到了一册《陈圆圆事辑》，“临桂况周颐夔笙辑”。于一九三一年由李根源在苏州刊成，后面附有李氏的“续辑”一卷。这书收集的资料并不算怎样完备，不过一些有关系的文件，是大致都在的。一晃又是多少年，最近看到《李自成》的作者、小说家姚雪垠的《论〈圆圆曲〉》（《文学遗产》季刊一九八〇年第一期），立即拜读了。作者下了很大的工夫，对围绕着陈圆圆活动的种种人物、展开的历史事件进行了探索，对历史的真实与评断说出了自己的看法。一位小说家肯下这样的功夫做研究，首先就是可贵的。因为这是创作的基础与出发点。记得也是鲁迅先生曾经说过的，像这样花了极大气力写成的历史小说，虽然会被人讥为“教授小说”，其实倒是很难组织之作。先生是深知、也说出了此中甘苦的。

除此以外，在我看来，姚文还提出了以下一些问题：历史小说的创作原则；“野史”与小说的分野；史诗与“政治传奇抒情诗”的区别；诗人吴梅村的评价等。更为重要的是对大顺农民起义军及其主要领导人的看法，以及由此而来的创作思想、方法问题。这许多，也确是非常重要的问题。

姚文的“结论”说，歌妓陈圆圆是被皇亲田宏遇从苏州买下，带到北京的。不久，田死。吴三桂“闻陈圆圆艳名，派人随吴襄到京，从田府将她买去，送往宁远。她到了宁远后，心情悒郁，又过不惯关外生活，不久病死”。“大顺军进入北京时她已在宁远早死。关于她被李自成或刘宗敏所得，以及刘宗敏为索她拷掠吴襄，全是胡说。”

这个“结论”与吴梅村的《圆圆曲》、《鹿樵纪闻》及清初的许多记载是全然不同的，不失为崭新的研究成果。研究者的方法是一方面分析批判了旧说的许多矛盾、错误之处，又从正面举出了“有较多参考价值”的史料，加以推论而成。姚文举出的正面史料是钱䎘的《甲申传信录》，引据的重要章节是：

> 闯入京师，伪权将军刘宗敏处田宏遇第，闻寿（按：同为田宏遇买来的著名姑苏歌妓）从优人潜遁，而沅（按：即圆圆）先为襄市去，乃枭优人七人而系襄索沅。襄具言遣送宁远，已死。宗敏坚疑不信，故掠襄。

陈圆圆不但早已到了宁远，而且随即死掉。这是在刘宗敏逼索之下，吴三桂的父亲吴襄的招供。“结论”中的主要判断都是据此推论而来的。但最重要的基本内容，刘宗敏的逼索陈沅，则被作者断为“误传”而舍弃了。既然刘宗敏不曾为了陈沅而逼问吴襄，那么吴襄的招供也是“莫须有”的“误传”无疑了，怎么又可以据以作出结论呢？

这里就提出了一个问题。怎样实事求是地看待和使用野史，对史料的取舍应该采取一种怎样的态度，当然，也不只是在“野史”上才存在着这样的问题。

有一部题为《庭闻录》的书，作者刘健的父亲在吴三桂开藩云南时曾任云南府同知，吃过很大的苦头，有许多见闻。这书是康熙五十八年刘健“追忆趋庭所闻”的笔录。是时代较早见闻较切的有关吴藩的重要史料。光绪中武进庄士敏又据以增删改定为《滇事总录》二卷。这里据《事辑》转录涉及陈沅的几节：

陈沅之事，言者多殊。陆次云《陈沅传》以夺沅者为李自成，不知其为宗敏也。传文虽详，考究未确。其点缀处尤多已甚之词。

崇祯辛巳年，田宏遇进香普陀，道经苏州，购沅以归。三桂奉命出镇，宏遇饯之，出沅佐筋。三桂悦之，以为请。宏遇许俟终年。后果送至襄宅，襄不敢受，仍归田氏，而客以报。三桂时有入卫之命，疾驰赴京，欲乘便取沅。中途闻刘宗敏踞宏遇宅，挟沅日事酣宴，遂大怒，出关乞师。

吴妓陈沅顾寿，并名噪一时。田宏遇以重价市寿，而沅名更高，不易得。舍其婿以细故得罪，欲求好，无以通媚。百计购沅以献。宏遇善之如初。未几，宏遇卒。襄入都。三桂使人持千金随襄市沅。既得，襄遣送宁远。京师陷，刘宗敏踞宏遇宅。闻沅、寿名索之。寿从优人私逸，而沅先为三桂购去。宗敏于是斩优人七，而系襄索沅。襄具言送宁远已久。宗敏不信，拷掠备至。

关于《甲申传信录》，姚文说：“此书在清代经过长期手抄流传，错字和后人整段加入的地方都有。”可见并不是保持了原貌的旧本。我们试就《甲申传信录》和《庭闻录》所记陈沅被送到宁远的传说对比，可以看出两书大体上是一致的，甚至字句都颇少差异，可证同出一源。唯一的不同是陈沅到宁远后，《传信录》说，“已死”；《庭闻录》则说“已久”。这可不是一般的字句微异，因为姚文的主要结论，就建筑在“已死”两字上面。还有一种理解，这是吴襄应付刘宗敏逼问的胡乱推托之词，那么不论“已久”还是“已死”，自然都不关重要了。

野史读起来有时也真令人头痛。异说纷纭，破绽时有，令人为难。造成这种局面的原因也是多种多样的。例如关于陈圆圆的记载，前人是早就发现了这种复杂错乱的情况的了。《事辑》在引录《庭闻录》的原文时就说：“二说彼此微异。至谓三桂入卫之时，方欲取沅，与谓沅在宁远者皆非也。唯吴梅村《圆圆曲》为得其真。当日梅村诗出，三桂大惭，厚赂求毁版，梅村不许。三桂虽横，卒无如何也。”

值得考虑的是，一旦出现了这种错综复杂的情况，是否就能从中得出结论，连主要的基本事实都不可信了呢？当然不应该如此。我们不妨回忆一下十年动乱中间广为传播，并为“四人帮”所严密追查的小道新闻。有些确是经过辗转流传，渲染夸张，言人人殊的。不过后来事实证明，尽管传说的种种细节都经不起细密的考证，但那重要事实却大抵是“基本属实”的，我们也绝不会因一些细节的出入从而否定“四人帮”人神共愤的如山罪案。在判断三百年前的吴陈事件时，我觉得也理应使用此法。

人们认为吴梅村的《圆圆曲》是最可信据的诗史，自然也有他们的理由。梅村此诗和《杂感》诗第十八首、《鹿樵纪闻》中的有关记载，基本上是一致的。可以证明诗歌的创作有一定的史实根据，自然是得之传闻。以吴梅村当日的身份，没有可能自由运用国家的档案。他只能像谈迁那样在民间作些调查研究。何况像这样牵涉到有名歌妓的政治“丑闻”，正史是不记的。正统派的史家也不肯记，吴三桂的同伙就更不肯记，畏惧吴的权势者也必然要多方回避。清初有关记载的稀少，是完全可以理解的。不过，有清一代，我们也不曾看见有谁站出来否认过这个传说。

吴梅村一生写了许多以明清易代之际史事人物为题材的长诗，他写了许多重大的历史事件、战役，写了杨机部、吴昌时、陈之遴……出现在他的诗中的还有公主、老妓、歌僮……各色人物，很久以来就有不少人对吴诗作过笺注，证明诗篇都有史实依据，颇少捕风捉影的悠谬之说，因此称之为诗史，梅村也以此自许。不能想象，他在吴三桂身上会栽赃诬陷，他是想敲“平西王”一笔竹杠么？却又坚决拒绝了吴三桂的“厚赂”。如果陈圆圆果然早已死于宁远，声势炙手可热的吴平西是不会听任吴梅村“诬蔑”，而甘于缄默的。

吴梅村的诗只写到“斜谷”、“散关”为止，没有涉及圆圆在云南的故事。不过陈其年《妇人集》说：“李自成之乱，（圆圆）为贼帅刘宗敏所掠，我兵入燕京，圆圆归某王（按指吴平西）为次妃。”陈圆圆的同乡、曾经亲自看见她演剧的邹枢（贯衡）也说：“陈圆，女优也。少聪慧，色娟秀……后为田皇亲以二千金酬其母，挈去京师。闻又属之某王，宠冠后宫，入滇南终焉。”清代前期昆明著名诗人王思训（康熙四十二年，吴次尾的孙子吴铭道游云南，曾与思训过从。思训为吴的《滇海集》、《京雒尘集》撰序。）有《野园歌》，原诗注云：“吴三桂筑野园滇城北，以处陈圆圆。穷极土木，毁滇人庐墓无算，以拓其地。缙绅家有名花奇石，必穿屋破壁致之，虽数百里外不恤也。”《野园歌》中就有“浮云渺忽春城隈，乐游谁拟姑苏台。夷光未去走麋鹿，红墙碧树鸟栖哀。（原注：滇城破，圆圆犹在。）……亡魂徒结分香恨（原注：吴死衡阳，念圆圆不置），月冷荒台觅燕钗”这样的句子。

王思训还写过一首《圆圆歌》：

> 东海真珠溷泥滓，多情宜为将军死。将军留剑不轻施，怒惜红颜投袂起。燕山定后丽人归，千队万骑西南飞。玉女城连巫峡水，迷离妖梦春风围。春风正奏霓裳曲，锦洞天荒新草绿。风高南渡雁无声，望断香魂悲小玉。

出于清代前期昆明诗人之手的这些诗篇至少可以说明一个事实，陈圆圆后来是随吴三桂到了云南的。如果她早已死于宁远，吴三桂为什么还要为她起造庭园宫馆呢？乾隆刻仪封张裕毂《滇中消日集》有《滇中秋兴》诗，作于乾隆四十三年，诗注说：“（昆明）悯忠寺侧尚存圆圆妆楼，半就倾欹。”道光刻乌程范锴《苕溪渔隐诗稿》卷一有《安阜园杂事诗》，也有同样的记事。凡此，都可以说明，清代前期中期，许多人都知道，圆圆曾经到过云南。

姚文用了很大力量辨驳存在于许多纪事中的矛盾、错误。其中一些重要的问题，是前人已经发现并作过分析判断的。《事辑》收有被大顺农民军俘虏的明朝内监王永章的《甲申日记》，保存了吴三桂给吴襄的五封家书，又记："四月初九日，闯下伪诏亲征三桂。十二日起程。太子定王、代王、秦王、汉王、吴陈氏、吴氏、吴氏、吴李氏、伪后嫔妃皆从行。吴陈氏即圆圆，两吴氏皆三桂妹也。念五日战于一片石，闯大败，退入关。太子与圆圆遂皆至三桂军中。"下面的分析大概是况周颐所作：

> 按延陵复得圆圆，钮云，驻师绛州，将渡河时，陆云得之京师。据王氏日记，闯败于一片石，圆圆遂至三桂军中，其说独异。吴梅村《圆圆曲》云，"若非壮士全师胜，争得蛾眉匹马还。"又云，"蜡炬迎来在战场"，由钮之说，驻师绛州，追闯未及，无所为战胜；由陆之说，京师觅得，非战场迎来。延陵之师，唯一片石一战，可云全胜。永章身陷贼中，见闻较确，其说固有可信之道。"若非壮士"二句，勃勃有英气，似乎乃公马上得之。梅村诗工于体物，傥由寻觅而得，词意必不如是。其"遍索绿珠"二句，言圆圆被掠，下即紧接"若非壮士"二句，可见当日珠还，未尝甚费周折。其言"箫鼓秦川"在"蜡炬迎来"后，可见迎圆圆一时一事，向秦川又一时一事。再下"画楼""妆镜"云云，则是延陵追闯，圆圆随军，道途供张之盛也。昔贤长篇名作，通篇有层次，即数句亦有层次。虽极抑扬跌宕之致，而条理不紊，事迹可寻，所以为诗史也。

况周颐是站在地主阶级的立场上的，问题讲得也不免有些琐细，但他的分析是清晰的，对吴梅村诗的解剖也是细致的，对读者颇有帮助。如果不能证明王永章的日记是伪作，那么这里的分析将难以推翻。

姚文也对《圆圆曲》作过一些分析。“按照这一节诗（指‘前身合是采莲人’以下三十句）看，陈圆圆的出身并非妓女，而是良家少女。诗中先说她‘前身合是采莲人，门前一片横塘水’，后边又说‘教就新声倾座客’，这是说陈圆圆原是良家少女，被卖到田府以后才教会歌唱。后边又有‘教曲妓师怜尚在，浣纱女伴忆同行’。前一句的‘教曲妓师’是指在北京‘教就新声’的师傅，后一句的‘浣纱女伴’是指苏州家乡的女伴，不是妓女……”下面还有许多引证，主要是说，吴诗说“陈圆圆是良家姑娘，完全与事实不符”。这逻辑是非常奇怪的。世界上恐怕没有天生的妓女（除了明朝某些生下就被指定是“淫贱材儿”的政治敌手的后裔），只有卖入娼门的良家少女。为什么指出陈沅在堕落风尘之前的民间少女身份，就完全与事实不符了呢？“传来消息满江乡，乌桕红经十度霜。教曲妓师怜尚在，浣纱女伴忆同行。旧巢共是衔泥燕，飞上枝头变凤凰。长向尊前悲老大，有人夫婿擅侯王。”这一节诗是一个小的完整段落，是描写经过十年左右的岁月之后，圆圆家乡姑苏的女伴（女妓）和妓师得知圆圆在这段日子中的经历、后来终于成为平西王次妃的消息以后的反应。女伴、妓师，都是姑苏的旧侣。羡慕圆圆的“好运”而在“尊前”悲叹自己年长色衰的凄凉身世的更绝不是良家；幸存的也只能是当年教过圆圆习曲的姑苏妓师。这是明明白白的。中国传统的古诗写法，绝不可能在整个抒写江乡的章节里突然插入一个在北京“教就新声”的师傅，这种不谐和的跳跃手法，是不可能在中国古代诗人笔下出现的。

姚文在很多地方，援引明代的法令、规制以及宫廷制度等等，给予非常的信赖；同时对野史则并不尊重，采取了任意取舍的态度。两者之间，对照是鲜明的。野史固然有许多异说、破绽，但经过正确的分析辩证（不是任意草率的处理），其可信据的程度，恐怕要远远超过封建统治阶级的高文典册。这是不待说的。崇祯是著名的“励精图治”的皇帝，十七年中发了无数宣言，颁布了如毛的法令，有多少是兑现了的呢？更何况明代列祖列宗制定的那些规章制度！不知道曾经有过这样的文件、规制……是不行的；完全接受它的制约，捆住了自己的头脑、手脚就更危险。

姚文说，“不但甲申春天吴三桂没有到过北京，而且在甲申前几年内也没有进京机会。”理由是明朝的总兵官不奉召不能进京，和“我们从文献上找不到这几年中，吴三桂曾经奉召进京的任何资料”，吴三桂本来只不过是八总兵之一，直到甲申二月间才被封为平西伯，成为崇祯心目中的救命稻草。在这以前皇帝召见轮不到他，史官也没有为一个小小的总兵作起居注的责任。虽然甲申前数年中东线军事紧张，但是也不是完全没有间歇。吴三桂因公因私回到北京的机会是不能完全排除的。像吴三桂这样的小军阀，不能相信他竟能恪守法制、甘居艰苦的军中，长期不到首都来“度假”。吴诗“白晰通侯最少年”一句的“通侯”二字，姚文说是隐喻平西伯，是不错的，下面又进而指实吴诗所写三桂赴田府家宴的时间必在三桂始封平西伯的甲申春。（这是非常重要的一个前提，许多结论性的判断都是从此开始的。因此姚文不能不进行这一考证。）用这样的方法论诗，恐怕最谨严的史诗也将招架不住。诗人到底还剩下了多少自由，用一个“通侯”的泛指廋词，还要查年表、排时辰，诗人的工作也未免太枯燥也太苦了。

“尝闻倾国与倾城，翻使周郎受重名”一节诗，姚文的解释是：“诗中的周郎指吴三桂，是说他在田宏遇宅中听陈圆圆歌唱而爱上了她，使她后来出了大名。”实在不大好懂。我看《圆圆曲》中这六句诗，确是说出了吴梅村自己的意见，这意见是不错的。也就是“兴亡的责任，都应该男的负”的意思。“重名”是反话，指的当然是吴三桂背在身上、一直背进棺材、千秋万世永远摆脱不掉的“好名声”。

姚文对吴梅村的身世评论，所据也是一些传统的意见，同时还指出了梅村和钱牧斋的区别，说：“钱在政治上是一个投机分子，而他则不是。”对吴梅村死前的一诗一词也寄以同情，我想在这里作一点补充。

吴梅村自然和钱牧斋不一样，不过是不是政治上的投机分子，怕也一时不好论定。

人们说梅村诗是诗史，不是没有因由的。他的作品中的故事最多，不只是关系家国兴亡的大事，个人的遭际、感慨也都随处可见。要了解诗人的生平和心事，他的作品是十分可贵的第一手资料。梅村集中有一篇《鸳湖曲》，是为吴昌时而作的。此人在晚明政局中是一个重要人物，他是复社成员，后来又成为首辅周延儒的心腹。梅村自己也是复社的重要分子，参与党魁张西铭决策的少数核心人物之一，他们策划了周延儒的再相，希望利用周施展复社在政治上的抱负。结果失败了，周延儒和吴昌时都被杀。《鸳湖曲》隐约地写了吴昌时的故事，情绪上特别沉痛，说明梅村自己在这场政治斗争中牵涉很深。这是明朝覆亡前夕发生的事。

清初，吴梅村应诏出山，在清政府中任职，通常的说法是他被荐之后不得已而就道，其实真正的原因并不如此简单。其间委曲梅村自己也曾在诗篇中有所透露，不过言词闪烁，不易索解而已。投降了清朝的陈之遴是梅村的儿女亲家，陈之遴在政府里攫得了很大的权势，为了培植自己的势力，和以冯铨为首的北方政治集团较量，迫切希望复社重镇的吴伟业出来参加政府。这才是梅村出山的真正动力。梅村出山以后就一直不曾得意过。谈迁在《北游录》里常常有到梅村住处谈天的记事，那正是他坐冷板凳的时期。这一次政治活动不幸又失败了，结局几乎和前一次同样悲惨。人们看到他写的“误尽平生是一官”的诗句，是会引起同情的，却不知道他的“悔恨”远较一般人所了解的还要更深切得多。其实梅村在《咏拙政园山茶花》《赠辽左故人八首》等诗中都接触到了这件公案，诗之沉痛也颇不下于《鸳湖曲》。“一官误汝高门累，半子怜渠快婿才”，就是对随陈之遴全家遣戍辽左的女儿和女婿说的。从这些事实看，吴伟业实在是一个不能忘情于政治的人。他遗嘱在墓前树碑，要求只写“诗人吴梅村之墓”数字，并非声明自己不是政治家，只是说是个失败了的政治家。

对于吴梅村，清代前期人还是比较了解的，批评、讽刺他的很不少。后来离开那个时代愈来愈远，旧事也日益模糊，难怪慢慢糊涂起来。现在介绍仁和王曾祥的一种意见，在我所见种种批评中，要算是清醒、严正的一类。

> 胜国之际，乾坤何等时乎！梅村甲申以前，无一忧危之词，见于豪牍。其出也，以陈海昌之援。既而陈以权败，遂置不任用。

呜呼，天下之恶一也，陈父子（按指祖苞、之遴）负贰于昔，而窃柄于今。他日沈阳之窜，不待智者而可决矣，又足附乎哉！或犹以病中一词为原心之论。夫梅村惟不用也，斯沮丧无聊作此愧恨语耳。梅村而用，则阳和回斡（梅村颂海宁语——原注），梅村且有以自负矣。抑请发陵寝者为谁（按，这是陈之遴向清政府上的条陈），独无一言相正乎！于旧君故国乎何有！（《书梅村集后》二首之二，《静便斋集》卷八）

批判是严酷的，但也不能不说是深刻的。

姚文所力图论证的，归结到一点，就是陈圆圆和李自成、刘宗敏没有发生过任何关系。在大顺军进入北京之前，圆圆早已到了宁远，而且立即死掉了。因此，一切有关的传说，都只能是胡说。不只此也，“所谓吴襄因陈圆圆被拷掠，全家被抄，也是无稽之谈。各种野史所提供的追赃拷掠的名单中没有吴襄，只在谈到陈圆圆故事时提到此事。陈圆圆故事既属虚构，此事也没有”。

这里说的可谓斩钉截铁。但在姚文曾引用过的赵士锦《甲申纪事》（中华书局据叶景葵旧藏抄本重刊）后面，附有据辽东海州卫生员张世珩探报的“塘报”一件，开头就说：“三桂差人进北京打探老总兵圣上消息，有闯贼在北京捉拿勋戚文武大臣，拷打要银，将吴总兵父吴骧□打要银，只凑银五千两，已交入……吴老总兵已受闯贼刑法将死，吴总兵闻之，不胜发竖……”就是一个例外。

一切记录，不论出之何人，只要提到陈圆圆被刘宗敏掠去，姚文对之都一概否定。连著名的以毕生精力研究晚明史的全祖望所记当日与圆圆同被宗敏掠去的名妓杨宛的叙述，“据杨宛叔言，与沅同见系于刘宗敏，既而沅为宗敏所携去，不知所往”，也判定为“大概是得自辗转误传，不应作为信史看待”。全祖望尚且不足信赖，其他的野史作者就更不在话下了。

即使把陈圆圆从刘宗敏身边拉开，看来形势也未必会有什么好转。杨宛不是曾被刘将军掠去过的么？还有《甲申纪闻》里所记：“是日，予在宗敏宅前，见一少妇，美而艳，数十女人随之而入，系国公家媳妇也。”（三月二十日）名妓杨宛和美艳的国公媳妇与陈圆圆之间有一条怎样的鸿沟呢？唯一的区别只是她们没有使吴三桂“冲冠一怒”而已。随便什么女人都不妨抢来，只有陈圆圆碰不得。似乎她有一种神力，能使历史发展为之停滞、倒退。

姚文还责怪“郭沫若同志在这个问题上又继续作了宣传，扩大了错误影响”。这指的是《甲申三百年祭》一文。姚文说，这是“完全上了清朝一部分谣言的当，制造那些谣言的动机既是鞭挞吴三桂，同时也诬蔑刘宗敏。诬蔑刘宗敏也就是诬蔑大顺军”。

这种推论方法非常面熟，看来作者是适可而止了，本来是还可以继续推论下去的。不过时至今日，绝大多数的中国人民都已懂得，尽量使英雄人物高大起来、纯洁下去的方法，并不是真心诚意歌颂英雄的好方法。

三百年前的大顺农民军和它的领导人物，和历史上多次发生过的农民起义一样，必然会带有他们的历史局限性，他们会做出这样那样的错事，也毫不奇怪。按照历史的真实进行艺术的反映，是会带来应有的良好效果的。比起人为的、离开了真实的画像效果要好得多。沫若同志的论文写于一九四四年。他看到了并大声提醒革命者警惕存在在李自成、刘宗敏身上的局限性和弱点，大胆地摸了他们的屁股，这样做对人民有好处，理所当然地得到了人民的喝彩。当然也有人不舒服，在当时就曾引起过一场“轩然大波”。这些往事我们还记得的。在这个问题上沫若同志是看得远、说得对的。今天我们重读此文，依旧感到它有力、有益，也就是说，还不曾过时。

《甲申三百年祭》问世迄今，已经过去了三十六年。在这段时间里，我们一直在起劲地反对并企图消灭“资本主义”。待得背上吃了狠狠的一枪，这才回过头来，发现那里站着一个“封建主义”。怎么办呢？也还只能一刀一枪地作战，没有别的办法。

过去读古人的“史论”，在结尾处常常看见类似“不禁掷笔三叹”之类的话头，觉得很可笑。现在，我可是多少理解了古人的这种心情了。

还有一些小问题，如谈迁在吴梅村处见到《绥寇纪略》，是顺治而非崇祯十一年中事；《宛署杂记》是万历中临湘沈榜撰，不是孙承泽的作品。这里不一一细说了。

一九八〇年八月四日

附记

明兴化李清，崇祯辛未进士。历官刑吏兵科给事中，撰《三垣笔记》。“附识”下记：“李自成陷京师……传吴帅三桂已上表请降，止因闯党权将军刘宗敏闻三桂所娶妓陈沅色艾……至是刘宗敏系三桂父襄，索沅不得，拷掠甚酷。三桂闻之，忿而中改……”（嘉业堂本）

卢生甫《东湖乘》卷一：“先辈钱棅枳（应作棅农）尝至京师，为吴梅村所重，遍为延誉。值甲申之变，杂记其事，作十种。尚记其四。其一曰‘赤眉兵变’，言闯贼之乱；一曰‘大行骖乘’，言怀宗死节诸臣；一曰‘槐国衣冠’，言弘光时马阮奸邪；一曰‘女戎召祸’，言李贼破京师时，吴襄为经营督，子三桂从其舅祖大受于辽东，有爱妾圆圆者，国色也，为贼权将军所得。三桂闻之怒，遂东入本朝乞兵讨贼。钱牧斋吴梅村皆有《圆圆曲》，为道其事。”（《戊寅丛编》）

以上两条所记是同时人的见闻、纪录。说明陈吴事件在当时家喻户晓、广泛传说的状况。在辗转流传中，有种种不同异说，有明显的误说，但基本事实是一致的。

《众香词》六集，康熙二十九年庚午吴绮序刻本。其第五“书集”收陈元词三首，前有小传：

> 陈元，字圆圆。初为女优，名擅吴中。与某公子有生死盟。田皇亲购得之，公子遣盗劫之江中，误载他姬以还。盗再往，已有备矣。力战易归。已而事露，祸且不测。公子度不能争，遂以献。既至，无宠，杂配梨园中。三桂以父荫入觐，皇亲出家伎侑

觞，一见陈元，问乡里，遂属意焉。酒半，则供奉者已易人矣。盖家伎有上次两班，初出供客，犹其次也。三桂频问陈元，皇亲知其意，辇送旅中。时边报益急，三桂一宿驰去。既而流贼陷京师，陈元已为贼部权将军某所得。三桂入关，首遣亲骑四出，悬重赏购归，宠之并嫡，宫中呼陈娘娘。壬子以前时，达官解饷至滇。官本吴人，娘娘召见便殿，问吴中某某无恙乎，皆平昔所交厚者。盖犹未忘情也。太仓吴梅村祭酒有《圆圆曲》纪其事。有《舞馀词》。

《众香词》，玉峰徐树敏、金阊钱岳同选辑，每集前有阅、定者八人的姓氏，都是当时著名的文士。选者在“凡例”中评论一些通行的女性作者选集“不免沿袭谬误”，标出此书的选录标准，在清初诗馀总集中算是较为严肃的一个选本，采录也比较丰富。陈元的小传所提供的史实细节，与通常的记载又自不同，可供研索。但基本事实则是大体一致的。关于圆圆入滇以后的纪事，更不见于他书。圆圆还曾有词集名《舞馀词》，也是仅见的著录。所选入的三词，有《送人南还》的“转应曲”、“丑奴儿令”，后者下片说：“声声羌笛吹杨柳，月映官衙，懒赋梅花，帘里人儿学唤茶。”题为《有所思》的“荷叶杯”词是：

自笑愁多欢少，痴了。底事倩传杯，酒一巡时觞九回。推不开，推不开。

这些都是颇有个性的作品，与通常的“闺词”不同。

钱唐汪景祺的《读书堂西征随笔》，作为罪证被雍正罗织为年羹尧大逆五罪之一。原稿后来在懋勤殿奉旨封锢的箱子里发现，印入“掌故丛编”中。原书有作者雍正二年序，其中有“女子之祸”一条，文略云：“吴三桂饮田皇亲嘉遇家。嘉遇出歌伎侑酒，其中有陈沅者色艺冠伦。三桂醉，长跪向嘉遇乞沅。嘉遇曰，‘吾老矣，谢世后当以持赠。’李自成陷京师，三桂方镇山海关。自成遣人招之，三桂已纳款矣。时嘉遇已死，遗命家人送陈沅至三桂所，以兵戈载道，未遑也。三桂侦知陈沅为刘宗敏所得，闻之自成。自成谕宗敏以陈沅还三桂，宗敏不可。三桂遂不降，自成竟灭。女子之能祸人家国如此，五月二十八日。”

汪景祺出身于杭州世族，在雍正初发生的年羹尧案中受到牵连被杀。他所提供的李自成曾下令退还陈沅，为刘宗敏拒绝的细节，也不见于他书。

以上，是陈吴事件发生以后不久的当代人纪事，可以看出这件轰传一时的新闻在社会上层辗转传播的一些情况。

临桂况周颐《阮庵笔记》据《武阳志摭遗》记陈玉汝与圆圆事，亦在入滇以后。又记四印斋藏圆圆画像三帧，“一明挡翠羽，一六珈象服，一缁衣练裙。名人题咏甚夥”。

一九八〇年十一月二十二日重校记

关于刘瑾

《法门寺》中刘瑾念引子云："腰横玉带紫罗袍，赤胆忠心保皇朝。"这是侯（喜瑞）派；如果是郝寿臣，就要念作"威权震朝廊，身保皇恩荡。"两种读法各有妙处。但无论如何，那托荫于皇朝，赤胆忠心的样儿是一般的。

在刘瑾的定场诗中，还有后面的一段道白中，我们很可以看出他的骄横之气。如果看看那种关系，也是所谓裙带关系，可惜刘瑾已是净了身的，儿子也只能做干儿子。封为"九千岁"，在当时，真是一人之下，万人之上，十分神气的了。然而那结果却不见佳。

刘瑾之得以"成功"，是靠了朋党的关系，其被打倒，也是牺牲在朋党势力的倾轧之余。他所保的那位有如手足一般的"幼主"，就正是"风流"的正德皇帝。当时还算年轻，尚未有闲情逸致来下江南、游塞北，所以皇帝的作用甚少。但一俟皇帝慢慢大了起来，就要觉得这个"身边人"不大靠得住，其一举一动，在刘瑾，虽自以为是"赤胆忠心"，然而在皇帝看来却是不大舒服，脾气一发，于是刘瑾就凌迟处死了。

《借月山房汇抄》中收有明张文麟端岩公年谱，自记其在刑部主事任内亲见会审刘瑾的事，与《法门寺》对照而观，倒是颇有意思的：

> 是日拿瑾才定，不知何官传言，上御门拿瑾向前，拿到午门御道东跪，其东边之门半开半掩，不见闻人声影。……及奏章宣讫，锦衣卫掌卫事指挥刘璋出班跪奏请旨打多少，亦不闻传语，须臾即起。云有旨打四十，……有一官大声云，打四十，摆着棍，

五棍一换打。每一宣言则各官校齐声答应如前。响振殿廷。刘瑾则跣剥反接。二当驾官揪其脑发，一棍插背挺直。复有一阔皮条套其两膝，扣一棍压定。用棍打其前腿，名曰拦马。五棍毕，一官叫换棍，吆喝答应一一如前。打四十后方问，瑾垂头片时不语，少顷则张目四顾云：满朝大小官员都是我起用的。只蔡驸马开口，朝廷用人如何是你起用的，掌嘴！掌讫十下。

这儿所描写的应该是实录，由此可见，《法门寺》的刘瑾大约写得很不错，“满朝文武尊咱贵，何必西天把佛成。”现在却在一手提拔起来的小奴才面前出丑，如何能甘心。发问者只有蔡驸马一人，可见其余的人大都做贼心虚，又没有裙带关系，只能由蔡驸马出场了。

后来又记审讯他反叛的事，他都不承认。后来举出了违禁的赃品（亦即只许皇帝有，却不许“九千岁”之流有的东西）他才俯首无词。“招说俱有俱有，乃疎其缚画字，予与日升揉其手良久，仅能扶笔，略成一十字。一官跪奏画招了，叩头而退。”

这种史料颇可珍贵，可见明代法制之黑暗。刘瑾的下场如此，正可以反映出当年法门寺大殿之上，他要草菅别人性命的事情，大约也是真实的。

在《法门寺》中，刘瑾听到宋巧姣的喊冤声，说：“抓了去杀了吧！”其暴戾而无理性，真是可气。我想那大概是随便一说，算是最普通的处置法。如果是他的仇人、异己，我想大约不会有这么便宜。明朝有的是锦衣卫，有的是出奇的杀人刑具，如果要真想收拾谁的时候，那花样恐怕不会如此简单。

但是刘瑾之死，却死得颇惨，他是被凌迟了的。而且剉尸枭首，画影图形，告示天下，前引《年谱》中亦有记云：

凌迟刀数例该三千三百五十七刀，每十刀一歇一吆喝，头一日例该先剐三百五十七刀，如大指甲片，在胸膛左右起，初动刀则有血流寸许，再动刀则无血矣。人言犯人受惊，血俱入小腹小腿肚。剐毕开膛，则血皆从此出。至晚押瑾至顺天府宛平县寄监释缚数刻，瑾尚能食粥两碗。次日则押至东角头。先日瑾就刑，颇言内事，以麻核桃塞口。数十刀，气绝时方日升在彼，与同监斩御史具本奏，奉圣旨刘瑾凌迟数足，弢尸免枭首。弢尸当胸一大斧，胸去数丈。

这正是颇难得的材料，让我们明白那凌迟的方法是怎样的。刘瑾临死时还有许多“内事”可说，可惜不传于今，否则其精彩当更胜于《法门寺》。

刘瑾的声势之盛，是比了魏忠贤相去不远的。不过分别在此：魏是易代之后才被杀，刘则是在“本朝”中即凌迟了。所以作恶的时候没有魏那么长，因之遗迹也较少。但是当刘瑾生时，生祠之建也是颇多的，在南京就有。记得《白下琐言》中曾讲起，在雨花台边的普德寺，本是刘的生祠，后来刘败，遂改寺。和尚想念这“衣食父母”的好处，将他的铜像改为韦驮，留一纪念，至今犹存（今者是清代中叶）。那座韦驮的相貌与普通的也大不相同。

我在客岁薄游金陵时也曾跑到普德寺中去看了一下，韦驮是有的，但与普通的一样，并无任何特异之点，于是想瞻仰我们的“九千岁”的目的终于未曾达到。

这样一个混蛋，掌了权，老百姓给他冤杀了不知多少，而其暴政的结果，则受害者更复不可统计。后来也糊里糊涂地给剐了。历史上不曾有好的传记，只余一出京戏，时时搬演，使大家常常记得有此一种人物。老先生们常叹息说，“刘瑾一生只做了这一桩好事！”而这“好事”又做得如此之“浑”！这正可以看出被压抑得气都喘不出来的老百姓，当暴君偶露一丝微笑时便如此易于满足。而帮闲之流如傅斯年偶然发出两声神怪性的咆哮，便赢得如许彩声，连连转载。呜呼！什么时候，我们人民才用不到欣赏这样的东西而聊以“快意”呢！

几乎无事的悲剧

翻看《清代文字狱档》，其中有些案子论性质都可以归入《笑林广记》一类的。然而读了以后却笑不出来，那结果往往是很悲惨的。人的价值已经贱如泥沙，而掌握着人的命运者也已堕落在禽兽之下。老虎吃人之前，并不发表一通什么宣言申明罪状的，相比之下，不是还是更有道德的么？

顺天学政倪承宽在考试生童时，发现了试卷诗内“语涉讥讪”，立即将该生斥革拿问，抄家，并根究有无别滋事端了。审问下来，据供：“该犯做诗平日原没讲究，卷内诗意，极要颂扬，苦于词不能达，又因不能诗学，随意填写，以致字句多不妥协，并无他意。”但倪承宽仍主张“非重加惩治”不可。看那试卷原诗，实在是打油之作，与乾隆御制的皇帝诗不相上下。这次乾隆的朱批是“其诗是不通，尚无别故，不必斥革”。比起倪承宽来要宽大得多。不过也怪不得这位顺天学政，实在被此起彼伏的文字狱弄得神经衰弱了，不得不从严批判，而皇帝的御批又是摸不准的，难保不作出天差地远的结论，要找明确的衡文定性标准，那可又没有。这就是文字狱中常常出现“狗比主人凶”情形的来由。

与此案有些相似的是“龙凤祥麝香山印存案”。龙凤祥是问流在配的官犯，被搜出印谱二册，据贵州巡抚觉罗图恩德奏称，“图章语句，多有狂诞不经之处”，随即锁拿抄家。审问后案犯供称，因贫苦无聊，刻成两本印谱，希图送人获利，不料即被查获。“那图章字面，有用成语，有自己编造，并无别有意见”。刻闲章是从晚明开始盛行的一时风气，内容有大话，有牢骚，但没有颂圣的豪言壮语，要找怨望悖逆的字眼，不必断章取义，处处都是现成的，不过经乾隆“细加披阅，并无悖逆不法字句，毋庸照逆案办理”。总算逃出了一条性命，发遣到伊犁等处充当苦差去了。

审问这类案件，自有一套“圆机活法”，“诗句虽非诽谤但缺望情词，已属显然”（刘统勋查抄鄂昌奏折）。这是一个通用的套子，随时随地都能套中对手，逃脱不得。有时不必出于自作，批点前人之作也可以构成罪案。程明諲因妄作寿文，圈点成语，被问官捉住，问道：“《后汉书·赵壹传》内五言诗二首，你何以独取‘文籍虽满腹，不如一囊钱’二句，密加圈点，且批‘古今同慨’四字？”这在批点之风盛行之时，对在书房里用功的人可是一种严重的威胁，不知何时何处会被捉住，牵连到逆案中去。乾隆对此案的处理也是别具手眼的。他认为作寿文、圈成语，不过是“文理不通，滥用恶套，与公然造作悖逆语者有间”。但因此而引起的纠纷，“此种党同恶习，实启师生门户之渐，与世道人心甚有关系。程明諲之罪实在于此”。虽然免却凌迟处死，还是“斩立决”了。真是天威不测，想揣摩也困难。

乾隆一朝，虽因文字狱案最盛，引起人们的注意，但多半是属于这一类“几乎无事的悲剧”。禁书因销毁而多半成为秘本，难以得见，但偶然读到，也还是失望的时候多。鲁迅在给杨霁云的信中说：

> 乾隆禁书，现在每部数十元，但偶然入手，看起来，却并没有什么，可笑甚矣。现正在看《闲渔闲闲录》，是作者因此杀头的，内容却恭顺者居多，大约那时的事情，也如现在一样，因于私仇为多也。（一九三四年十二月十四日信）

私仇之外，还应加上一条，就是奴才们为了献功邀赏或保全自己的捏造。许多冤案都是这样制造出来的。邓之诚《清诗纪事初编》中的王仲儒《西斋集》条说：

> 仲儒身后得祸最烈，列入禁书专案。自今观之，略无抵触。仅故国之思，偶一流露。视同时诸人之作，或尚蕴藉。乃有禁有

不禁，殆亦偶值其会耳。乾隆时禁书几以全力为之，及今所禁之书，依然流传世间，知为徒劳也。

既然是“几乎无事的悲剧”，那偶然性就是必然的。说禁书是徒劳固然不错，说它为文化带来了浩劫也是事实。乾隆十八年（1753）发生的“丁文彬逆词案”，也许是这类案件中最为典型的一例。

一个口称孔家亲戚的浙江上党人丁文彬，来到曲阜孔府门前求见。衍圣公看了来书，发现“狂诞虚拟”，不禁胆战心惊，立即将丁文彬捕拿送县，同时密札山东巡抚查办，又上奏给乾隆，后来得到了“所见甚正，所办甚决，嘉悦览之”的朱批。这个丁文彬身边带了自著的《洪范春秋》，书中“丁子曰”字样经剜补改为“天子王帝曰”。这书事前又曾呈献给当时任浙江学政的庄有恭，但并无回覆。丁文彬又声称“已故衍圣公曾许其二女为配，传以尧舜之道，于前衍圣公孔广启故后，即自以为承其统绪，即位为王，国号大夏，年号天元。擅加封赠”。“同时又伪造时宪书，开列年号，并自画铸钱样式”。“复捏写寄与孔氏书稿，称其为岳母妻室”。问他因何来禀，则捏称“因困苦之极，欲将书籍交与衍圣公，传位与他”。正如山东巡抚杨应琚所说，此案是明明白白的大逆案件无疑了。但同时又不能不感到有些离奇。要解开这“神话”的谜底，就不能不看丁文彬的供单。据自供：

“小子从前跟了族叔祖丁芝田到过曲阜，见过老衍圣公，讲尧舜之道，辟佛老邪教，曾把两个女儿许配小子的。”

“问：你既是小家出身，现在看你形如乞丐，当年衍圣公怎肯与你结亲？况结亲从无两女同许一人之理，又并无媒妁，显属妄赖了。”

“供：小子结亲是奉上帝命，何须媒妁呢，那一夫二妇乃尧舜之道，舜妻尧之二女，斑斑可考。当年老衍圣公守先王之道，实应称帝，看小子讲道论德，与舜无异，故传位与小子，以二女妻之。这都蒙上帝启迪所成。小子闻得衍圣公殁了，就接了位，如今已八年了。”

问伪造逆书的经过，供：

“到乾隆十五年，上帝又命我改作《洪范春秋》，把这书又增添了好些，把书内六十章之后，‘丁子曰’都改作‘天子曰’、‘王帝曰’、‘王若曰’，是上帝命改，才剜补抽换粘联的。”

问到有无主谋、党羽，供：“小子原不愿做这件事，实是上帝之命，无奈何，并没有什么主谋的。”至于上帝，“上帝是上天，如何有人？小子实是蒙上帝时时启迪，常在身旁说话，人不能听闻的。”动了夹棍以后，还是供不出主谋，不过已经悟出“如今受刑，亦是上帝带累的了”。后来问官又追问所封的董妃，那供词就尤为有趣。

“封董氏为妃，那董氏是松江人。他父亲叫董恒山，开茶馆的。小子没饭吃，帮他扇过半年风箱，见他这女儿年方十五，生得好。小子心里想，就把他封了妃，记载在书上的。”依同理，孔大舅被封为冢宰、平虏将军，叔舅为大宗伯，伯舅为大司徒，理由也是“官员原该都是孔家人做的”。

“又问：你书中记张七，是什么样人？为何这样恼他呢？供：张七即张不赓，他是松江张司寇之子。小子承圣人之绪，圣公之女应配与小子，不料被他夺娶了去。那年张七娶亲，豪华已极。不特小子不得妻，且念师妹不得所，故此恼不过，记这一句的。”

原想追出大逆案背后主持人及其同伙的问官，不料却问出了这样一连串荒诞不经的供词，那失望是无疑的，虽然用了“悉心研究，严加刑讯，用言开导，遣人诱探”种种方法，还是无效。巡抚杨应琚终于不能不承认：“丁文彬乃一至贫极贱之人，一旦少习陈言，遂自诩为奇材异能，无出其右。因而妄想富贵美色，痴心日炽，结为幻影，牢不可破。”这不像是审结，倒像医生开出的病历，其实还要算是明白的。不过即使是个精神病人，也还是不能放过，何况“该犯语言气短，面带死色，不便久候”。随即得旨，“丁文彬着即凌迟处死”了。犯人亲属丁文耀等三人也判了“斩监候”。以牵连规模论，也还不能算是一件大案。

丁文彬投书的当事人是衍圣公孔昭焕，虽然因及时上报得到皇帝的好评，但还是脱不了干系，不能不交上一份“亲供”声明“我家世受国恩，焉敢僭称王号”。同时还汇报了一姐一妹的婚嫁情况，辩明与丁文彬无干。

可见即使贵为衍圣公，也不能不诚惶诚恐地接受审查。乾隆到底给他留了面子，没有追问下去。至于在学院任内曾经接受丁文彬献书的江苏巡抚庄有恭，就没有这么轻松，不能不奏陈当日情景，并声称“当时臣本未留心查阅，后亦不复寓目，今事隔五年，实不知败簏破簏中果存此册否?”这话是骗不了皇帝的，朱批：“此奏又属取巧。细查书来，不可终归乌有。”庄有荣到底没有将逆书找到交出，自请交部严加治罪。乾隆对此发出了长篇的谕旨，说明早就“知其存心取巧，必不将原书查取呈览，今果空言回奏，不出朕之所料。……庄有恭之意，盖恐进呈此书，则罪戾显然，故藉词寻觅不见，以此避重就轻。……必系闻信查出私为销毁耳”。这精明而合理的判断，说明皇帝也明白文字狱在奴才心目中的分量。但最后只是“照庄有恭学政任内俸禄养廉数目加罚十倍”，“以为徇名利而忘大义者戒”，不能说不是法外施仁了。

从处理这样一名癫病患者的过程，是可以看出清统治者的用心的。推广开来，也可以看做处理类似案件的原则，那就是宁肯失之冤滥，也绝不使任何可疑的反对派漏网。当然，有时候奴才奉行得过了头，也要站出来说两句“公平话”，好像皇帝自己倒是宽仁的。但奴才到底是聪明的，绝不因此变得实事求是，因为这实在是太危险了。清代文字狱为什么会出现大量“几乎无事的悲剧”，看来实在是必然的。上面是皇帝，手下跟着一批奴才，老百姓全是蚂蚁，被随意捉来玩弄，像猫逮住老鼠一样，并不立即干掉，只是尽情摆弄，直到尽兴时才一口咬死，还得赶在他剩下一口气之前，想想这实在是特等的残忍，不过虽然登峰而未造极，后起之秀的业绩往往有青出于蓝之妙，可是推本溯源遵循的还是过去的老谱，只是翻新了花样而已。

“山中一半雨”及其他

前些时从书店买得启功先生新著二种：（一）《启功讲学录》，（二）《启功口述历史》，暇日捧读，深感兴趣。当然，启老学养深厚，涉猎多方，所论有文学、学术思想、古籍整理等许多方面，此中就有一些因浅学不能深入理解，因之而不感兴趣的部分。相反，自然也就有深深喜爱、读之不厌的篇章。回忆四十年前夏衍同志将所藏纳兰容若遗简捐赠上海图书馆，馆中随即用珂罗版精印行世，我读了前言、后记，却不说起这部天壤奇物在归夏衍之前的流传始末，只风闻曾为武进赵药农收藏，深感遗憾。于是就贸然写信向启老请教，不久就得到回信，源源本本，详告此物流传端绪，使我既满足又感谢。启老久居北京，对文物流传踪迹，所知甚多，他的肚子里实在藏有大量珍贵史料，是应该尽可能记录下来的。

《讲学录》中有一篇谈话记录，“《壬寅消夏录》与尉迟乙僧画”，就是一篇极有价值的掌故。这部《消夏录》是端方收藏古书画的原始簿册，文献价值是很高的。近阅报载，此书将由出版社精印问世，这自然是好事，但书价高至数千元，就实在令人不解。此书自然是孤本名品，但成于晚清光宣之际，实在算不得什么“古刻名钞”，何妨加以整理，出版问世，有什么必要精印精装，悬价高奇？近来出版界喜出高价书，多家出版社抢印“四库”不必说了，即一二短书小册，也必用宣纸，精加装潢，作新（假）古董状，以高价取胜，仿佛存心不让清寒的读者染指似的，真不可解。话说得远了，还是看看启老此类著作吧。他考证了董其昌的代笔人；详说恽南田记“秋山图”故事；记与“存复帖”的一段渊源……都是读了兴趣盎然不易忘记的。

启老以书法得盛名。他的《论书绝句》对中国书学的流派传承、诸家特色，介绍详密，而且时出己见，不同流俗。可以看做一册小型的书学史。我觉得没有对大字榜书加以论列，也没有提出有关的知名书家，微觉遗憾。记得过去住在北京时，每到六必居去买酱菜，必请店伙到后进点亮电灯，看一眼据传是严嵩写的那块黝黑的匾。“六、必”两字笔画都很少，安排不易，却能写得饱满严实，不愧名笔。虽是传说，到底知道榜书的作者，虽然严嵩的声名狼藉，也是这块匾驰名的原因之一。北京大肆拆改四合院、旧建筑以来，六必居这个老字号和这块匾是否还在，却不见人说起，实在使人想念，此外，遍布全国的亭园斋馆、寺庙苑囿，都留有大量榜书，且不乏名家之作，也不见人加以著录，实是憾事。启老的法书是极妙的，真有神采飘逸，秀色夺人之致。悬之书斋静室，自是当行出色。说句笑话，与悬在榆关楼头的“天下第一关”却不是一路，那五个字写得虽然拙而且重，但也只有这样写才站得稳、压得住。可惜我至今也不知道书家的名姓。

启老是国家文物鉴定委员会的主任委员，他的最得意的鉴定经验是对“旧题张旭草书古诗帖”的考辨。他从一个避讳改字看出破绽，定此帖为北宋大中祥符五年之后人所书。可说读书得间，铁证如山。他又说起一件故事。柳公权的“蒙诏帖”，他早知是赝本，但谢稚柳却认为是真迹。

> 记得在巡回鉴定时，一次与谢先生同乘一辆火车，在座的还有唐云，谈起此帖时，我对谢先生说，“你看它像柳公权这也许不错，但这次你要听我的。这是铁证如山。”他说，“好，我听你的。”但过了几天，他又跟我说，“我又看了，觉得还是柳公权的。”我也就只能随他便了。（《口述历史》一九一页）

这是很有趣的一则小故事，记鉴定经过如绘。但也反映了一种事实，一件书法重器的真伪，竟自在“你听我的”、“我听你的”情形下定案，不能不使人担心国家级鉴定成果的科学性。

鉴定成员的傅熹年是古建筑研究专家，曾见他的鉴定论文，立论多在建筑构件、风格的时代差异上着眼，从而断定作品的时代。这是与旧鉴定家有异的较新的手法。记得沈从文也使用过这方法，也许还更早些。从人物服饰、器具衍化方面进行比较研究，断定古画的时代。沈从文写过不少文章，对“游春图”、唐人仕女图等时代性提出不同意见，但没有受到注意，连名姓也没有提起过。这中间难免有门户之见存在，难怪沈从文对“公认的权威鉴定家”另有看法了。

启老在谈到版本问题时，说宋本并不可盲目信从。这是不错的。他举了王维诗“山中一夜雨”的例子，钱遵王说曾见宋本，作“一半雨”宋本实误。我并不佞宋，但又觉得宋本未必一定错。理由是“夜”“半”两字字形相差甚远，几无误写可能。此外，我曾在桂林山中亲见“一半雨”的实况。那是夏天，对面山崖半壁急雨如注，另侧则是晴天。少顷，雨脚移动，又到了另半边，这半壁又放晴了。急雨之后，山崖溪流涌起如瀑布，“树杪百重泉”，实不必在“一夜雨”后也。

《口述历史》还记有一个有意思的话题，就是一九六五年发生的关于“兰亭序”真伪的辩论。启老既在《讲学录》中“书法二讲”部分对这个问题做了正面的论断，又在《口述历史》部分详记这一场风波的始末和自己参加讨论的过程。从陈伯达授意郭老发动讨论起，郭老应命撰文，其间阿英如何找到启老，传达郭老意思，务请参加讨论、用以增强兰亭序为伪论方的声势。启老本来写过一篇“兰亭帖考”，是持兰亭为王羲之真迹论的。经过苦思，终于抓住郭老论文中一句话，接下去说“自己的理解活泼多了”，写成了“兰亭的迷信应该破除”的论文，果然得到郭老的高度评价。整个过程，曲折离奇，有如推理小说，也反映了在高压之下知识分子不得不“曲学阿世”的痛苦经历。正是“文革”时期文化人遭遇的少有的特例。

以下是随手记下的一些小意见，出于《讲学录》中。

他（王闿运）的七言古诗却类似吴梅村，其《圆明园词》凭吊圆明园，模仿的就是《连昌宫词》。他自认为这首词比吴梅村的雅一些，殊不知这正是他比吴梅村差的地方。（五十一页）

案，《连昌宫词》为唐元稹作，非梅村诗。

明代的崇祯皇帝在十多年的时间里，换了四十多个宰相。其中有一个叫吴昌时的，崇祯召他做了宰相，后来却廷审他，把他给杀了。（五十二页）

案吴昌时并未拜相，他只是个吏部文选司郎中。官虽不大，但掌握铨叙大权，势焰熏天，与当时的宰相周延儒勾结在一起，左右朝政。崇祯把两人都杀了。吴昌时与吴梅村都是复社重要人物，交往密切，因此梅村作“鸳湖曲”哀悼他。

王渔洋在明代官至刑部尚书，钱谦益赠给王渔洋的一首五言诗对他加以吹捧，所以王渔洋后来也吹捧钱氏。（五十二页）

王渔洋从未见过程嘉燧，程死时，王可能尚未出生。（五十三页）

案所说前后矛盾。王士禛生于崇祯七年（一六三四），明亡时年只十岁，何能官刑尚。钱、王年岁相去悬远，虽相识，但无深交。王渔洋作“秋柳”诗，欲求柳如是和章，为钱谦益婉拒。程孟阳清初尚存，程、王二人曾否相见，不详。渔洋选诗列程于第二位，显系受钱牧斋影响，因钱盛赞程诗。

又四十八页“瞿兑之”“瞿”误作“屈”，是记录者不知其人，听音误记。讲者不能负责。启老讲学时，案头无书，偶然口误，不足病也。

过去读陈援庵论文集，见先生评人论事，严密不苟。评王西庄、缪艺风、傅增湘皆直书其事，实事求是作风，深可敬佩。因师其意，作此短文，非敢唐突前辈也。

二〇〇五年四月二十二日

拟书话三则

先知

——晦庵先生“书话”续稿未到，试拟一题以寄延伫之意——

叙利亚哲人凯罗·纪伯伦（K·Gibran）用叙利亚文与英文写过不少书，其最为人所知的一册是《先知》。蕴东方味的哲理于清丽的文词，一九二三年出版以来，极受读书界的欢迎。这一册用英文写的散文诗，经冰心女士译出交新月书店出版。

三年前，太平洋战事发生，上海成了混乱的恐怖世界，大家拼命将书卖出，这些书大抵都归于劫火，去造还魂纸，或竟成了老虎灶的燃料。那时我终日无聊，也跑跑旧纸铺。一天薄暮，在一家店里看到一批从某氏处散出的书及杂志，赶紧买了回来，其中有一册即是《先知》。

这是初版本，一九三一年九月出版。黑布面，米黄色道林纸印。里边有仔细的校改，扉页有冰心女士的识语：

> 这本书送给文藻，感谢他一夏天的工夫，为我校读，给我许多纠正——这些纠正中的错误，都成了我们中间最甜柔的戏笑——我所最要纪念的，还是在拭汗挥扇之中，我们隔着圆桌的有趣的工作。十一，十七夜，一九三一。冰心

书中附插图十一幅及作者像一幅，均从英文原本复制。新月印书，错

误甚多，而这本书中除了对标点误植的改正外，还有文句上的修正。后来曾以此册示李林师，他说《冰心全集》出时当借此一校。后来我离沪，林师更以英文原本相赠，以为纪念。现在我又回到家里，这两册书都还无恙，安静地立在我的书架上。而林师的墓草已青，人琴之痛，如何可已。查英文本扉页，林师以此册相赠，盖一九四二年三月末一日，去今四年零七个月也。十一月卅日，一九四六。

一九四六年十一月四日《文汇报》

佛家哲学通论

寒夜过忍远兄寓庐，邀饮酒家，归来煮茗快谈，偶抽架上，得线装书一册，为《佛家哲学通论》，江绍原译。江氏研究民俗学有名于世，初不知其尚究心佛典也。书为民国十六年三月初版，版口有阑，大类佛经，用洋连史印，卷端有江氏手题。读之颇有趣：

> 梦麟先生：此书于十三年春译成。那时曾写信给先生，说谨将它献给先生你和穆藕初先生。且蒙你复函承受了。发行者酬赠本，今日从北京转寄到，翻开来看，始知底稿中的献书页竟被商务馆删去未印，这实在使我非常抱歉。但新近我写了一本十万字的创作，（《发须爪：关于它们的迷信》）由我自己印行。且在半年前已校印完毕，只缘刊资付不清，书至今还在北京志成印书局里面躺着。现拟再将这个新作品恭献与先生，略补今番的过失，想来可以蒙先生悦纳。至于出版之期，啊呀，天知道！绍原十六年八月廿六日于新杭州。

江绍原是蒋梦麟先生的学生，赠书之时，蒋已因张大元帅入京，避往南方，任浙江省教育厅长，卜居杭州。《发须爪》后归北新印，题语中所言，盖是初版本。此书本无足异，今得此跋，可知《发须爪》出版故事，亦可珍也。

百喻经

鲁迅先生曾捐刊《百喻经》，孙伏园先生首先在民间杂志上提起，周作人在《关于鲁迅书后》（《瓜豆集》）中又提起，然终未能见到。今日读者王君以原书一册送柯灵先生转赠景宋先生，我因得以寓目，记之如下。

原书木刻本一册，为金陵刻经处所刊。竹纸，白口，签题于“百喻经”下有“卷上下”三字。卷上凡廿九页，卷下廿七页，各五十则。题尊者僧伽斯那撰，萧齐天竺三藏求那毗地译。盖是六朝时人所译，文字风格与《洛阳伽兰记》正同，佛典文之至美者，百喻者一百个小故事，如《伊索寓言》，结果是嘲讽凡夫的愚行，使人知所解脱，文字通俗，而取譬亦不避俗趣。今择其最短者一则，这是“为二妇故丧其两目喻”：

> 昔有一人，聘取二妇。若近其一，为一所嗔，不能裁断。便在二妇中间，正身仰卧，值天大雨，屋舍淋漏。水土俱下，堕其眼中，以先有要，不敢起避。遂令二目俱失其明，世间凡夫，亦复如是。亲近邪友，习行非法，造作结业，堕三恶道。长处生死，丧智慧眼。如彼愚夫，为其二妇故，二眼俱失。

这大类《笑林广记》中的一则，然而写得那么诚敬，正是非常难得的事罢！

末页有题语云：

> 会稽周树人施洋银六十圆，敬刻此经，连圈计字二万一千零八十一个，印送功德书一百本，余赀六圆，拨刻地藏十轮经。民国三年秋九月金陵刻经处识。

这金陵刻经处，在南京延龄巷，近杨公井处，在京时时常走过，好像里面已经杂住了不少人，不知还在刊刻不？这本经，好像也只初印一百册，大约也卖得不剩一册了罢？

十一月廿二日深夜

一九四六年十一月九日《文汇报》